醫妻獨大

3

完

文創風 1214

踏枝 著

風 文創
1214

目錄

第二十一章

六月下旬，天氣熱得越發厲害，許氏終於發動。

其實算著日子，她的產期已經比江月預計的晚了不少。

但這種事情其實也沒有個準兒，江月每日都會給她診脈，只要確保母子都康健，便也沒想著要催動孩子提前出生。

江月那會兒還在鋪子裡製藥，聽寶畫來報了信兒，江月便把鋪子一關，往家趕去。

而聯玉和熊峰會武，腳程快，就由他們負責去通知兩個接生婆。

等江月到了家，房嬤嬤從灶房裡出來，看她跑出了一頭的汗，便安撫道：「姑娘別急，夫人方才破了羊水，且還得一會兒才能生產。」

一家子早就在為這一日做準備了，許氏住著的屋子最近都是每日一清掃，另外房嬤嬤也按著江月說的，用了嶄新的白布製作手套、外衣，以及包頭髮的布巾等。

等兩個接生婆一到，江月便和她們一道換上乾淨的裝備，而後一起用熱水淨了手，再一塊兒進了屋。

許氏到底是生產過一遭的人，且這胎在江月手下調養得極好，因此當劇痛來襲的時候，許氏並沒有暈死過去，而是尚有精神能按著接生婆的指引，忍住痛叫出聲的衝動，把勁兒往身下使。

而當她卸了勁兒的時候，江月便往她嘴裡塞上一枚參片。人參是她前頭在靈田裡種的，藥力強勁，許氏只歇過片刻，轉頭便能接著使勁。

突然，就聽接生婆驚喜道：「夫人這胎好順利，接著用力，孩子就要出來了！」

而所謂的「順利」，此時距離許氏發動，也已經過去了兩個時辰。

屋子裡不大，房嬤嬤和寶畫並不進去，只候在門外，偶爾為裡頭遞送熱水。

聯玉則只站在院子裡，畢竟雖說一個女婿半個兒，可終歸不是親生的，他並不能離得太近。

熊峰則是站得更遠一些，試探著問：「公子，剛裡頭的接生婆是不是說十分順利來著？」他得過許氏的好，還記在心裡，自然是盼著她好的，不然也不至於大熱天地守在這兒。

「嗯，裡頭是這麼說的。」

「那我希望江二夫人能生個男丁。」

聯玉一陣無言，不冷不熱地掃了他一眼。許氏自己都從來沒說過盼著生兒還是生女的，只說只要孩子康健，順其自然就好，哪裡輪得到他這麼個外人置喙？

熊峰忙道：「我不是那個意思，就是您想啊，等咱們離開這兒後，江娘子要一個人支撐門戶，也怪不容易的……」去歲二人成婚後，江月就成了家中的戶主，只要戶主在，就不擔心旁人謀奪家產。但若是家中沒有男子，卻容易招來賊子宵小的覬覦。雖說江月的醫術出神入化，在小城裡也頗有人脈，有能力應對各種突發狀況，可俗話說得好，只有千日做賊，沒有千日防賊的。若許氏生的是個男孩，則能一勞永逸。熊峰接著道：「那公子離開後也就不用操心什麼了。」

聯玉沈吟不語。

忽然，屋子裡傳來一聲響亮的孩啼。

「生了，生了！是個小公子！」

「恭喜恭喜！」

在接生婆的賀喜聲中，江月親手給那孩子洗去滿身的血污。

等血污洗完，兩個婆子一起幫著紮了個襁褓，越發稱奇不已。

「我接生過這麼多孩子，就沒見過長得這麼好的！」

「可不是？這也太稀奇了！」

剛出生的孩子一般都是紅紅皺皺的，並不怎麼好看，需要過一些日子才能慢慢長開。而且也不會有什麼目力，哭過一陣之後便會脫力得昏睡。

但眼前的這孩子卻是出生後啼哭一聲就不哭了，睜著一雙黑葡萄似的眼睛好奇地四處打量。臉上、身上也是不見一點皺痕，又白又舒展，像個白玉團子。

江月不動聲色地給小孩把了個脈，也挺驚訝地挑了挑眉。

這孩子的體質格外的好，好到驚人的那種，若不是這方小世界沒有靈氣，過幾年便可以直接開始修煉了。

不過倒也不算意外，畢竟他還在娘胎裡的時候，就跟著許氏一道，每日受到靈泉水的洗禮。雖然靈泉水的分量被江月把控住，但也足夠改善他們母子的體質了。

若以蓋房子來比喻，孩子在娘胎裡的時候，就是在打地基，而等到出生、長成，則是在地基上添磚加瓦。所以靈泉水對他的效用是最大的，堪稱江月生平僅見。

江月將孩子抱給許氏瞧。

許氏累極了，看了一眼，而後握著孩子的小手叮囑江月道：「妳一會兒記得把衣服換了，別帶著汗吹風著涼。」而後便立刻昏睡了過去。

江月也不再吵她，示意兩個接生婆可以出去了。

房嬤嬤早就準備好了喜錢和紅雞蛋，等她們出來就立刻呈上。

兩個接生婆又說了一連串的吉祥話，稍微休息了會兒，便各自回家去。

後頭房嬤嬤進屋守著許氏，江月便抱著小傢伙出去了。

寶畫早就急不可耐了，一下子就圍上前。

江月也招手讓聯玉過來一道瞧。

「小少爺真好看！」寶畫不錯眼地看著。

小孩也盯著她瞧。

不過就如接生婆說的，這麼點的小孩其實根本看不清東西，這小傢伙只是不甘示弱地裝出一副也在看她的模樣。

這也就是自家弟弟，加上不哭不鬧的，不算討人厭，江月才願意抱上一會兒。

但抱到現在，她胳膊也發痠了，就讓寶畫來幫忙接手。

寶畫自然是願意的，但是伸出手後她又頓住，遲疑道：「我娘說剛出生的孩子骨頭都是軟的，我還是不抱了，別把小少爺抱壞了。」

江月說沒事，就這小牛犢子的身體素質，哪能這麼輕易抱壞？

不等她再推辭，江月就把孩子塞到寶畫手裡。

聯玉也過來了。他也是第一次見到新生兒，覺得新奇，不由得多看了幾眼。

「長得強壯吧？」江月還是挺自豪的，雖然孩子不是她生的，卻是在她手底下調養成這樣的。「過兩年就能跟著你學武了！」

聯玉聽得好笑。「過兩年？兩歲開始習武？」

「別人肯定不行，他不一定，你等著瞧吧！」江月自信地挑了挑眉。

寶畫問道：「對了，咱們小少爺叫什麼名字？」

江月道：「之前娘和我商量過，說若是男孩就叫星河，比著大房的星辰來的。」

「小星河，真好聽呀！」寶畫輕輕晃動胳膊。

那孩子咯咯直笑，似乎對這個名字也很滿意。

後頭房嬤嬤把屋子裡收拾妥當，許氏也醒了，餵了一次小星河。江月進去再給她搭了一次脈，看著她喝了點湯水，守著她到睡著，才放心地離開，回了自己屋裡。

聯玉正抱著小星河在逗弄。

「怎麼是你抱？」兩人相處時間不短，對彼此都有一定的瞭解，兩人都不是喜歡孩子的人。江月和這孩子有身體上的血緣關係，自然比較親近，但聯玉沒有這一層，想來對這孩子也生不出什麼喜愛之情。夏日裡抱個孩子在懷裡，跟揣個小火爐沒什麼區別。江月說著就要自己接過。

但聯玉說不礙事，又解釋道：「寶畫跟著房嬤嬤一道給街坊四鄰派紅雞蛋去了，我幫忙看一會兒，他還挺乖的。」

確實乖得很，方才他餓了，也是哼唧了兩聲，許氏餵過就好了。

喝完奶他還尿了一次，也是小貓叫似的哼哼，並不會扯著嗓子直哭。

房嬤嬤給他換了次尿片，他也是立刻就安靜下來。

「看吧，我說他跟別的孩子不同吧？」江月說著掃了小星河一眼，忍不住伸手摸了摸他的胖臉。

他吃飽後就開始直迷瞪了，此時被江月一碰又醒了過來，不禁氣鼓鼓地鼓著臉，一副要生氣的模樣。

聯玉無奈地看了江月一眼。

江月便把手收了，乾脆讓聯玉把他放下睡覺。

聯玉輕手輕腳地將他放在炕上，壓低聲音詢問道：「這孩子的洗三禮和滿月酒準備怎麼辦？」

許氏這一胎也是江月的一樁心事，現下她平安生產，江月卸下了心頭的重擔，加上也忙活了半日，已經有些睏倦，便打著呵欠說：「洗三便自己家吃個飯就好了，滿月酒也沒大辦的必要……」

洗三禮和滿月酒都是為了祈求和慶祝孩子健康成長，就自家這小牛犢子的體質，是不需要操心這些的。倒是許氏生產過後有些虛弱，江月更希望她好好安靜的休息。

說著話，她就趴在桌子上，想著迷瞪一會兒，等房嬤嬤和寶畫回來，吃過夕食、洗個澡就準備直接上炕睡覺。

快睡著的時候，江月聽到他開口說——

「滿月酒還是好好辦一辦吧，妳嫌麻煩的話，我幫妳操辦。」

也不是嫌麻煩啦……江月正要嘟囔出聲，就聽他頓了頓，又接著道——

「畢竟我離開之前，也想為他、為你們再做些什麼。」

江月頓時睡意全消！她從桌前直起身，看向他詢問道：「是熊峰他們拜託了你什麼事嗎？」

聯玉輕輕地搖頭，說不是。「是我自己的事情。」

江月「喔」了一聲，愣了半晌才接著問：「那忙完多久回來？」

眉眼精緻的少年垂著眼睛，抿著唇，很久都沒有再作聲。

江月便也明白，他或許不會再回來了。

她心裡亂糟糟的，腦袋也有些昏昏沈沈。

忽然轟隆一聲雷響，天色陰沈了下來，眼看著就要下雷陣雨。

剛出生的小星河沒有聽過這個，猛地從睡夢中驚醒，咧著嘴大哭起來。

江月立刻站起身，坐到炕沿上。

聯玉也看向他，抬起了手。

兩人不怎麼熟練地同時輕輕拍哄他。

天邊的雷響停了，只聽到外頭噼哩啪啦的雨聲。

小星河止住了哭，好奇地聽了會兒，很快又重新迷瞪著睡了過去。

見他再次睡著了，江月壓低嗓音道：「你再看他一會兒，我去看看母親那邊的窗子關好沒？」

許氏的屋子裡，她累極了，打雷的聲音都沒把她吵醒。

坐月子不能吹風，房嬤嬤走之前已把窗子關好了。

江月坐在許氏身邊，發了半晌的呆，就聽到房嬤嬤和寶畫回來了。

她起身出去，到了廊下，就看到房嬤嬤和寶畫共撐著一把傘。

人逢喜事精神爽，差點淋了雨這種小事，實在是不值一提。

看到廊下的江月，房嬤嬤止住了笑，詢問道：「姑娘怎麼面色這樣差？可是今日太累了？」

江月搖搖頭，說沒事。「只是覺得有點悶。」

雷雨天一絲風也沒有，確實悶熱得很。

房嬤嬤也就沒再多問，收了傘，讓寶畫找把蒲扇去給江月搧風，而她則進屋去照顧孩子。

寶畫在堂屋裡拿了蒲扇，站到江月身邊給她搧風，還不忘跟江月分享今日的趣聞。

「就街上孫家那個老阿婆，姑娘還記得不？」

江月說記得。那孫家阿婆是個耄耋老人，已經有些糊塗。

上了年紀的人總容易有些個小病小痛，江月為她治過好幾次小毛病。

「老阿婆看到我們去送雞蛋，還給我們道喜呢！只是她確實糊塗了，還當是妳和姑爺生了孩子，說『前頭好像沒見過江娘子懷孩子啊，難道是我又忘了』，弄得他家其他人都不好意思了，一個勁兒地跟咱們道歉。幸好妳沒去，不然說不定她見了妳還得拉著妳叮囑，說剛生完孩子可不好下地呢……」寶畫說完就嗤嗤地笑起來。

江月不由得得也跟著彎了彎唇，不過那點笑意很快就淡了下去。

寶畫看她面色確實不大好，就也沒再說別的逗她，只勸道：「姑娘累了就快歇著去吧。」

於是江月再次回屋，小星河已經讓房嬤嬤抱了出去，屋裡只剩下彼此。

兩人私下裡獨處素來是輕鬆又隨意的，但江月今日總覺得有哪裡不對勁。

或許確實是累了，或許是天氣不好，總之讓她待著覺得不怎麼舒服。

看她坐臥不安的，聯玉便起身，說自己去醫館那邊。

江月躺在炕上，很快就迷瞪起來。

醫館裡，熊峰和另外兩個副將正聚在一處說話。

那兩個副將是同村出來的五服內的堂兄弟，年長一些的叫齊策，年輕一些的叫齊戰，也是最早跟隨聯玉的一批人。

二人平時白日裡並不露面，對外說是有其他重要的事做，其實並未離開梨花巷太遠，都是隱於暗處，守衛在附近，每到前頭的醫館關門，兩人才會回到這兒。

聯玉從後門進去的時候，就聽到齊策在問話——

「那位江二夫人已經生產，是不是再過不久，殿下就能隨咱們回去了？」

熊峰說是，又說：「但江娘子一個人只兩隻手，製藥也需要時間，怎麼也得再過一個月吧。」

齊戰問：「那為何不讓江娘子跟我們同行？不是我要干涉殿下的私事，是那江娘子做的藥實在是好！把她一併帶回去，也不用在這兒等著浪費時間啊！」

之前聯玉為江月收藥材，也用自己的銀錢為軍中收了不少。

後頭熊峰按著他的吩咐，收了江月製的金瘡藥、防蟲藥、解暑藥，和那些藥材一道運送回前線。

當時將士們幫著卸東西，還有跟熊峰相熟的人打趣說他不會置辦東西，金瘡藥便也算了，怎麼還置辦什麼驅蟲的、解暑的？都是平頭百姓出身，誰那麼金貴？

聯玉的行蹤，即便是在自己軍中也是秘密，不能公然說出去，因此熊峰當時也沒多解釋什麼。

後來發生了一樁事，朝廷的軍隊把他們的駐地給搶了！

說是朝廷派了增援，沒地方落腳，他們人少，沒必要占著那麼大的地方。

其實說來說去，還是軍中看陸玨不在，便不把他一手組建的平民軍當回事了。

也就是戰事還未結束，尚且有用到他們的時候，不然說不定還有更過分的事情發生。

參軍的男子哪個不是有幾分氣性在身上？雙方差點鬧起來。最後還是軍師出面，暫時鎮住了場面。

他們不得不讓出空地，往山林裡遷去。

山林裡頭可不只有蛇蟲鼠蟻，多的是各種行蹤不定的凶猛野獸。當時大家都做好了同野獸惡戰的準備，沒承想，熊峰購置的那藥粉撒下去後，一連好些天，根本沒有什麼野獸靠近他們的臨時營地。

後頭眾人又試用過金瘡藥和解暑藥，便再也沒人對熊峰購置回去的藥物有不滿了。

此番前來，買藥也不只是幌子，而是真的很看重江月所製的藥。

齊家兄弟起先跟著熊峰出軍營的時候，只知道是一道迎回殿下。

到了這縣城附近，熊峰才給交了底，兄弟倆這才知道自家殿下居然在一個小門小戶的人家裡當贅婿！

兩人雖不至於跟早先的熊峰似的那般氣憤，但多少也有些抱不平。是以那日卸完貨，二人跟聯玉見完禮，便立刻退了出去，怕表露出情緒，不好收場。

這幾日，二人在周圍護衛，仔細打聽了江月的消息。打聽到的，都是對江月的好評價，說她醫術了得，又人美心善，從不昧良心掙黑心銀錢。

加上看著他們「夫妻」出入，不得不說是賞心悅目，格外的登對。

而他們二人此前也從未見過這樣神情柔軟的、總是在笑著的殿下。

齊策點頭道：「我這大老粗都看得出，咱們殿下待那江娘子不同，怎麼不一併帶回去？雖說入贅不能作真，但等戰事結束，大可以給江娘子掙個皇子妃，甚至王妃當當。」

齊戰雖比他年輕，思路卻比他周到一些，連忙推了他一下。「你瞎說啥呢？咱們殿下的婚事……得宮裡作主呢。」

齊策恍然意識到自己想得太簡單了，皇家的規矩大，跟他們這些平頭百姓不同，沒經過宮中認可，殿下哪能自己決定皇子妃的人選？

三人說了好幾句話，聯玉也已經從院子走到了屋門口。

見他過來，三人立刻起身抱拳行禮，然後齊家兄弟就開始對著熊峰擠眉弄眼。

大家雖是差不多時候跟隨殿下的，可是誰讓熊峰運道好，最早尋到了蹤跡不定的殿下呢？他也是和江月最熟悉的那個，他不開口誰開口？

熊峰沒辦法，只能硬著頭皮道：「公子，那個……」

聯玉之前已聽了他們的交談，自然知道他要問什麼，便擺手道：「不用多說，我自有決斷。」

去前線並不是兒戲，打仗哪有不死人的？

更別說，他的境況是腹背受敵——既要面對叛軍，又得防備胡家人再出下三濫的招數。

前頭他自己都差點喪命，現下也同樣沒把握能全身而退，把江月牽扯進去，無異於是拿她的人身安全當賭注。

就讓她留在這祥和的小城內就好。

若他此去能平定一切，他日自會回來迎她。

若不得回，讓江月只把他當成一去不回的忘恩負義之輩就好，也不至於多麼傷懷，還是能接著過自己的日子。

眾人素來以他馬首是瞻，熊峰和齊家兄弟便也不再多言。

小星河洗三那日，如江月說的，許氏的意思是不必操辦什麼，就自己家人吃了頓飯。那日江河、容氏和江靈曦都過來了，給小星河帶來了一個純銀的長命鎖。

小星河也不怕生，誰抱都不會哭鬧，把容氏看得樂壞了，抱著他怎麼看都不夠。到了他快滿月的時候，穆攬芳也過來了一趟，送來賀禮。

她是前幾日就知道許氏平安產子的，只是時下小孩體弱，尚未長成的時候，不方便見太多外人，穆攬芳便特地等到這會兒才上門來探望。

小星河比出生的時候又長胖了一圈，胳膊如藕節似的，抱在手裡格外的沈手。

穆攬芳雖還未嫁人生子，但自家弟妹出生的時候，她年歲也不算小了，也算是知道一些，上手抱了抱小星河，忍不住驚訝地出聲道：「他才要滿月吧？怎麼長得這麼結實了？抱出去說是兩個月的孩子，也是有人信的。」

江月也跟著笑。「他能吃能睡，又不哭不鬧，確實長得比同齡的孩子壯實一些。」

許氏還沒出月子，需要靜養，所以穆攬芳也沒多待，送上一對帶鈴鐺的銀腳鐲後便起身告辭。

江月送她出去。

穆攬芳關心地道：「妳弟弟倒確實壯得像小牛犢子似的，可妳怎麼瞧著比之前還清減不少？可是累著了？需要我派家中的嬤嬤過來幫忙嗎？」

江家的屋子並不算寬敞，幾間屋隔得也不算遠，穆攬芳以為她是白日裡既要開醫館，夜間又要幫著照看弟弟，給累到了。

江月近來確實有些累，倒不是為了這個，就解釋道：「沒有，他很好帶，家裡隨便分出一個人看顧他就行了，一般也不怎麼哭鬧，夜裡也有房嬤嬤和寶畫輪流起夜給他換尿片。我只是近來忙著製藥，累著了。」

聯玉說這幾日就要動身了，她自然需要在他們離開前，把金瘡藥做出來。

之前她或許也不會做得這麼多，力所能及地做一些就好。

但既知道聯玉要和從前一樣去外頭討生活，那麼這些藥很可能他也用得上，江月便想多做一些。

「原是這樣。」

隔了幾日，到了小星河滿月的時候。

滿月酒是聯玉一手操辦的。

上次兩人一道在天香樓用過飯，他見江月對那處的甜果酒和菜餚都十分滿意，便在那裡訂了一桌席面。

那處的一桌席面價格不低，沒有十兩銀子下不來，許氏知道後，直說有些鋪張了，說完就看向江月，詢問訂金能不能退？

江月聳肩道：「不是我訂的，我和您一樣，也是今日才知道訂在那處。」

聯玉便回應道：「是我訂的，之前和熊峰他們做買賣，賺到了一些銀錢。星河出生本就是大喜事一樁，難得熱鬧一次，也不值當什麼。」

許氏便也接受了他這份好意，抱著小星河顛了顛，心中熨貼地道：「這小子雖出生前就沒了親爹，但有你們疼愛，也不比旁人家的孩子差。」

小星河聽不懂親娘在說什麼，也跟著哼哼唧唧了一通，逗得許氏和房嬤嬤她們又笑起來。

這會兒了，聯玉也不再瞞著，直接提出自己過幾日就要動身離開路安縣。

「怎麼忽然要去外地？」許氏聞言立刻把孩子放下了。

房嬤嬤和寶畫也齊齊看了過來。

理由是聯玉和江月早就商量好的，此時他便只道：「從前是傷重，便在家中白吃白喝了這麼久，現下傷好了，自然還得把從前的營生撿起來。」

「一家子吃住都在一處，怎麼叫白吃白喝？」許氏先反駁了他這句話，又有些擔憂地道：「尋個營生是好事，但也不是非要去外頭不可吧？咱家現下有兩個小鋪子，也不缺什麼銀錢，你在本地尋個營生不也一樣？」
「我已經和熊峰他們說好了。」
若擱別人家，贅婿這般自作主張，當長輩的肯定會喝斥幾句「主意大」，但許氏素來溫柔，自然不會責備他什麼，只是看向江月，見她也沒有露出驚訝或反對的神色，便知道他們夫妻二人已經商量過。
她便也沒再勸說，只無奈地道：「你這孩子也真是的，現下才說，這匆匆忙忙的，怕是來不及給你置辦太多行李。」
聯玉說：「不用特地置辦什麼。」
許氏根本不管他，已經和房嬤嬤商量起來了。
夏天的衣裳每日都得換，那麼起碼得帶上幾身好輪流換洗。
還有，出門在外，最容易壞的就是鞋子了，怎麼也得多帶上幾雙。
至於別的季節的東西，許氏和房嬤嬤都沒提，兩人只以為和現在的熊峰一樣，聯玉每隔一個月就能回來住一段時間，所以只想著給他收拾夏日裡能用到的東西。
聯玉不知不覺在門口站了許久，等他回過神來的時候，江月不知道何時已經先行回了屋。
自己的屋子裡，江月也在擺弄一堆東西。
見他進來，江月就說：「這是我這些日子製金瘡藥的時候順手準備的，有上次給熊峰的驅蟲藥、解暑藥等等，都分門別類用紙包裝好了，也在紙包上寫好了字，用的時候直接拆開就好。還有那跌打酒，我也給你用小酒罈裝了一些，一併帶著。」說完，江月又拿出一個錦盒。「還有這個，你得貼身收著。裡頭是一顆保命的傷藥，僅此一顆。」

靈田裡上一批藥材收穫之後，絕大多數都被江月用來治他的內傷。剩下的一些，江月自己配比，加入了一些別的貴價藥材和靈泉水，製成了這麼一粒能保命的藥丸。

本來她是準備留給自己將來渡劫用的，但第二批藥材已經種下，再過不久就能收穫，她便把這顆保命藥先挪給遠行在即的聯玉用。

聯玉看著那些東西，久久沒有言語，過了許久才道：「對不起。」

江月搖頭。「跟我致歉做什麼？咱們早先就說好的，你假入贅，幫我度過難關，作為回報，我則幫你治傷。現下你傷好得差不多了，我也沒什麼難關了，你也該去做自己想做的事。」一說著，她停頓了半晌，才接著道：「現下母親才要出月子，尚不能有太厲害的情緒起伏，等你走後，過一段時間，我會和她說明真相的。」

他頷首，遞出一個荷包給江月。

「是什麼？」

他嗓音微沈地道：「和離書。」

江月含糊地「唔」了一聲，接過後放到了炕上的枕頭下，起身說：「我去看看母親她們收拾得怎麼樣了。」

當天晚上，聯玉的行囊就收拾妥當了。

用夕食的時候，許氏和房嬤嬤不時給他挾菜，一會兒說他出門在外得仔細些，一會兒又說若買賣不好做，就回家裡來。

兩人事無鉅細，全把聯玉當成個沒出過遠門的孩子般交代，完全忘了論起在外討生活的經驗，他比她們懂得可多了。

聯玉也並不嫌煩，她們每說一句，他就應承一聲。

轉眼就到了星河滿月酒這天。

這日恰逢是個雷雨天，天氣又悶又熱，小城裡的道路變得泥濘不堪，梨花巷附近一個行人也無。

房嬤嬤就提議說：「不然讓酒樓把席面送到家裡來吧？」

這樣也就省得一家子冒著雨出門。且滿月宴也沒請什麼外人，就是大房的親戚加一個穆攬芳而已。改個地點，讓寶畫去給兩家送個信，都不是外人，想來他們也不會介意。

許氏卻說不用。「一個月沒吹風、沒出門，我在家有些待不住了。這臭小子也是，現在聽到打雷就咯咯直笑，直把頭往門的方向瞧，也是個在屋子裡待不住的。而且若把宴席設在家裡，後頭少不得要收拾。」

坐月子期間，房嬤嬤並不讓她照顧孩子，主要是她和寶畫輪流帶。

於是一個月下來，許氏還豐腴了一些，反而房嬤嬤和寶畫都瘦了一圈。

今日若是再把宴席挪到家裡，回頭房嬤嬤和寶畫肯定也會搶著收拾，沒得累到她們。

之前也是想到這個，聯玉才特地在酒樓訂了一桌，這樣大家只需要去吃飯，不用再另外做什麼活計。

許氏和房嬤嬤商量完，便看向江月。

江月給許氏搭了一次脈。

許氏產子之後，江月便不用精準地控制靈泉水的分量了，已經用泉水把她虧空的元氣補了回來，她的身體已然恢復到生育前的狀態。

「聽母親的吧。一會兒等雨小一些，我去雇輛馬車來。」

正說著話，就聽到門上有響動。

打開門一瞧，來的是綠珠。原來是穆攬芳起身後發現天色不對，就讓綠珠和車夫過來了。

這下子，馬車也不用另外租賃了。

不過一家子同坐一輛馬車肯定是會有些逼仄的，聯玉就讓她們先過去，自己稍後再另外想辦法，反正他認得去天香樓的路。

雨勢漸小的時候，江月就和許氏他們先出了門。
馬車駛動，兩刻鐘不到，就到了天香樓。
剛停穩，自有夥計撐著傘上前。
問清姓氏之後，夥計便把他們引著去了二樓雅間。
江月她們也是這才知道，聯玉所謂的「訂了一桌」，其實是包下了一整個雅間。
雅間裡還特地沒點對孩子不好的熏香，只放了一些乾花來增香。
等一行人在雅間坐定，小星河便好奇地扭著腦袋到處打量，還嫌棄襁褓包得太嚴實，哼哼唧唧地要伸出手來。
當然，現下的他也沒有什麼目力可言，純粹是感覺到換了新環境，瞎好奇。
後來不久，江河他們和穆攬芳都先後來了。
眾人聚在一處聊聊家常，再逗逗孩子，不知不覺就已經到了快開席的時辰。
然而，聯玉卻還未出現。
「可能是有事耽擱了，我去接他一趟。」江月說著就跟穆攬芳借了馬車和車夫。
雖知道聯玉不是那等沒有交代的人，不會招呼不打就直接離開，但今日也不知為何，她隱隱覺得要發生什麼事。
再次回到梨花巷，消停了半上午的大雨又忽然落了下來。

道路越發泥濘，江月讓車夫尋了個相對乾淨的地方停下，而後就撐了傘往家走。
她剛走到梨花樹附近，就看到一隊人馬，守在自家那極為不顯眼的小巷子裡。
他們服飾統一，皆是頭戴斗笠，一身玄衣，肩上一處繡著金色鱗片，在雨幕中站得筆直，一看就是訓練有素的模樣。
又是一聲雷響，她聽到他們畢恭畢敬地齊聲喊道——
「恭請殿下回京！」
隨後，聯玉施施然走出來。
他並沒有穿家常的衣裳，身穿的是玄色蟒袍，頭頂束了金冠，昳麗的面容多了一絲凌厲的美感。
一個面白無鬚的中年男子隨侍在左右，正笑著為他撐傘。
「地方骯髒，九殿下小心腳下。」
聯玉面容沈靜地微微頷首。
一步兩步，他們從巷子裡出來。
離得近了，那侍者用尖細的嗓音道：「何人攔路？還不讓開！」
江月愣愣地往旁邊挪動了幾步。
那侍者頗有眼力見兒，狐疑的目光在江月身上梭巡了一圈，試探著詢問道：「可是殿下相熟的人？」

聯玉抿了抿唇，沒有言語，只是再次抬腳，神色漠然地從江月身邊走過。

侍者和一眾侍衛便也沒有再言語，默不作聲地跟了上去。

江月木然地轉身，臉上是難以掩藏的驚愕之色。

不只為了聯玉昭然若揭的貴重身分，而是遮天蔽日的雨幕下，她看到了聯玉的氣運。

磅礴的、壓倒一切的強勁氣運，比早前她在宋玉書身上看到過的，有過之而無不及。

濃重到幾乎快要成為實質，在他頭頂的半空中，黑壓壓的，赫然正是一條龍的形狀！

馬車駛動聲響起，小巷裡再次恢復了安靜。

只有泥濘的地上留下的一些腳印，彰顯著方才發生過的一切。

半晌之後，住得近的街坊打著傘出來詢問發生了何事？

這樣惡劣的天氣，街坊們雖不會外出，但那些個金鱗衛整齊劃一的聲音卻隱隱傳了出去。

江月沒什麼心力應付，便只微微搖頭。

他們也友善，沒再追問，只催著江月快些回去。

江月腦子亂糟糟地回到家，收了傘進到屋子裡。

屋子裡的陳設佈置並沒有任何改變，只是床上多了一套聯玉今日穿在身上的月白衫。

也少了個人。

江月捏了捏發痛的眉心，已然捋清了思路。

她此行要渡的劫，是「黑龍禍世」。

之前苦思不得其解，這方凡人世界只有生氣，卻無靈氣。人乃萬物之靈，尚且不能修煉，又哪來的什麼妖龍？

時人素來尊稱皇帝為真龍天子，唯一跟龍掛鉤的便也只可能是皇帝。

那黑龍……大概就是暴君？

黑龍禍世，就是暴君發動戰爭，生靈塗炭。

江月突然就回想起那個被她送回原世界的穿越之女，對方說過「作者也太偏愛男配了，把他設計得又好看、又厲害，玩權謀心術差點把剛進朝堂的男主玩死，最後收不了場了，才草草寫他舊傷復發死了」，也就是說，這方世界原本的運行軌跡裡，將有個這樣的所謂配角，和宋玉書發生糾葛。他長得好看、厲害、工於心計，有能力把剛進朝堂的氣運之子打壓住，還曾經受重傷，最後死於舊傷復發，那說的自然就是聯玉……不，他是「九殿下」，應當稱呼他為陸珏才對。

而江月來到這方小世界的身分，則也不是完全的偶然和巧合。

她本會嫁給宋玉書，成為他的左膀右臂，一起對付即將臨世的暴君，還天下太平。

如今，宋玉書早在那穿越之人的影響下退了婚，欠下大筆聘財，要晚上幾年才能進入朝堂。

而本該是配角的陸珏，卻是實打實地被她調理好了身體，再也沒有舊傷復發、短命橫死的可能。尤其江月給他的那個保命丹藥，就算他讓雷活劈了，服下之後也能保他一口生氣。

世間萬物，此消彼長，宋玉書消失的那部分氣運，應當就是到了他身上。

原來早在不知不覺之中，她就開始歷劫，成為了局中人，還把自己要渡的「劫難」給養成了！

那她現在該做什麼？去殺了他，了結因果嗎？

這個念頭才剛一閃而過，江月腦中越發亂得厲害。她捏著發痛的眉心，抬眼瞥見衣衫下頭壓了幾張紙。

上頭的墨跡還很新，是寫給她的。

他寫了很多東西，說他已和附近的一個老秀才打過招呼，也考察過對方的人品，往後江月可以按著書信上的位址去尋他來幫忙算帳。

他還給了她本地村子裡一個藥農的訊息，說幾次收藥材的時候和對方打過交道，十分可信，往後江月可以去聯繫對方，讓對方負責在村子裡代收藥材，但也不要忘了貨比三家，仔細斟酌。

另外，他還跟善仁堂的周大夫來往了幾次。周大夫在善仁堂的一眾大夫裡頭算是醫術出類拔萃，但他這個人太過耿直厚道，也跟江月似的，能不開藥就不開藥，有些時候甚至還倒貼銀錢給窮苦的病患，因此見惡於善仁堂的東家。只是礙於他在病患之中聲望頗高，且有那性情敦厚的掌櫃作保，那東家才未曾對他做什麼。

來日江月若想擴張醫館，招聘旁的坐診大夫，可以和周大夫聯繫一二。

二人在醫術上的造詣雖不同，但理念相合，且周大夫為人又重情義，和故去的江父交情匪淺，想來是不會拒絕的。

他還說可惜善仁堂的那個掌櫃祖上受過善仁堂東家的恩惠，並沒有另投他人的準備，便只好作罷。

江月看到這兒，不由得抿了抿唇，有些好笑。

這善仁堂也委實是樹大招風，若陸玨再留個一年半載，怕是整個醫館的人才都要給人家挖空了。

她接著往下看去，聯玉還提到了一個人。

一個街邊的小乞兒，十歲出頭的年紀，沒有大名，附近的人都叫他瘦猴。

從前江月義診的時候，曾給他治過肚子痛。

這瘦猴當時也沒跟江月千恩萬謝的，治好了就跑了，卻是個知道記恩的。

之前那幾個苦力第一次從江記醫館出去後，路上嘴裡還在不乾不淨地議論江月的容貌，他跟著出去，就看到那瘦猴手裡抓了把土，鬼鬼祟祟地跟著他們。

後來他把瘦猴趕走，自己出手教訓了那三人。瘦猴卻並未跑遠，還知道給他把風。

此子可用，但性情不定，需要引導……

寫到這兒，他突然頓筆，在紙上留下了一個濃重的墨點。

墨點旁邊，只有倉促凌亂的、和前文筆跡完全不同的兩個大字——保重。
想來他在家裡耽擱的工夫，就是在寫這些，而快寫完的時候，家裡突然來了那麼些人，他才就此擱筆，最後只來得及寫下「保重」二字。
一封書信看完，江月也捋清了思緒。
或許原本的劇情裡，陸玨必然會黑化成為一方暴君。
可這個臨走之前，還花費了大量時間、事無鉅細地來幫她安排瑣碎事務的聯玉，已不是原來的陸玨！
那個又蠢又壞的穿越之人的行為也證明了，這個世界的發展是可以更改的。
江月把書信疊好收起，卻聽見門上叫人拍響。
她起身開門，便看到了渾身濕透、一臉焦急之色的熊峰。
江月正奇怪聯玉都離開這兒回京了，熊峰怎麼還在這兒？
熊峰抹了把臉上的雨水，沈聲詢問道：「娘子可見到了我家公子？」
「見過的，我回來的時候正好見他被人接走。」
熊峰叫了聲「糟糕」，見江月面露不解，遂語速飛快地道：「公子本該是下個月和我們動身去往鄴城，今日我們都在城外調度車馬糧草，又恰逢大雨阻滯，我到了這會兒才進城，方才在角落處找到了被人打暈的齊家兄弟，便猜著出事了！公子走之前可跟妳說過什麼？」
「沒有，他未曾和我知會什麼。」熊峰語焉不詳，江月也是一知半解，但見他快急出個好歹來了，便也幫著分析了一番。「我看到那些佩刀侍衛身上繡著金色鱗片，應當就是民間傳聞的今上的親衛——金鱗衛。另外還有個面白無鬚、嗓音尖細的侍者，應當就是宮裡的太監。聯……你家公子還換了身衣裳，雖說那些侍衛打量了你們的人，行為有些古怪，但若要對你家公子不利，應不會這般給他準備什麼衣冠才是。」

熊峰知道的內情比她多，此時卻是需要她憑藉為數不多的訊息，反過來安慰他。

「那難怪了，是宮中來人接他！若公子真的跟妳說什麼，反倒不好。」

這點熊峰都能想到，江月也能想到。

若讓隨行的宮人知道姓陸的子孫心甘情願地給她家當贅婿，她怕是有幾個腦袋都不夠砍的！還不如表現得冷漠一些，撇清干係。

從方才街坊四鄰雲裡霧裡的反應來看，那些侍衛也並未鬧出什麼動靜、打探什麼，此行應只是接人而已。

熊峰這才鎮定了一些，恭恭敬敬地給江月行了個大禮。「我要去追我家公子了，但會留下人運送金瘡藥，稍後會來取，煩勞娘子還按著前頭說好的製完那批藥。」說完，熊峰便風風火火地離開了。

江月看了眼晦暗的天色，感覺到大概已經快午時了。

她雖已經沒了吃席的心思，但終歸是星河的滿月酒，許氏等人還在等著她。

而且她留在家裡也做不了什麼，她並不會武藝，也有家人，做不到像熊峰那樣一心一意，義無反顧。

再次回到天香樓，許氏只看到江月一人前來，自然詢問起來。江月便只道：「回去的時候就看到熊峰上門，一臉焦急之色，想來是遇到了什麼麻煩事，聯玉便跟著他們一道動身離開了。」

陸玨的身分，江月幫著瞞了下來，不然怕是真要把許氏她們嚇出個好歹來。而且酒樓這樣的地界，也實在不適合說這些。

「這孩子也真是的，再要緊的事也不好在這樣的雷雨天出遠門啊！」許氏看了一眼窗外的天色，略顯擔憂。

色香味俱全的菜餚很快依次呈送上來，江月臉上雖沒表現出什麼，卻是味如嚼蠟。

午後，雷陣雨徹底過去了，一行人就此分別，穆攬芳用馬車送江月她們回梨花巷。

穆攬芳看江月情緒不高，猜測她是為了和夫婿分別而傷懷，便揀了話說：「日前衛姊姊信上還說呢，可惜離得遠，不能親自來喝咱們星河的滿月酒。」

衛姝嵐雖然人沒到，但知道消息後，也託人送來了長命鎖，江月就努力笑道：「衛姊姊有心，我知道的。」說到這兒，江月心下便也有了章程，說：「之前通信的時候，我都是託鏢局送信，十天半個月的也不一定能送到……」

穆攬芳笑道：「早就讓妳跟著我走官家的驛站，妳非得說不好這樣麻煩我。咱們還分什麼妳我的？妳要給衛姊姊去信，直接給我就好，十天半個月都夠妳收到回信了。」

江月便點了頭，跟穆攬芳道了謝。

回到家裡，小星河已經睡成了小豬仔，許氏和房嬤嬤一併給他換下沾了菜味的襁褓後，就催著江月去休息。

江月回屋就提筆給衛姝嵐去了信，信上她先寫明江父去世前遭遇山匪，弄丟了要獻給某個大人物的藥材，然後又說近日聽聞那位下落不明……

江月寫好之後又檢查了一番，確認這封書信就算被旁人截獲，也不會鬧出什麼么蛾子，只會以為江家在擔心再被問罪而已。

檢查完畢，江月並未將書信裝進信封，而是將它摺疊好，裝進蠟丸裡頭，再裝到藥瓶裡——這一小瓶藥，是她之前收到衛姝嵐送來的長命鎖之後，給她製作的益氣補血的藥。

附帶的書信也是江月之前就寫好的，說明這藥適合衛姝嵐服用，現下也只要把那封書信稍微修改，寫明這藥只能她私下單獨用就好。

衛姝嵐聰慧剔透，應能猜到藥瓶裡頭另有乾坤。

江月讓寶畫跑了一趟，將東西送到了穆攬芳手裡。

第二十二章

之後的幾日，江月的生活並沒有發生什麼改變，還是照常在醫館坐診，沒有病患的時候就在製藥。

要說有什麼不同，大概就是有時候製藥物的過程冗長而枯燥，她也會睏倦恍惚，嘟囔著想讓聯玉監督自己別再碾著藥睡著了。

寶畫就會問說「姑娘您說啥？我差點睡著了，沒聽清」，江月才會恍然想起，他已經不在這裡了。

半個月之後，江月收到了衛姝嵐寄過來的東西——一盒她親手製作的糕點。

江月把門一關，把糕點逐個揉散開，找到了她真正的回信。

衛姝嵐在信中先是致歉，說早先並不知道江家遭逢大難，聽江月提了才去打聽了一番。她安慰江月說不用再掛心這件事，當時那批藥材丟了，但江家已經補上了十倍的銀錢，後頭「那位」也未曾歸京過生辰，這件事禮部根本沒有上報。

而據說生死不明的「那位」，其實在京中也沒有那麼大的權柄。且宮中對他的風評也都挺好的，說他是個武癡，不拘小節、不通俗禮……

她言辭隱晦，江月仔細品了品，大概便也知道陸玨從前的境遇了。

而所謂的「風評」，估計也是他刻意為之，跟他本人的真實情況可謂是完全不同。

若是有人按著那份所謂的風評來尋他，怕是根本對不上號。

信尾，衛姝嵐再次寬慰江月，說「那位」日前雖然回了京，卻受傷不輕，宮中太醫都束手無策。但當今的意思是不日就要讓他動身，依舊去往前線平叛，甚至還晉了他的軍職，從之前的軍中閒差，變成了副帥，所以此去怕是真的有去無回了，江家根本不用擔心他來日秋後算帳。

江月的神色凝重了幾分，目光在「受傷不輕」那幾個字眼上多停留了幾分，然後把書信就地焚毀。

沒人比江月更知道，他已然痊癒。

但既有太醫診治，他的傷也作不得假。

所以，他是在用自己的身體當賭注？賭一個皇帝的全然信任，也賭江月的那顆保命丹藥會如她所言那般起效。

到底還是知道的消息太少，她很難根據現有的內容來做些什麼。

可若是什麼都不做，只放任事態發展……這便不叫渡劫了，也實在不是江月的個性。

就在這時，醫館裡進來一個勁瘦的男子，正是之前江月見過的齊家堂兄弟中的一個——齊策。

由於堂弟齊戰比他這堂兄思慮周全，所以齊戰和熊峰一道追上京城去了，留下齊策來和江月對接藥物。

齊策進來後就面露難色地問道：「江娘子，那些藥做好沒有？」

照著原本的約定，前幾日江月就該交付那些藥物了。

但陸玨走後，醫館裡只剩下江月一個，她也不放心讓寶畫給自己打下手，製藥的速度便慢了。

齊策也知道這個，之前也表示了理解。

軍中會豢養飛鴿，他們的消息自然比江月靈通，江月猜他今日特地來催促，應當也是收到了信兒，知道陸玨即將回去前線，一場惡戰在所難免。

「今日都製好了，一共是二百份，你清點一下。」說著，江月便把一堆紙包從櫃檯裡取了出來。

齊策擺手說不用清點，然後爽快地付了四十兩銀子的製藥費。

見他拿了藥物就準備走，江月出聲喊住他。「且慢，我這兒還有一種藥。」

齊策還是擺手，正要說「有這些就夠了」，卻看江月已經用切藥的刀割破了食指，然後在齊策尚未反應過來的時候，就見江月拿出另一個小紙包，只隨意拈出一點，撒在了指腹的傷處。

幾乎是瞬間，那傷口就已經止住了血！齊策瞠目結舌。

江月製的金瘡藥已經足夠厲害，眨眼的工夫就能給傷口止血，但眨眼的工夫也是時間，且用量也需要多，得用藥粉把傷口蓋住才行。

現下她拿出的這藥，明顯比金瘡藥還厲害不少！

若不是親眼所見，齊策都要懷疑她在變什麼戲法了。

他又折返到櫃檯前，語速飛快地詢問道：「這藥怎麼賣？我還要二百……不，五百份！」

其實也就是江月這具身體怕疼，不然還能給他製造出更震撼的效果來。

好在效果已經達到，江月就不緊不慢地道：「這藥做不了那麼多。」這個倒不是作假，而是這藥是她靈田裡新收的藥材製的，普通的藥材就算加了靈泉水，也達不到這種效果。「雖然這藥不賣，但我既拿出來了，自然也可以給你一些。不過有個條件……」

這天晚些的時候，江月把醫館關了，回到了家裡。

許氏正抱著小星河在院子裡散步。

小傢伙快兩個月了，又壯實圓潤了一圈。自從滿月酒那次被抱著出了一回門後，他日常就老愛對著門窗哼哼唧唧的。

雖說江月告訴了全家人，說他身子底子格外壯實，他也確實從出生到現在一直都十分康健，但到底還年幼，所以許氏不敢真的每天帶著他出門，也就在這黃昏時分，不冷不熱的時候，抱著他在自家的小院子裡來回散步。

江月去水井邊上洗了手後，對著許氏伸手道：「我來抱他吧，您別累著了。」

「他也長得太快了，怕是再過個把月，我是真的抱不動了。」許氏好笑地看了一眼小兒子，將他交到江月手上。「妳這手怎麼了？」許氏注意到她食指指腹有一道紅痕。

「沒事，切藥的時候碰破了一點油皮。」

許氏仔細端詳了一陣，見傷口確實不嚴重，便放下心來，只無奈道：「聯玉不在，沒個人盯著妳，做事就這般毛躁。」提到聯玉，許氏不由得嘆了口氣。「這孩子出去快一個月了，怎麼還不見回來？不知道是不是在外頭遇到了什麼難處？」

江月道：「說到這個，正好有件事想跟您商量。」頓了頓，才又接著說：「我想去尋他。」

許氏驚訝地愣了一瞬，先是問：「妳可是聽說什麼了？難不成真讓我這烏鴉嘴說中了，他……」

「他好像受了點傷，說是沒有性命危險，但我還是想親自去看看。」

許氏蹙著眉，半晌之後才問：「妳決定了？」

江月點頭。來此方世界這麼久了，她在積攢功德的同時，一直在完成原身沒有完成的事——照顧她的家人，治好了江靈曦的傷，迎接了江星河的降生，也積攢了一筆銀錢。

加上今日齊策給的四十兩銀子，總共有二百兩的現銀。

而鋪子裡剩下的那些藥材，她傍晚之前請了周大夫來看過，周大夫也答應幫著她出售，至少也能再折成一百兩的現銀。

這三百兩的現銀，加上許氏手邊應當還剩下幾十兩，更還有衛姝嵐贈送的那個鋪子——雖不好轉賣，卻可以出租。

藥膳鋪子的營生還可以接著做，藥膳的方子她早就都教過房嬤嬤了。

靈泉水的產出已非昔日可比，她近來也一直在接，已經裝了好幾個酒罈，只對房嬤嬤說是自己配比的藥水，稀釋後加入藥膳，夠用上許久了。

這些加起來，無論如何都足夠許氏等人過上好些年的安生日子。

還有穆攬芳和大房那邊，她也會去打個招呼，拜託他們看顧一些。

所以現下，她也該去做自己必須要完成的事了。

江月把自己的安排說給許氏聽。

許氏的語氣一如既往的溫柔，卻十分堅定地道：「妳現下是一家之主，我也知道勸不動妳，旁的都可聽妳的，但藥材不賣，醫館也不對外出租，我等妳回來。」

江月便沒再勉強。

後頭房嬤嬤和寶畫知道江月也要遠行，就一邊操心不已地叮嚀，一邊幫著她收拾行李。

尤其是寶畫，她是想跟著江月一道外出的，便說：「娘留下看顧藥膳鋪子和夫人、小少爺，我在家又沒什麼事，我跟姑娘一道去啊！姑娘一個人，遇上事情可怎麼辦？」

江月正在用特製的藥膏往臉上塗，把臉塗得焦黃，姣好的容貌便也成了不甚起眼的中人之姿。

當然，除了這個，江月還製了一些亂七八糟的東西，比如能瞬間把人放倒的迷煙、讓人皮膚潰爛的毒粉、讓人身體麻痺的毒針等等，這些東西和那把銀色匕首一起，都由江月隨身攜帶。

也是知道了這些東西的具體用處，許氏和房嬤嬤才沒再多操心。真要有人對她起歹意，那麼倒楣的真不會是江月。

江月沒同意。「我也是跟著那姓齊的壯士趕路，再帶妳一個，總歸是不好。而且妳想，如妳說的，若是遇到了什麼事，我尚能自保，卻未必保護得了妳。」

寶畫淚眼汪汪的，癟著嘴幫她收拾床榻上的東西，突然抖落出一個荷包。

那荷包並未紮緊，裡頭的紙張也輕飄飄地落在了地上。

「這是啥？」寶畫彎腰撿起。

許氏和房嬤嬤聞言，也一起看了過去。

江月暗道不好，那是陸玨給她的和離書！

她當時也沒心情看，收下後就塞到了枕頭底下，後頭便忘了這樁事。

若這個被發現了，她那個出去尋夫的藉口，怕是也不好用了。

然而阻止卻是來不及了，寶畫已經驚叫出聲——

「這裡頭是……銀票？一萬兩?!我沒眼花吧？這是個『萬』字吧？」

江月不禁既好氣又好笑。

自己並沒有想和離，是他主動給出了「和離書」，若不想寫，大可直說，何必這麼費勁，用銀票來魚目混珠？真是一如既往的彆扭。

江月彎了彎唇，道：「這是聯玉的，之前讓我幫他收著，說是昔年積攢的家底。我之前不知道裡頭是這樣大額的銀票。」

寶畫搔了搔頭。「出遠門確實不適合帶太多銀錢在身上，但咱姑爺居然這麼富裕，那怎麼不早些拿出來……」

房嬤嬤拉了寶畫一下，嘀咕道：「姑娘都沒說什麼，妳管姑爺怎麼安排自己的銀錢呢？」

寶畫也就不刨根問底了，接著淚眼汪汪地給江月整理行李。

那張鉅額銀票，後來江月交給了許氏保管。

她只帶了一些小銀錁子、一些銅板，另外還藏了十兩銀票在貼身的衣物內。

出發這日，齊策駕著一輛極不起眼的破舊馬車來醫館接人。

看到臉色蠟黃、荊釵布裙的江月，他愣了一瞬，差點沒反應過來。

江月讓許氏等人不必再送，自己爬上了馬車。

到了城外之後，江月見到了隊伍裡的其他人。
一行數十人，個個都是年輕壯碩的男子，如熊峰那樣虎背熊腰的也有好幾人。
他們整裝待發，見齊策回來，上馬的上馬、駕車的駕車，立刻出發。
白日裡，一行人並不停留，吃飯、喝水都在馬上進行，一直到天黑了，才停下休整。
偶爾錯過了入城的時機，便只能宿在荒郊野外，自己另外紮帳篷，一路上倒也稱得上十分順利。
幾日之後，通往暨城的官道上，一隊人馬正在趕路。
其中一輛高大華麗的馬車裡頭突然傳來一聲悶哼。
守衛在馬車附近的熊峰和齊戰捕捉到了動靜，立刻撩開車簾。
「殿下醒了就好！」
馬車上，少年皇子面色慘白，卻是沒怎麼費力就已經能自己坐起。
熊峰一臉的心疼，恨不能以身代之，同時也慶幸道：「江娘子給的丹藥果然靈驗，殿下現下看著比出京時好多了。不如改路回路安縣去，讓江娘子為您——」
「不必。」陸玨立刻拒絕。昏睡得太久，他的嗓音有些乾澀，輕咳了幾聲後，才接著道：「不必節外生枝，接著往鄴城去。」
熊峰不覺又有些氣憤，沙包大的拳頭死死捏緊，想起當日他和齊戰等人立刻沿著上京的路追去一事。

等他們緊趕慢趕地追上金鱗衛後，那些人卻不讓他們靠近。

眼看著要鬧起來時，陸玨出面平定了紛爭，熊峰等人這才忍了下來，一路追去了京城。

後頭陸玨進宮，他們也被「請」到了一個地方軟禁，等到再見面的時候，已經過去了一旬，而前頭還好端端的陸玨卻變得十分虛弱。

他白著一張臉，笑著寬慰熊峰和齊戰等人，說自己升了軍職，連帶著他們這些本不被朝廷承認的追隨者，也得到皇帝的認可，正式入了朝廷的編制，往後有軍費、有糧草，不必再過著從前朝不保夕的日子。

熊峰和齊戰根本不關心這些，只想知道他為何變成了這樣？

在他們不依不饒的追問中，陸玨才道明了來龍去脈。

他受傷未歸日久，皇帝也不知道聽了誰的讒言，認為他有了不臣之心，這才派遣了金鱗衛四處尋他。

察覺到被懷疑了，陸玨沒有辦法，只得表明自己是因為傷勢嚴重，才流落在外。

雖然這是事實，但那會兒他的身子被江月調養得比受傷前還好，沒有半點後遺症，根本不足以取信於皇帝，他只好捨去半條性命，弄出了內傷。

太醫院的太醫們醫術不低，卻不如江月那麼玄乎，能根據傷勢來推算出受傷的具體日子。

在他們的診斷之下，陸玨確實傷重，若從此當個富貴閒人，或許還能有幾年可活，若還像從前似的舞刀弄棒，甚至上陣殺敵，那隨時可能殞命。

皇帝疑慮全消，撫慰了他幾句，而後才有了後頭的安排。

知道真相之後，熊峰和齊戰等人個個都是義憤填膺。雖知道天家父子和民間不同，但虎毒尚且不食子，皇帝既知道他們殿下不能再動武，怎麼還接著用他打仗？而所謂的厚待，則也像是在為來日他們殿下殞命後，朝廷要接手他們這些人而做的準備。

少年皇子見他們面露不忿，難得地多言了幾句，安慰道「父皇問過我，是我願意的。一個將士的最好結局，自然是死在陣前，保家衛國。何況，我有一枚她給我的丹藥，也不一定會死」。

現下，熊峰回憶起了這些事，不覺又紅了眼眶。

齊戰的面色同樣不好看，他拉著熊峰離開。

「你拉我做甚？」心情不好的熊峰怒氣沖沖地嚷了一句。「咱們殿下聰明的時候是真聰明，傻的時候是真傻，被人賣了還給人數錢！我要好好勸勸他！」

「殿下不是傻，殿下是一片純孝之心。自古君要臣死，臣不得不死，你勸他什麼？勸他不服君命，真的做亂臣賊子嗎？」

熊峰張了張嘴，想說這種君、這種父，殿下反了又何妨？但他也知道這種話不能隨便說，便只好死死地抿著唇。

齊戰拍了拍他的肩膀，臉上同樣是凝重憤懣的神色。顯然，他的想法和熊峰不謀而合，只是比熊峰更能忍一些罷了。

馬車內，陸玨閉著眼調動內力，感受到傷勢已經好了泰半，估計等到了鄴城也就好了七、八分。

怪不得江月說那是僅此一顆的保命傷藥，確實是神奇得令人咋舌。

與外頭凝重的氛圍不同，陸玨心情不錯，甚至還有心情翻看手邊的《三十六計》。

將其中的苦肉計再看過一遍，他方才不緊不慢地把書放下，查看起最近還未來得及看的信件。

半晌之後，馬車內傳出他有些氣急的聲音——

「全速前進，三日之內抵達鄴城！」

江月來到鄴城幾日後，就很快習慣了這裡的生活。

鄴城一帶共有三座城池，前有叛軍占領的彭城，後有朝廷軍隊固守的暨城，兩軍於中間的鄴城形成了對峙之勢。

鄴城曾經富饒平和，主城區以青磚鋪地，道路寬闊，屋舍林立，比路安縣還強上不少。但叛軍起事之後，鄴城遭了災，城內的氛圍遠不如小城輕鬆祥和。

齊策將她安置在軍屬聚集的城寨中，讓一個名叫熊慧的女子看顧她。

熊並不是常見的大姓，江月後頭問起來，也就知道她和熊峰是同姓遠親，姊弟倆早些年一道為陸玨所救。

和熊峰一樣，熊慧也是性情爽朗、胸無城府之輩，見識過江月為軍屬治療痼疾之後，便已然把她當成了自己人。

這日天色黯淡的時候，江月送走了最後一個病患，活動了一下痠澀的脖頸，捶著肩膀往主屋走去。

月色皎潔，少女腰肢纖細，身影嫋嫋婷婷。

然而她還未走到門邊，卻是突然腳下一頓，幾根銀針朝著院中一個陰暗的角落射去。

幾乎是同時，一個身穿夜行衣的人影便已經到了她身後！

來人反剪她的手腕，然後將她兩隻纖細的手腕用一手握住，另一手在她發出呼救聲之前，捂住了她的唇。

江月全身簌簌抖動，聽著那粗礪陌生的嗓音響起——

「小娘子現下知道怕了？」

江月被他捂著嘴，忍著笑意，含糊不清地道：「怕了怕了，大俠饒命！」久久沒有聽到回應，江月接著笑道：「大俠再不鬆手，我可咬人了。」

身後之人這才鬆了手，退開半步。「妳怎麼知道是我？」

嗓音已經變成了之前江月聽習慣的、清朗悅耳的聲音。

江月含糊地應道：「我自有我的辦法。」

適才感知到有人躲在陰暗角落時，她確實不知道來人是誰。

可當陸玨來到身後，那磅礴的氣運就讓她想感知不到都難。

再說了，哪有人一上來又是反剪雙手、又是捂嘴的，卻沒把她的口鼻給捂嚴實了，一副生怕真的弄痛她的模樣？

他輕哼一聲，逕自先推門進屋。

這小院的每間屋子都十分逼仄，主屋更是只有一個土炕、一個看不出本來顏色的衣櫃，連張桌子都再也擱不下。

而炕桌上，擱著江月日常用著的、盛放藥材和藥粉的各種瓶瓶罐罐。

少年皇子對這種環境當然是司空見慣，只是此時不覺已經蹙了眉頭。

他走到炕桌一邊坐下。「熊慧就安排這樣的地方給妳住？」

「這不挺好的？比起附近其他人的住所，我這已經是獨一份的了。而且熊慧就在隔壁，也是方便她照看我。」

江月說著話，打開瓶瓶罐罐擺弄了一陣，然後拿出一顆棕色的藥丸。「把這個吃了。」

「我吃了妳之前給的那顆保命藥，傷已經好得差不多了。」說是這麼說，他還是習慣使然地伸手接過。

江月才道：「不是治傷的，是解毒的。」說著，她朝他的手比了比。

方才他推門時，江月就看到他手背上有個血點子，應當是他扮演歹人的時候，為了不讓她有呼救的時間，特地沒躲她的銀針而留下的傷口。

陸玨把手一翻，果然方才還沒有任何異樣的手背，現下已經是紅到發紫，更難得的是，他根本沒覺得痛癢。若不是江月提醒，怕是連他都得過一陣子才會反應過來中了毒，屆時那毒便已經入骨了。

「算妳有幾分警醒。」他並不惱怒，面上的神情還柔軟了幾分，將解毒的丹藥服下。這會兒了，他才願意抬眼看她，結果剛舒展開的長眉很快又緊緊蹙起。「妳這臉怎麼回事？」

江月有些得意地往他跟前湊了湊。「我調的藥膏，怎麼樣？厲害吧？」

到了鄞城的城寨之後，江月其實也可以卸掉，但城寨裡的軍屬大多都是面黃肌瘦，加上進城的時候齊策也提醒過，說朝廷的軍隊偶爾也會進城，她想著多一事不如少一事，所以後頭就還是又給自己塗上了。

陸玨伸手托住她的下巴，拇指在她臉頰上輕輕搓了搓，還真的是一點都不掉色。

萬籟俱寂的秋夜裡，躍動的燭光下，膚色蠟黃的少女並不稱得上如何貌美，但她燦若星辰的明亮眼眸和指尖溫熱柔軟的觸感，還是讓少年皇子為之微微愣神。

臉上被他觸碰過的地方火辣辣的，江月便往後縮了縮，端坐在炕桌另一側。

陸玨摩挲了一下指尖後，正色道：「妳有這藥膏，也配了毒，但也不是萬無一失。若我方才真想要妳的命，妳現下還能安坐在這裡嗎？」

這世間哪有什麼萬無一失的事呢？江月抱著胳膊，挑眉道：「夠了喔，到底是誰該生氣啊，聯玉？還是……九殿下？」她特地放緩語速，一字一頓地唸他的假名。

聽在他耳朵裡，卻莫名多了一絲繾綣的意味。他握拳到唇邊，輕咳一聲。「隱瞞身分確實是我的不是，但一碼歸一碼，妳同我置氣，也不能把自己的安全置之度外。」

「誰說我是為了同你置氣，才來這兒的？」

知道他身分的時候，江月雖然驚詫，卻也並不惱怒。

畢竟連她也懷有自己的秘密，未曾對他、甚至未曾對許氏和房嬤嬤她們交底，但她確實把他們當成家人。

眼前的少年，不論是叫聯玉還是陸玨，抑或是旁的什麼名字，那麼久的相處時間裡，都未曾做過傷害她們的事情，這便夠了。

「哦？」他也學她抱著胳膊，挑眉問：「那妳為何而來？」

這就不好直說了，總不能說他就是她的劫數所在，她得跟在他身邊，確保他不會走上塗炭生靈的暴君之路吧？

「唔……想來就來了。」江月垂下眼睛，有些心虛地避開了他的視線。

少年皇子不由得彎了彎唇，神情越發柔和。

「妳先去沐浴，稍後再說話。」

之前只有江月自己在這人生地不熟的地方，沐浴的時候都得仔細檢查門窗。

現下有他在，江月確實心安不少，找了寢衣去了堂屋——小院地方實在不大，堂屋算是最寬敞的，所以江月日常就在那兒沐浴，白日裡再把浴桶擱在屋外的廊下。

泡了個舒服的澡後，江月穿著白色的寢衣回到了主屋。

陸玨還坐在炕桌一側，閉著眼假寐，好像沒挪動過，但炕桌上卻多了一碗還帶著熱氣的米湯和一碟醬菜，自然都是他方才去灶房盛來的。

聽到她過來，他掀開眼皮，詢問道：「妳日常就吃這些東西？」

江月坐到炕上，捧起湯碗說不是啊。「日常我這兒也不開伙，都是熊慧給送飯，我吃著挺好的。」也不知道哪裡又惹他不高興了，江月明顯發現他眼底的笑意少了幾分。她一邊喝著米湯，一邊讓他把手腕遞上前。「確實快好了，但是還得歇上幾日，不能再動內力。」

陸玨說知道了，把裝著溫水的杯子往她面前推了推。

江月拿起杯子漱了漱口，又說：「你這傷……」她猜到他這傷多半是自己弄出來的，擱以前她可能不會細問，但今時不同往日，兩人算是命運一體，許多事情便得仔細問問。但能讓他不惜做出傷害自己的事，動用那顆保命的傷藥，肯定是牽涉甚深的大事，江月便頓了頓，又道：「你要是不想說就算了。」

陸玨抬了抬下巴，讓她進被窩躺好，而後把炕桌上的燭火吹滅。

黑暗中，少年皇子語氣平常地說：「也不是什麼大事，不過是陛下不信我，我只好使『苦肉計』罷了。現下在他眼中，我沒多久可活了，臨死之前卻還願意替他衝鋒陷陣，便不會再疑我了。」

他稱今上為「陛下」，而不是「父皇」，父子關係的惡劣程度可窺一斑。

「虎毒尚且不食子呢！」江月不覺間也有些氣憤。

他卻輕輕笑了笑，說：「這樣也好。」

江月反應了一會兒，才明白他這話裡的意思。

她情緒起伏比常人小，尚且會有幾分氣憤，那麼熊峰、齊家兄弟等人，怕更是義憤填膺。

來日他要是造反，那些人應也只會覺得他做得對，而不會覺得自己跟錯了一個亂臣賊子。

這苦肉計的真正目的，怕是這個才對！

江月對他這計謀倒是沒有什麼異議，皇權更替是很正常的事情。

那皇位，現在的皇帝坐得，陸玨自然也坐得。

她掛心的，依舊還是他來日會不會造下殺孽，塗炭生靈。

「妳製的那毒還挺有趣的。」

江月回過神來，立刻說：「毒不能用到其他地方。」

她防身的毒，都是靈田裡生長的藥材所製，這才有了特殊強勁的效果，但只能用來自保，不能用到其他地方。

何況，江月也有些擔心他用那毒去對付陸家人。這種毒藥下去，當然能順利為他清掃障礙，但江月是積攢功德入道的醫修，力求自保的時候使毒倒是不礙什麼，若為了一己之私而用毒，即便不是她動手，也會使她受到牽累，到時候別說歷劫了，怕是此方世界的天道都容不下她。

「想什麼呢？」陸玨好笑地道：「我就是想說，妳那毒不錯，往後也要留著日常防身。這城寨並不如表面上平和，我總有看顧不到妳的時候，妳不可掉以輕心。」

說到這個，江月正色地應了一聲。

說了會兒話，江月也實在有些熬不住了，遂閉上眼睛問道：「你不回軍營嗎？」

她遠行並沒有帶鋪蓋，現下炕上只一床熊慧送來的被褥。

雖說這秋天也未必會讓他著涼，但沒有被褥總歸睡得不舒服。

陸玨說不礙事。「正好還有點公文沒處理完。」

「沒看你帶什麼公文啊？而且黑燈瞎火的……」

「在軍營的時候看過一遍，腦子裡記下了，現下在腦子裡想好如何批覆，回去後直接提筆寫上就好。」他頓了頓，柔聲道：「快睡吧，我守著妳。」

驟然到了個陌生環境，江月前幾日確實睡得都不大好。她含糊地應了一聲，很快就安心地陷入了夢鄉。

翌日江月起身，陸玨已經離開，留下字條說隔幾日再回來。

想著他昨日風塵僕僕，應該是還未回軍營處理事務，先奔著自己這兒來了，江月倒也不見怪。

接下來的幾日，江月都待在城寨裡為百姓診病，名聲日漸響亮的同時，連前頭熊峰和齊戰等人日常掛在嘴邊的軍師——一個叫無名的小老頭都慕名來找她。

可惜的是，小老頭身上並無病症，而是和前頭那位老夫人一樣，是體內生氣流逝，壽數快要到頭。

他性情舒朗豁達，只讓江月暫且把這樁事保密，而後從江月這裡拿走了一些靈泉水，以此來緩解身體的虛弱感。

江月和陸玨再見面，已經是五日之後。

陸玨剛進門，就看到一團烏漆麻黑的東西嗚咽著撲到自己腿前。

想著是江月的所有物，他沒使內力，只用巧勁把牠撇開。

「什麼東西？」

江月開門出來，提溜起小黑團子，讓牠安靜，而後解釋道：「是一隻小狼崽，熊慧送我的，說是城寨裡的人去山上採藥的時候撿的，讓我養著看家護院。我還給取了個名字，叫『黑團』。」

陸玨看著那巴掌大的小東西，好笑道：「看家護院？」別說是他了，就算換個垂髫小童來，都能把這小東西一腳踩死。

「狼崽嘛，又不是狗崽，多少有些野性在身上，從小養大才放心，若是大的，我還不敢養呢！白日裡熊慧會牽狗來給牠餵奶，我也不用費心，養就養了。」

江月把小東西放回牠的小木屋，和陸玨一起進了屋。

屋裡比他上次來時更逼仄，多了許多雜物。

「都是這幾日軍屬們送來的『診金』，雖不貴重，但也是一份心意，我也不好推辭。」

陸玨的目光在那些東西上梭巡一遭後，蹙起眉問：「妳這是準備在這兒久留？」

「不然呢？我特地過來了，難道只住幾天就走？」

「那家中……」

「我之前寫了家書託熊慧幫我寄出去了，這幾日也收到了母親的回信，說家中一切都好。」

幾天前兩人才碰面，陸玨並沒有第一時間就讓她離開，但是其實心下還是有些擔心她的安危，不大贊同她久留。

轉眼看到炕上多了一床疊好的、為他準備的被褥，到嘴的話便也說不出口了。

半晌後，他無奈道：「算了，但先說好，若鄴城失守，我讓妳走的時候，妳就必須離開。」

這是自然，她身上又沒什麼大氣運，也知道要把自己的安危放在首位，便點頭應下。

陸玨坐到炕桌旁，不自覺地捏著發痛的眉心，眼底也是一片濃重的青影。

想想也是，他離開軍中時日已久，多的是要處理的事務。

現下熊慧也不把江月當外人了，很多事情都會說給她聽。

皇帝終於鬆了口，承認了平民軍是正規軍隊，給了軍餉和糧草。

但所謂將在外，君命有所不受，朝廷的軍隊裡頭派系林立，平時忙著內鬥，突然多了一支和他們平起平坐的軍隊，還都是窮苦百姓組成的，自然會惹來不滿，暫時停止內鬥，一致對外。

他們當然不敢違抗皇命，卻不妨礙暗中使點絆子，例如將朝廷分發給平民軍的糧草延緩幾日。

這些事，都需要陸玨出面斡旋。他再厲害也是人，會累會疲倦。

「我來給你按按？」江月說著便起身坐到他身後，抬起手，伸直胳膊，給他揉按穴位。

她柔嫩的指尖恰到好處地在穴位上揉動，陸玨舒服地輕輕喟嘆一聲，問道：「妳覺得『重明軍』這個名號如何？」

他一手組建的軍隊，之前不被朝廷認可，便也不好取軍名，只稱作平民軍。

現下情況不同，也該取個響亮的名號了。

江月沒想到他會同自己商量這麼重要的事，想了想說：「重明鳥是上古神鳥，傳聞其可以嚇退妖魔鬼怪，保護民眾安寧不受侵犯，我覺得很好。」

「嗯。」他應一聲，乖乖地偏過臉，閉上眼睛，任由她揉按。

少年皇子和小城裡的贅婿，面容並沒有什麼變化，一樣的昳麗清俊，眉目如畫，長睫濃密。

閉著眼的時候，徹底收斂鋒芒，像院子裡的小狼崽似的，乖乖的，讓人忍不住想摸摸他的腦袋。

很難想像，這樣一個人，按著此方世界的原有軌跡，會成為一方人神共憤的暴君。

江月一分神，手下不覺就放慢了速度。

「累了？」陸珏睜開眼詢問。

毫不意外地，江月細細描摹他五官的目光來不及收回，同他四目相對。

氣氛驟然升溫，她略有些慌亂地避開目光，使勁為他揪按了兩下。「確實有些累了，暫且這樣吧。」

陸珏彎了彎唇，拿出尚未處理完的公文批閱起來，還示意江月可以一起看。

江月挨著他坐下，公文上頭的軍事用語極多，江月看得有些吃力，陸珏也不催她。

等她看完，才發現他百無聊賴，正拈了她長至腰際的髮尾，在指尖把玩。

「算了，你先忙吧。」真要讓陸珏按著她這速度處理公文，怕是一晚上的時間都不夠用。

陸珏輕笑一下，按著他日常的速度一目十行，飛快地看完，給出批覆。

少年皇子在忙正事的時候，神情格外的專注，並不像平時那樣疏懶。

也就半個時辰，那些公文都處理完畢了。

陸玨將它們隨手疊起，轉頭才發現江月還坐在自己身側。「怎麼還不睡下？」

江月從他左手中抽出自己的髮尾。

他歉然地笑了笑。「太忘我了，沒注意到這個。妳該早些提醒我的。」

江月搖頭說不礙事，眼神還落在公文上。

陸玨再次拈起她的髮尾，開口道：「軍中的主帥叫杜成濟，是定安侯的老部下，與我素來不對盤。陛下的意思是，讓他今年年關前，得交上一封令他滿意的捷報，如今杜成濟快愁得把頭髮和鬍子都薅光了。」

細軟柔順的黑髮，被少年皇子漫不經心地繞在食指上，拇指輕輕來回摩挲狎玩，莫名的有些輕佻。

江月也顧不上管這個，正色詢問道：「我聽熊慧說，去年本就可以攻下彭城，結束這場戰亂。現下你回到軍中，那杜主帥和你合作，還需要那般發愁嗎？」

陸玨輕嗤一聲。「他怎麼肯和我合作？去歲我用險招幫他打下鄴城，戰報傳回京城，便已經蓋過了他的風頭。那會兒我尚是個監察呢，如今我是副帥，再合作一次，軍功自然是我的。那老匹夫在前線種了那麼久的樹，能眼睜睜看著我摘了最後的果？而且妳也說了，那是去年的事。戰場上的局勢瞬息萬變，更遑論過了一年，時移世易，彭城不是那麼好打的……」陸玨像夫子教授學生一樣，很耐心地用最通俗易懂的話語，將戰事的始末揉碎了說與江月聽。

今上算不得一個明君，但也沒有荒淫無度、暴斂橫徵，只是庸碌、貪色了一些。陸家祖上連著出了好幾代明君，前人種好了大樹，今上躲在祖宗的庇蔭裡，也算得上是天下太平，河清海晏。

叛軍並不是受到不公待遇的平民起義，原身是一個名為「極樂教」的教派。

極樂是大乘佛教用語，梵文本意是幸福所在之處。

被蠱惑的教眾一心以為死後就能得道成仙，便悍不畏死。且這極樂教還有奇人異士相助，會給教眾服下特製的「聖藥」，讓人百病全消，不覺疼痛，使得教眾越發篤信教主有大神通，越戰越勇。

每逢攻城，不等雙方的士兵對陣，這些被蠱惑的百姓會先衝在前頭，自願成為叛軍的肉盾。

是以，別看叛軍現下只有一個彭城，兵卒總共二、三萬人，但起戰事的時候，全城皆兵。一年的時間，也足夠其吸納和培養更多的盲從教眾了。

今上再昏庸，也不可能不顧普通百姓的性命，真要在史書上留下坑殺上萬百姓的紀錄，那必然是要遺臭萬年的。

「所以說，這場叛亂經歷了數年還不得以平息，一言以蔽之，便是『投鼠忌器』四個字而已。」

陸玨給了她一個讚賞的眼神。

「叛軍兵卒二、三萬，彭城百姓也有數萬，他們的供給從何而來？」

陸玨道：「彭城百姓連死都不怕了，自然也不會吝惜身外錢財。據說有人寧願餓死自己的妻兒，也要把糧食省給叛軍。而且那些個會使蠱的能人異士，也不是憑空冒出來的，都是丘黎族的手段罷了。」

丘黎族，就是早前侵占過三城的異族，曾經極其煊赫，後來讓陸家那位驍勇善戰的聖祖皇帝打得丟盔棄甲，龜縮到了極北之地。

江月便也懂了。叛軍既有被蠱惑的百姓幫忙，又有異族相助，便不用煩心什麼供給。

她知道這方世界根本沒有靈氣，也更不可能有什麼得道成仙者。百姓信奉什麼是各人的自由，可用信仰來欺騙、蠱惑百姓為自己所用，那是真的噁心，令人不齒！

而那所謂的「聖藥」則更是無稽之談，她作為醫修，尚要根據病患的不同情況來因症施藥，連靈虛界帶來的靈泉水也只能起到輔助作用，真要有人能研製出那種東西，違背了天理迴圈，早就讓此間的天道給弄死，更別說大批量提供給普通教眾了。

陸玨見她神色不悅，便鬆開她的髮，捏住她一根手指輕輕捏了捏。「好了，妳不想聽我就不說了。」

江月搖頭說不是。「我只是在想那極樂教所用的『聖藥』……你能弄到嗎？我想研究一下。」

若是能解開那「聖藥」的秘密，讓被蠱惑的百姓知道，那極樂教並沒有什麼大神通，加上人性本就是趨利避害的，能感覺到疼痛了，百姓便也不會那般悍不畏死地擋在前頭，如此也能大大減少傷亡。

江月靜靜看著他，神色是從未有過的認真。

陸玨恍然了一瞬，想起去年這時候二人在荒野山洞中相遇，彼時她形容狼狽、氣息虛弱，卻目光清明端肅，宛如坐於高臺的神女。

「好。」他止住了笑，應承下來。

第二十三章

十月末，鄴城便已經冷得滴水凝冰。

這日熊峰來請江月入軍營，她便知道是陸玨弄到那欺世盜名的「聖藥」了。

江月揹上藥箱，坐上馬車，一個時辰不到，便到達了軍營主帳。

主帳裡頭，陸玨和齊家兄弟俱在，幾人都是一臉的嚴陣以待，不錯眼地盯著帳子中間——那處有一個被五花大綁的、暈死過去的男子。

不等江月發問，齊戰便開口解釋道：「那勞什子『聖藥』不好尋，只能抓了個長期服用那藥的百姓來。」

從長期服藥的人身上，只能大概判斷出效果，具體成分是不大可能分析出來的。就像當初江月判斷穆攬芳中了毒，但要研究解藥卻還得從毒藥本身出發。

但齊戰都說不好尋了，想來這也是沒辦法中的辦法了。

齊戰接著道：「娘子不知道，那極樂教的教主極為謹慎，在人前都是身著黑袍、臉覆面具，那聖藥只有他一個人經手，由他親自主持一月一次的『聖會』，賜藥給信徒當面服下……」

江月邊聽邊頷首，走到那暈死過去的男子面前。

陸玨提醒了聲「小心」，而後走到她身邊，也跟著蹲下身，由他幫著解開那百姓的一隻手，遞到江月眼前。

只見那百姓的手腕上，赫然是數十條深淺不一的血痕。再看他另一隻手，則是指甲翻捲，裡頭全是血肉。

饒是江月，見到此番情景，也有些驚詫。「這是他自己……」

陸玨說是。「彭城的百姓一旦被俘，便會千方百計的求死。」

江月凝神搭脈，幾息的工夫，便診出了一些東西。

這人的脈象磅礴有力，而且滿是生氣，還真是極為康健的脈象。

可這種康健自然是不正常的，這人面黃肌瘦、骨瘦如柴，聽著陸玨的意思，一路上更是極盡可能的求死，如何也不該這般康健才是。而且人吃五穀雜糧，怎麼可能一點小病小痛都沒有？連江月自己，日常喝著靈泉水養生的，尚且有一些不足掛齒的小毛病。

江月第一次接觸到這種怪異之事，正兀自沈吟時，就聽見熊峰驚叫道——

「他死了！」

江月立刻伸手探了探那人的鼻息和脈搏，確認他已然沒了氣息。

這人一直未曾離開江月的視線，卻突然暴斃！連江月都未曾料到變故會發生得如此之快。

熊峰嘟囔道：「虧我看他穿得單薄，怕他凍死了，還好心好意地幫他生了好幾個火盆取暖，怎麼還是……」

江月的眼神落在那死去男子的衣著上——時值冬日，鄴城都已經天寒地凍，彭城比鄴城更偏北域，理當更冷才是，然而這死去的男子身上卻只穿一身粗布單衣……

驀地，腦內靈光一閃，江月呼出一口長氣道：「我知道了。我來前線時日雖短，卻也聽說了不少事。丘黎族起於極北嚴寒之地，彼時他們侵占三城之後，本可以趁著新朝與舊朝交替、風雨飄搖之際，接著南下，但暨城往後的城池，氣候便不是這般嚴寒了。那年聖祖御駕親征，大獲全勝，恰好是酷暑之際，去歲你攻下鄴城，亦是這個時節前後。」

齊戰試探著問：「江娘子的意思是……叛軍喜寒畏熱？」

江月點頭。「你們與叛軍交手已久，可仔細回憶，過去數年，是不是每逢酷暑，他們便會止戈休戰？」

齊戰等人齊齊點頭，還說：「仔細回想起來，不只是止戈休戰，每逢夏季，聖會就會暫停，叛軍也總會無故折損許多人手。不過三城的夏季格外短，滿打滿算也不過一個半月，便沒怎麼在這上頭細想過。」

「不拘是藥，還是毒，怎麼可能被寒熱影響至此？」江月一邊說，一邊對著陸玨招手，示意他走到跟前，然後同他耳語了幾句。

陸玨道：「這不用妳，讓下頭的人去做就好。」說完，他讓人把那彭城男子的屍首帶了出去。

大概過了兩、三刻鐘，一名姓蔣的軍醫進來，將一個小盒子放到桌上，裡頭躺著好幾條古怪小蟲，條條都是爆體而亡，看不出本來模樣，也難為軍醫拼湊出了個大概。

「從那男子的腦子裡找出來的。」蔣軍醫說著話，臉上並沒有表現出厭惡或者噁心的神色，反而眼神發亮，很是好奇。行醫一輩子，他還沒有仿效華佗給人開瓢治病的經歷，更別說是給死人開瓢，在腦子裡找東西了。

江月用銀針撥弄了一下那已經死透的小蟲，接著前頭的話道：「所以我猜那聖藥不是毒、不是藥，而是活物，也就是時人偶有提及的蠱蟲。」

蠱蟲入腦，當然就可控制人的所思所想、所覺所感。

彭城百姓寧願身死也要護著叛軍，也未必真的是他們被蠱惑到那個地步，其實是成為了蠱蟲的傀儡。

蔣軍醫笑道：「從前只聽聞南疆的人會使蠱，沒想到這起源於極北之地的丘黎族也會使這些。若不是現下找到了這蠱蟲，您前頭和我說這個，我肯定是不信的！」

齊戰和熊峰等人也俱是面露喜色。

幾日之後，江月就製作出了第一批解藥。

恰逢兩軍交鋒，陸玨乘機抓了一批叛軍的兵卒。

這些兵卒自然也是服用「聖藥」久矣的信眾，和前頭那彭城的百姓一樣，求死的手段層出不窮。

但既有了前車之鑒，熊峰等人也算是有了經驗，在其自裁之前，直接強迫其服下解藥。至多也就兩刻鐘，他們會開始感覺到疼痛，漸漸恢復神志。

試問這世間有幾人會在意識清醒、能感知到疼痛的時候，做出瘋魔的自毀舉動呢？

而只要他們不再一心求死，再服下江月的靈泉水，平緩體內的生氣，便能恢復正常的狀態。

後續的結果，便是俘虜活下來了大半，老實交代了許多彭城的消息。

有了這次試驗，重明軍上下士氣高漲，大家心裡都清楚，彭城不再是鐵板一塊，只要讓那些悍不畏死、甘心充當肉盾的百姓服下這解藥，拿下彭城就是輕而易舉的事。

至於如何讓百姓服藥，還是得陸玨遣兵調將地安排。

江月回到了城寨中，靜靜等著消息。

年關將近的時候，外頭已經有了傳聞，說九皇子陸玨才是真正的天命之人，得了醫仙相助，極樂教不過是邪門歪道，那所謂的聖藥，在天命之子和醫仙面前，根本不堪一擊。

勝利在望，年節上陸玨越發忙碌，實在抽不出空來陪江月過年，就讓人把許氏和房嬤嬤她們接到了後方不遠的暨城。

此時江月也在前線待了許久，還把蔣軍醫收為掛名弟子，帶在身邊指點了月餘，想著蔣軍醫足夠獨當一面，江月也就安心地聽從了陸玨的安排。

負責護送她離開的除了齊戰之外，還有城寨裡的女兵統領珍珠。

一行人上了路，途中眼看著又要下雪，便在荒郊野外安營紮寨。

安頓好後，珍珠隨齊戰一道在營地周圍撒下驅蟲的藥粉，然後就勸著江月進帳篷裡休息。

再一日就能和家人團聚，江月心緒起伏，並無甚睡意，凝心靜坐了一陣。不知不覺間，外頭徹底安靜了下來，萬籟俱寂，只依稀聽到雪落下的聲音。

驀地，一道輕緩的、微不可聞的腳步聲出現在江月的帳篷前。

帳門被掀開的瞬間，幾根銀針急射出去！

只聽丁鈴噹啷的幾聲輕響，銀針落在了地上。

接著，一道陌生的聲音調笑道：「聽聞醫仙娘娘既會製藥，一手銀針更是使得出神入化，能從閻王手底下救回人的性命。只是不知道妳這銀針不只可以救人，還能殺人啊！」

話音落下，一個瘦小的人影進來。

來人看著是十三、四歲的少年模樣，普通得不能再普通的面容，可他的聲音，卻是成年男子低沈的聲線。

「陸玨這廝好生狡猾，把醫仙娘娘藏得好深，我可找了妳好幾日呢！」說完，他打量了江月一陣，奇怪道：「為何妳只有驚訝，卻不怕我？」

「我為何要怕你？」

「唔，大概是因為……妳的性命握在我手上啊！」

「人死如燈滅，我怕你做甚？而且你現下與我在這兒說了許久的話，足夠我死上百八十回了。所以，你意欲何為？極樂教主。」

他「咦」了一聲。「妳怎麼知道我的身分？」

「你本事高超，孤身前來卻能悄無聲息地放倒了外頭那些人，除了那位藏頭露尾的教主，我實在不知道你還能是誰？詐一詐，也就能確定了。」

「醫仙娘娘果然是個妙人！」極樂教主興致勃勃地朝她豎了豎拇指。「其實我也沒準備做什麼，只是想請妳看一齣好戲罷了。」他逕自轉身，將後背空門直接留給江月，走到門口後對她招手，像孩童招攬玩伴一般，道：「快來啊！還等什麼呢？妳不是已經給我下過毒了嗎？」說著又從懷中掏出一條死透的蟲蟲，隨手拋到地上，說：「妳的毒不錯，我的冰蠶蠱可解百毒，居然這就死了。還好我帶了不止一條啊！來啊，看看是我的蟲蟲多，還是妳的毒藥多？」

江月落後他幾步，出了帳篷。

整個營地裡的人東倒西歪一片，個個都是雙眼緊閉，唇邊帶笑。

見江月放緩了腳步，那極樂教主道：「別瞧了，都沒死，只是中了甜夢蝶的鱗粉而已，睡上幾天幾夜也就好了。」

江月自然放心不下，走到自己人身邊搭脈，確診過脈象無虞，便開始把倒在地上的人往帳篷裡頭搬。

那極樂教主也不催她，甚至還幫著搭了把手，把她搬弄不動的成年男子都抬到了帳篷裡。

月至中天，極樂教主挾持著江月坐上馬車。

兩日的路程，被極樂教主縮短到了一日。

一日之後，那極樂教主帶著江月到了城外的亂葬崗。

在一個石頭墳塚前頭，極樂教主按下機關，那白石墓碑便挪向了一邊，露出連著一長段石階的入口。

「我不想對妳動武，希望妳還跟前頭一般配合。」他塞了個火摺子到江月手裡。「請吧。」

江月一手拿著火摺子，一手提著裙襬，下了地道。

人在黑暗環境下會喪失對時間的感知，江月也不知道走了多久，實在走不動的時候，便取出隨身攜帶的小瓶，灌一口靈泉水。

那極樂教主或許是怕江月支撐不住，突然開口說話了。

「當年陸玨是真凶啊，才多大點，就不畏身死，衝鋒陷陣，一眨眼的工夫更是成長到了不得了，殺了我族好不容易培養出來的一員大將……我們族中那些個老頭最會杞人憂天了，生怕他會成長為第二個承鈞帝，幸好還得謝謝你們朝中內鬥，陣前突然殺出好些個強手，將他重創。」

這些事情江月早有耳聞，便只安靜聽著。

極樂教主接著道：「我們的人將他生擒，關押在地牢中。地牢和這地宮一樣，暗無天日，不計時辰。我看他昏沈了幾日，也是心中不忍，便讓人在每日天亮時分，下地牢去把他的腿打斷，到了入夜時分，再把他的腿接上……」

江月的呼吸陡然一滯。

極樂教主來了興致，語氣越發興奮地道：「這小崽子的骨頭是真硬啊，連著半個月都沒肯透露半個字。我失了耐心，就讓人把他的琵琶骨穿了，將他像狗那樣鎖在牆角。妳說奇不奇怪，怎麼有人都那樣了，嘴還是那麼硬呢？後來麼，我就對他下了蠱，沒想到我那蠱蟲對他也無用，進入到他的血脈中後，瞬間就會平靜地死去……」

江月閉了閉眼，儘量不再讓自己的情緒外露。

極樂教主聽了半晌，沒再從她的呼吸中聽出什麼不同，便又接著道：「沒想到經過我父親和我改良了數十年的迷心蠱，還會懼怕高熱以外的東西，那我可就來了興致了，用他試了好些個我從前想過卻未曾試過的蠱蟲改進辦法，直到那日……」

那日丘黎族中一個德高望重的長老溘然長逝，族中要緊之人都前往弔唁，地牢的守衛比平時鬆懈。

陸玨從蛛絲馬跡中瞧出了端倪，默不作聲地扭斷了拇指，從鐐銬中脫出雙手，殺了一眾看守的獄卒，逃出了地牢。

誰能想到身受重傷、經過了連日的嚴刑拷打，還先後試了那麼些千奇百怪的蠱蟲的陸玨，到了那會兒還能有這樣的戰力呢？

江月聽著，默不作聲。

「妳說他是不是個怪物？」

江月語氣平平地道：「他一切都是為了活命而已，比起他，你這種人才是怪物。」

極樂教主哈哈笑道：「傳聞中悲天憫人、濟世為懷的醫仙娘娘，跟我想的委實不同。」

他老神在在地嘆了口氣，很快又帶著興奮的語氣道：「希望妳過幾日還能堅守這般想法！」

從地宮出來的時候，二人已經出了鄴城，來到了叛軍固守的彭城附近。

極樂教主放響鳴笛，很快便有人前來接應。

江月聽到領頭之人稟報道——

「您回來得正及時，敵軍動靜不小，預計馬上就要開始攻城，族中其他人已經按您的吩咐分批離開了。現下城內還有……」

不等江月聽更多戰局部署，一個高壯的女子上前來，將江月的雙手捆住，給她的眼上蒙了黑布。

一行人很快進城，等江月眼上的黑布被揭開的時候，發現自己已經身處城牆上。

夜色濃重，城牆上立著數百兵卒，火把明亮。

而城外，黑壓壓一片軍馬，自然就是陸玨率領的大熙軍隊。

「趕上好戲了！」極樂教主輕快地衝著江月笑了一下。

話音落下沒多久，熙軍已經兵臨城下，一小隊人馬護送為首之人上前，停在城牆下百步開外的地方。

江月聽到陸玨的聲音順著風傳來，少年皇子身著玄色鎧甲，聲音不緊不慢，還帶著一絲不易察覺的漫不經心。「衡襄，你已是窮途末路，可願歸降？」

真名喚作衡襄的極樂教主點了江月的穴，從暗處上前一步，將她遮擋在身後，同樣不怎麼上心地應道：「陸玨，我若歸降，你可能放過我、放過我的族人？」

「自然是不能的。」少年皇子沒有半分猶豫，言笑晏晏地道：「只是例行章程，走個過場罷了。」

衡襄一陣狂笑，隨後對著手下士卒抬手。

沒多會兒，一隊士兵就押解著一群衣衫襤褸的百姓上了城牆。

這些人便是極樂教的死忠教徒，即便聽說了自己服下的「聖藥」乃是蠱蟲，仍不為所動，也未曾被前頭陸玨安插的人手順利帶走。

「這樣吧，我們談個條件，我每日放一百個百姓予你，你便再寬限我一日。城中百姓約莫還有上千，十日之後，你再帶兵來攻如何？」

這對陸玨來說，可以算是穩賺不賠的買賣。戰局僵持已經數年，十日的時間實在不值一提。

而衡襄率領的叛軍山窮水盡，十日的時間並不足夠改變什麼。

江月奇怪地看了身前的衡襄一眼，覺得這瘋子不至於這般良善才是。難道是還有什麼後手，準備在最後這批百姓中動手腳？她苦思了一瞬，卻聽破空聲驟然響起。

不遠處一個口中塞著布團的老者直接被射殺，委頓在地！

城牆之下，少年皇子悠然地收了弓。「你有什麼資格同我談條件？」

在衡襄張狂的笑聲中，江月清楚地聽到，陸玨嗓音冰冷地吩咐道——

「一個不留！」

鋪天蓋地的箭雨瞬間急射而來，衡襄格擋開射向他的箭矢，拉著江月急退到人後。

城牆上的叛軍都是久經沙場之輩，司空見慣地各自格擋躲避。

而那些被捆著麻繩、手無寸鐵的百姓則紛紛中箭，橫屍當場。

衡襄附在江月耳畔，怪聲怪氣地模仿著江月的語氣說：「他與你不同，你才是怪物！」

寒風驟起，細微的雪粒子飄散下來，冰冷的空氣吸入肺中，頓覺一片刺痛感，刺得江月如墜冰窖一般，身體忍不住打了個寒顫。

衡襄臉上刻著詭異花紋的面具占據了江月整個視線，她不能動彈，也出不了聲，乾脆把眼睛閉上。

衡襄觀察了她一陣，見她沒再生出情緒起伏，才繼續道：「妳肯定覺得奇怪，十日的工夫，陸玨怎麼就等不得呢？哈哈，他確實是等不得了，畢竟日前杜成濟死於他手，母蠱也被他搶走，現下已經被送回京城了。不過，光風霽月的九殿下，似乎是沒有把醫仙娘娘費心查明的真相一併傳回去呢！那個覬覦聖藥已久的昏君，會不會已經讓人試過子蠱之後，就把母蠱服下了呢？母蠱雖比普通的子蠱強不少，但到底命門還在。我聽說中原的年節過後，天氣就會一日熱過一日，若那昏君真的服下了母蠱，怕也沒有多少時日可活了吧？妳說，這十日光景對陸玨重不重要？」

他在江月耳邊旁若無人地說話的時候，熙軍在第一輪的箭雨之後，已然開始攻城。

喊殺聲震天，漫天的火光之中，江月突然看見城牆上的一枝冷箭對準了百步開外的陸玨！

江月心中一凜，努力想操控著無法行動的身體撞向他。

而比她更快一步的，是衡襄的出手。他悄無聲息地一掌擊在那將領的背後！

那將領武藝不低，但正全神貫注地看著前方，半分都沒有防備身後。他只來得及駭然地扭頭，喊出一聲「教主」，便從高聳的城牆上墜落下去。

「麻煩！」衡襄不悅地「嘖」了一聲後，轉過臉對江月道：「我說了陸玨殺了我族人，說陸玨殺了杜成濟，說陸玨把母蠱獻給自己的父親，妳都不為所動。也就陸玨射殺百姓的時候，妳略激動了一些。妳這醫仙……我瞧著比那陸玨還欺世盜名呢！」

修仙之人，本就不會有什麼毫無底線的同情心氾濫。況且，江月也早就知道陸玨並非什麼純善之人。她所求的，只是希望他能克制住心中的惡念，盡可能地做一個好人。

「他殺你族人，是事出有因；他將母蠱獻給皇帝，那也是因為皇帝想要，服不服用是皇帝的選擇，若皇帝理智尚存，即便陸玨有所隱瞞，便也該知道這世間根本不會存在什麼聖藥。至於方才所見……即便那些百姓愚頑，又服蠱日久，本就壽數不長，可他們確實無辜，陸玨做得不對，但我想聽他解釋，而不是聽你這瘋子單方面的說辭。」

「聽他解釋？若他的解釋像我說的那般，就是為了爭取時間回京，謀奪皇位，醫仙娘娘又當如何？」

「那也與你無關。」

「妳就這麼信他？」衡襄止住了玩世不恭的笑，像遇見了什麼百思不解的謎題，起身繞著桌子走了兩圈，最後停下腳步道：「從早先陸玨逃脫到現下，滿打滿算也不到一年半，妳憑何這般信他？」

「與人相交，不是按著時間算的。」

「那按什麼算？」

「大抵是按一些你這種人、這輩子都不會懂得的東西來算吧。」江月頓了頓。「我勸你也不必再費什麼口舌，不若將我再綁了做人質，挾持我出關。我是百姓心中的醫仙，不是無名無姓的百姓，陸玨再心狠，也不可能不顧我的性命。」

衡襄又笑起來。「醫仙娘娘不必試探我，我未曾有過那等想法。陸玨是打不死的怪物，我卻是已經活夠了。」

江月看著他，粲然一笑。

臉色慘白的少女，經過一連好幾日的奔波，清瘦得臉頰都微微凹陷了，而那雙眼睛卻依舊明亮皎潔，流光溢彩。

「好，那就如你所願。」

少女聲音輕柔，像一片羽毛悄無聲息地落在這濃重的夜色中。

話音落下，只見衡襄腳步踉蹌，渾身發軟，跌坐在地。

衡襄氣喘如牛，顫抖著手從懷裡掏出好些死透的蠱蟲。

「我的冰蠶蠱……全、全死了?! 如此多的劇毒，妳從何處得來？」

被挾持的一路，江月已經對著他用光了隨身攜帶的毒。

現下這麼大劑量的毒藥，當然是江月在芥子空間裡製作的，且是一路上就在計劃了。但因為不確定衡襄身上到底有多少能解毒的冰蠶蠱，便不敢冒然下手。

這一路上，江月都在積蓄力量，到了方才便給了他全力一擊。

如果蠱蟲是衡襄的底牌，那麼芥子空間就是江月的底牌了。

她自然不會亮出底牌，只是沈默地退開了幾步，防備著衡襄暴起傷人。

衡襄確實還有保命的東西，只見他從懷中摸出一隻蟲蟲服下之後，很快就能站起身。

江月略有些煩躁地蹙了蹙眉，但也沒有自亂了陣腳。

她配的都是劇毒，且用量極大，衡襄就算有比冰蠶蠱更厲害的東西，只那麼一隻，也絕對不夠。至多，只是延緩毒性發作而已。

「醫仙娘娘，好一個醫仙娘娘！」衡襄手腳虛軟地爬到了石桌前坐下。「妳和陸玨，可真是一對啊！不過我也說啦，我本也沒準備活，所以妳別害怕，我現下還是不會對妳如何。」

正在這時，一隊人馬突破重圍，朝著城門而來。

江月一眼辨認出為首騎馬的那人正是陸玨。

而與此同時，城門忽然大開，成千數百的黑袍人從四面八方匯聚而出，每人手中抓著一個城中百姓，用刀架在他們的脖子上，挾持在身前。

陸玨擲出手中銀槍，宛如遊龍，直接將一個百姓和黑袍人一道釘死在牆上，而後揮手示意其他人一道行動。

他身旁的士兵似乎是不忍心這般行動，慢了一瞬，只見一個方才還在苦苦求饒的百姓突然奔向了他，雙手一撕，直接將他胯下的馬撕成兩半！

士兵狼狽地撲下馬來，與此同時，叛軍的刀也擲向了他。

依舊是陸玨，他解下腰間銀鞭，將人勾住，往回一拉，這才讓那士兵和砍刀擦肩而過。

而那百姓也在使用過一次「神通」之後，便立刻倒在了地上，生死不明。

「原來……這就是『一個不留』的理由。」江月呼出一口長氣，彎了彎唇，隨後看向衡襄。「這大概就是你的後招吧？所謂最後的無辜百姓，又不知道讓你下了什麼蠱，比那迷心蠱的迴光返照還可怕。真要放這些人出城，才是真的放虎入羊群。」陸玨早就發現了這些，所以才會那般。

氣息虛浮的衡襄卻根本不答話，只是目光灼灼地看著城牆下，狂笑不止。

江月覺得不對勁，很不對勁！

衡襄是個瘋子無疑，卻是個心思深沈的瘋子，真要瘋到不知所以，根本不可能成為丘黎族的族長、極樂教的教主，率領一方叛軍作亂這麼多年。

哪裡……到底是哪裡出了問題？她思緒混亂地想著。

癲狂的衡襄正不錯眼地看著陸玨率人廝殺，神神道道地唸道：「不夠、不夠，怎麼還是不夠……」然後他伸手觸碰一個機關，幾息工夫之後，四面八方又湧出好些黑袍人，衝向了陸玨率領的那群人馬。

依舊是和前頭一樣的招數，黑袍人的第一目標並不是攻擊，而是尋出許多百姓，重複之前的舉動。

就好像……好像故意送去給陸玨殺一般。

衡襄滿意地笑道：「夠了，就快夠了！」

江月驚訝得渾身顫慄，她親眼看到陸玨周身的黑氣越來越濃、越來越濃。電光石火之間，她終於理出了一絲頭緒！

「你在……逼陸玨殺人?!」

衡襄沒有回答她，江月也不再看他，將事情從頭到尾捋了一遍。

人有所為，必有所圖。

丘黎族所圖，是成為天下共主。衡襄幾次提到大熙的聖祖皇帝，提到陸家子孫，都難掩恨意，那麼他們的所圖還得加上一條，那就是向陸家尋仇。

不知道過了多久，江月終於想明白了一切！

江月努力平復著情緒，一字一句道：「所有人都很詫異，陸玨被你生擒之後竟還能僥倖逃脫。可若我說，他的逃脫本就在你的計劃之內呢？」

「醫仙娘娘怎麼這般說？那可是陸家子孫，我再瘋，也不至於——」

時間緊迫，江月直接打斷道：「如果我猜，當初你在陸玨身上試的蠱成功了呢？前頭你那麼折辱他、拷打他，確實不像是想留他性命的模樣。直到……直到你給他種蠱，發現他的體質異於常人，於是在他身上試蠱，還試成功了！我對蠱蟲知之甚少，只知道那東西會寄居在人的腦內。大腦是人體最複雜的器官，管理著人的情緒和思想。百姓服下的迷心蠱亂的是人的理智，你那不知名的試驗蠱比迷心蠱更厲害，並沒有影響陸玨的神志，目標是他腦中掌管情緒的部分吧？你默許了陸玨出逃，又在方才有人尋到他的破綻、對他放冷箭時，直接要了那人的命，因為這場戰役，你本就是要陸玨贏！」

要陸玨被逼著對百姓動手，製造殺孽，要他生出許多負面情緒，要那不知名的蠱蟲徹底破壞他腦中掌管著情緒的部分，讓他成為那蠱蟲的傀儡，屆時被丘黎族蠱蟲所控的陸玨成為天下共主，怎麼不算是達成了目標呢？

丘黎族民風開放，吸納匯聚了四方種族於一處。在他們的認知裡，並不是非要自己的族人坐上皇位不可，才算完成大業。

而陸家的子孫變成那副模樣，同樣也算是向已經作古的承鈞帝復仇了。

也難怪，難怪在那個穿越之人的講述裡，在這方世界本來的發展中，陸玨也不會死。就像迷心蠱可以催動人的生氣一般，那不知名的、更厲害的蠱蟲，應也可以有類似的效用，讓陸玨再多活幾年。直到最後，才讓陸玨死於「舊傷復發」。

心口處泛起細密的疼痛，如絲線般撕扯著江月，她已經不是對著衡襄說話，而是說給自己聽，幫助自己釐清思路。「所以你抓到我之後，也未曾拷問我如何破解你族的迷心蠱，尋求改進之法，因為打從一開始你就在撒謊！陸玨日前奪走的母蠱是假的，他身上那不知名的蠱蟲，才是真正的母蠱！」

也是陸玨身上的黑色氣運一直未曾消退的原因。

這才是真正「黑龍惑世」的劫難所在！

衡襄不再故作無辜，笑道：「醫仙娘娘委實讓我驚訝，這麼會兒工夫，居然能猜出我數年間的苦心籌謀。可惜啦，都晚咯！」

「怎麼會晚？」江月看向城樓下，陸玨手持銀槍浴血奮戰，他四周的黑色氣運已如黑雲一般，但好在尚未完全凝成實質。「我已經勘破你的底牌，找到了癥結所在，我會……」我會救他。話未出口，江月突然一陣恍惚，她看著衡襄笑得如鬼魅一般逼近。

「醫仙娘娘對我使毒，我自然也會對妳下蠱。妳猜得不錯，真正的母蠱就在陸玨身上。那些不中用的子蠱喚作『迷心』，母蠱則有另外一個名字，叫做『惡燼』，惡念起，萬物燼。它才是我父親和我的心血，不懼高熱，不會被任何大夫從脈象上發現端倪，只是起效的條件更為嚴苛一些……我自認算無遺策，唯一沒算到的，大概就是陸玨從彭城逃出去後遇到了妳。他那般心狠手辣的人，在這麼久的時間裡，居然沒有被惡念控制，努力地想做一個好人，致使『惡燼』一直沒有甦醒。不過……不過沒關係，因為我還有最後一張牌，就是妳呀！醫仙娘娘的心緒終於亂了，我的蠱也終於起效了！」

月至中天，叛軍終於徹底潰敗。

城樓下屍體無數，陸玨身上的玄色鎧甲不知染了多少血污。

或許是因為殺了太多人，今夜的陸玨只覺得莫名的煩躁。強烈的、洶湧的煩躁及嗜殺感，幾乎要把他的理智湮滅。

與此同時，衡襄手持一柄長劍，橫在江月頸前，將她從暗處拖拽到人前。

冬夜裡，呼嘯的寒風驟起，少女鵝黃色的裙襬揚起，像隨時會翩然離去的蝶。

三城的天氣總是與眾不同，連衡襄都沒分心去關注天象，只江月感應到，這方世界的大劫，將要到了。

陸玨只覺得那風颳在臉上生疼，彷彿在撕扯著他的思緒一般，他驚詫了一瞬，隨即緊緊勒住韁繩，儘量表現得沒有異樣，沈聲發問。「衡襄，你到底要如何？」

「陸玨，一個時辰之前你還同我說，我不配與你談條件，怎麼這麼一會兒的工夫，你就轉變心意了？」衡襄剛說到這兒，卻看江月忽然用脖頸撞向了劍鋒，他驚了一瞬，想要撤回劍。

也就在這個時候，一枝箭矢對著他急射而去，直接射中他的肩膀！

一聲輕響過後，長劍掉落在地，衡襄的身體不受控地倒向一邊。

與此同時，陸玨從馬上躍起，踩著城牆借力，眨眼的工夫就飛身而至。

他沒去管一旁的衡襄，而是把江月接住。

江月脖頸處鮮血淋漓，熱血噴湧而出，她像一條瀕死的魚，大口大口地喘著粗氣。

她從來沒見過陸玨慌亂成這樣。

少年皇子跪在她身前，眼尾泛紅，手死死捂住她的傷口，聲音破碎地焦急詢問道：「江月，妳的藥呢？妳做了那麼多的藥，救了那麼多的人，不可能不給自己留吧？是不是他們把妳的藥搜走了？沒事的，會沒事的，吃了藥就好了！」

江月唇瓣翕動。「我、我的藥在……就在……」

她的聲音漸漸低了下去，陸玨毫無防備地俯身附耳去聽。

下一瞬，江月手中憑空出現了一把銀色匕首，直接插入陸玨的胸口！

陸玨悶哼一聲，身體劇震。

「殿下！」城牆下的熊峰等人驚呼出聲。

古怪張狂的笑聲響起，受了傷的衡襄趴伏在不遠處。「隔空取物，好一個醫仙娘娘……妳才是真正的怪物！」

陸玨唇間嘔出一口鮮血，滾燙的血珠濺射在江月慘白的臉上。

少年皇子努力地穩住身形，保持著跪坐的姿勢，捂著她傷處的手仍然沒有鬆開半分，並不去管插入身體的匕首。「妳是被衡襄控制了，對不對？沒關係，沒關係的，會沒事的。」

衡襄哈哈笑道：「陸玨，你可別冤枉我，醫仙娘娘精通醫道，真要是什麼劇毒的蠱蟲，她早該察覺了。我確實是給她下了蠱，可卻只是『真心蠱』，你被種過這個蠱，應知道這蠱的效用。」

真心蠱，中蠱之人只要情緒起伏甚大，便會暫時失去理智，被下蠱之人驅使。但這蠱亦有限制，中蠱之人只能憑藉著本心，說一些、做一些平時想過卻未必會真的去說、去做的事，就好像衡襄只能驅使江月假裝自盡，卻無法真的讓她自殺。

陸玨被俘的初期，就被種下過這樣的蠱。只是他對叛軍的威脅利誘不為所動，時間一過，那蠱自然就失效了，不必去解。

也就是說，儘管現下的江月確實是被控制了，但她既能做出這樣的事，便是真的生出過殺了陸玨的念頭！

陸玨的唇邊又滲出一口鮮血，對衡襄的話置若罔聞。

「陸玨，九殿下，未來的天下之主……」衡襄怪叫著。「你不問她，我來幫你問呀！江月，我問妳，妳是不是真的想過要殺了陸玨？」

江月聽到自己毫不猶豫、不帶半分感情地應了一聲「是」。

少年皇子驟然紅了眼眶，但也只是看著她，不錯眼地看著她，手依舊捂著她脖上的傷口。

風聲越發喧囂，江月清楚地看到，陸玨身上的「黑氣」即將凝成實質。

「陸玨，殺了她，殺了這個欺騙你、蟄伏在你身邊，卻想殺了你的女人！」

衡襄不遺餘力地蠱惑著陸玨，抑或是說，蠱惑著陸玨體內的「惡燼」。

有那麼一瞬，江月感覺到陸玨捂著自己傷口的手緊了緊，再用力一分，便能輕易捏斷她的脖骨。

但也僅僅一瞬，雙目赤紅的陸玨就卸下了力道。

「廢物！你怎麼還……」

這便是衡襄最後的安排，他想讓陸玨親手殺了江月，從此徹底失去理智！

「好，沒想到……沒想到我籌謀這麼久，竟將寶押在你這樣的廢物身上！」衡襄氣憤地捶打著地面。「江月，殺了他！殺了陸玨！」

江月「看見」自己伸手推開身體麻痺的陸玨，艱難地坐起身，然後一點點地向他逼近。她的手再次觸碰到插在他胸前的匕首，卻沒有進行下一步的動作。

「動手啊江月！」強弩之末的衡襄聲嘶力竭地大喊：「怎麼會……真心蠱還沒到時辰，不可能失效的！」

他並不知道的是，江月確實起過要殺陸玨的念頭，卻從未設想過具體實施。前一次，她潛意識知道那不會真的使陸玨喪命，便按著衡襄的吩咐動了手。可現下，陸玨再受重傷，必死無疑。

「好，好！既然妳不肯動手，那就讓我來！」

三人傷勢都不輕，相比之下，反而是服了蠱壓制住毒性、肩頭中了一箭的衡襄境況最好些。

他踉蹌著爬起身，撿起那被打落在地的長劍，朝著陸玨而去。

也就是這一瞬的空隙，神魂遠比凡人強大的江月，尋回了一絲身體的主導權。

就像在城牆上，她想做，而沒來得及去做的那樣，她拖著沈凝的腳步，操控著傀儡般的身體撞向衡襄。

然而衡襄彷彿早就在等著迎接她一般，並沒有閃躲，反倒從袖中射出一條金絲，直接捆上了江月的一條胳膊。

「我累了，我們一起去死吧！」

這瘋子！

他根本不是氣急敗壞地想殺了陸玨，而是仍然不死心，非要讓陸玨親眼看著江月身死不可，讓江月成為壓垮陸玨的最後一根稻草！

二人一道從高聳的城牆上掉落。

下一瞬，江月被人拽住了另一隻手。

是陸玨。

他整個人被拖行了一段距離，半邊身子懸空，才總算暫時穩住身形。

三人宛如連在一條繩上的螞蚱！

衡襄懸掛在最下方，還在用盡最後一口力氣叫罵道：「陸玨，你這廢物！這女人要殺你，你不殺她便也罷了，竟還要豁出性命相救……」他還在意圖激怒陸玨。

江月艱難地抬頭，看到的是滿目赤紅、不住地嘔血的少年皇子。他胸口處仍插著匕首，傷口徹底崩裂，那麼多的血，順著他的胳膊，像斷了線的珠子般，止不住的滴落。

熱血滑膩，江月清楚地感覺到陸玨抓著自己的那隻手，正在一點點地鬆去，她在一點點地滑落……

大抵是察覺到了正在往下陷落，衡襄的笑聲越發張狂。

那真心蠱終於失效，江月找回了自己的聲音。「陸玨，對不起……你信不信我？」

少年皇子不知是傷重，抑或是已然失了神志，根本說不出話來，回答江月的，只有他唇邊再次嘔出的鮮血。

滿身滿臉血污的少女，眼神終於變得徹底清明，凝於頸上熱血橫流的傷口，她艱難地輕聲道：「陸玨，固守心神，不要、不要再殺人了……別害怕，也別生氣，我不會死，你相信我，等著我。」

話音落下，江月輕微地掙扎，二人浸透了鮮血、交握本就不算緊密的雙手，便徹底鬆了開來。

江月如釋重負道：「衡襄，去死吧。」

下一瞬，江月和衡襄一道重重地跌落。

跌落的瞬間，她看到衡襄做了個手勢，就好像意圖要驅使什麼甦醒一般，然而什麼都沒有發生。

「怎麼會……為什麼……」衡襄不甘心地瞪大眼睛，終於斷了氣。

江月周身劇痛，看著上方還維持著之前的姿勢，探出半邊身子的陸玨——被苦難貫穿了一生、被當作棋子擺布了一生的少年皇子，身上的「黑氣」距離凝成實質，最終還是差了一步。

她安心地閉上了眼睛。

再次「醒」來，江月就發現自己處在芥子空間裡。

當日在城樓上，江月一心二用，收集芥子空間裡的藥材，加上靈泉水，湊出了一服保命的藥，效果當然不能和前頭給陸玨的那顆精心製作的相提並論，但既是靈田產出的東西，也不是凡品。

緊趕慢趕，終於在徹底喪失身體的掌控權之前服下。

江月也只有七、八成的把握，能從衡襄最後一步計劃中活下來——衡襄口口聲聲說自己是活夠了才沒想著逃，但他前頭那些看似瘋狂的舉動皆是有所圖謀，所以那話自然也不能信。

江月猜著，那喚作「惡燼」的母蠱，想徹底甦醒，控制陸玨，須得衡襄本人在場，完成最後一個步驟。

她想試著賭一賭。

最後事實證明，江月賭贏了，衡襄當場身死，陸玨也沒有被那蠱蟲控制。

她沒猜到的，就是那瘋子居然指使她要了陸玨半條命。

當時若陸玨對她的信任少一分，或者自制力弱一分，這劫都不可能渡過。

大概是因為阻止了陸玨成為衡襄計劃中的瘋狂之人，天道已經給結算了功德，江月的芥子空間又擴大了一些。

她早在裡頭存了不少藥材種子，因此就開闢新的靈田，然後用新長成的藥材和靈泉水滋養自己，打坐修煉。日子十分單調，換成旁人可能得瘋，但對於修士來說，倒也不算難捱。

偶爾，江月也能聽到一些「外面」的事。

陸珏的傷，最後被蔣軍醫治好了。

痊癒之後，陸珏依照江月所言，沒有再上戰場，彼時彭城已破，衡襄身死，即便沒有陸珏，無名和齊家兄弟等人也足夠料理後續事務。

那天，蔣軍醫又來給江月診脈——

「殿下不是外人，也知道我這人有什麼說什麼。師傅當時出了那麼多的血，又從那樣的高處墜下，換成常人，早就該斷氣了。現下她有一口氣吊著，已然是神乎其神……我只能為她止血，接上斷骨，至於何時會醒，我也實在說不準。」年過半百的老大夫，說著說著已然有些哽咽。

昏迷的人至多只能吃一些簡單的流食，根本沒有長久存活的可能。長此以往，江月仍然不醒，身體也會虛弱至死。

當時在場的其他人，則是已經啜泣出聲。

只聽陸珏開口道——

「三城寒冬漫長，不適合養病，她也想念家人，我要帶她回家。」

他還是相信她，相信她會信守承諾回來，並不如何傷感。

朝廷的軍隊得經過層層手續才能回京，陸珏便讓珍珠點出上百女兵，隨侍左右。

聽著陸珏各種細緻的安排，江月和外間的聯繫又被切斷。

再次能聽到外頭的事，已經不知道過了多久，許氏、房嬤嬤和寶畫都在身邊。

陸珏又給她尋了新的大夫，那大夫比蔣軍醫那樣的瘍醫更有這方面的經驗，他建議把江月帶回熟悉的環境。

比起三城，比起路安，江月最熟悉的環境，當然還是京城的家。

恰好戰事收尾，陸珏早晚要回京，於是一家子便返回京城。

第二十四章

回京不久，江月又「醒」了一次。

那次是個午後，她被搬到了院子裡樹下的躺椅。

不只能聽到周圍的聲音，她還能感受到春日陽光的溫度，聞到院子裡的花香。

一雙大手，正力度適中地為她揉腿。

寶畫拉著她的手，在她耳邊說話——

「都三月啦，姑娘再不醒，我可要生氣了！」

江月有心想回應她，可惜仍然不能挪動手指，更別提開口說話。

正在這時，有人快步過來，說：「殿下，宮裡的人到了，說是陛下請您入宮。」

陸玨輕輕應了一聲，說知道了。

隨後江月腿上的揉按停下。原來是他在為自己捏腿。

衡襄雖然身死，那母蠱未徹底甦醒，但那蠱到底還在陸玨身上。現下的他，依舊不適合製造殺孽，畢竟江月也不清楚那蠱蟲還有沒有甦醒的可能。

她心中一急，終於成功動了動手指。

寶畫驚喜地叫了一聲，很快許氏和房嬤嬤都一道過來了。

眾人喜極而泣。

陸玨也多留了一會兒，同江月道：「不礙事，現下陛下待我和從前很不相同。」

在人前，他沒有說得太過具體。

但江月隨即想到，上次皇帝派人去路安縣的陣仗，說是接人，反而更像挾持，以至於當時的陸玨連書信都未來得及寫完。

現下那些人還知道在外頭靜候，便已然是一種轉變。

宮裡的人還在等著，陸玨也沒有久留，很快出了家門。

寶畫與致勃勃地指揮著。「姑娘再動動另一隻手？」

江月嘗試，以失敗告終。

寶畫不大高興地嘟囔道：「姑娘好偏心，只關心姑爺！等您醒了，不給我買兩匣子糕點，我是不會消氣的！」

這丫頭也就嘴上厲害，說著話就接替了陸玨之前的位置，開始給江月按腿。

從那之後，家裡人確定江月能聽到人說話，便輪流說些事情給她聽——

寶畫偷偷告訴江月，當時陸玨帶著昏迷的她到暨城，跪在許氏面前，說清了來龍去脈，許氏和房嬤嬤差點暈死過去，又說：「我可不管姑爺是啥身分，當時就抄起斧子了，要不是夫人和我娘攔著，我當場就能活劈了他！」

就寶畫那點花拳繡腿，想近陸玨的身都不大可能，她能自信地這樣說，自然是因為當時的陸玨根本沒躲。

「我到現在還沒消氣呢，這次是說真的。」竇畫吸著鼻子說：「姑娘早點醒吧……」

江月意識清醒的時候越來越多，晚上陸玨從外頭回來，把她從許氏那裡抱回房間。

因為江月前頭對他進宮的事情做出過反應，所以現下陸玨會事無鉅細地把朝堂上的事情說給她聽——

就像衡襄說的，前頭陸玨將搶奪到的蠱用寒冰封存，以「聖藥」的名義送回了京城。

皇帝讓人試了子蠱之後，在陸玨回京之前，已經服下了那母蠱。

現下皇帝看著可康健了，恢復了壯年的風采，龍精虎猛，卻沒有把精力花在朝堂上，而是夜夜笙歌、紙醉金迷。光這個月，已經新封了好幾個妃嬪。

宮裡那些誕育下皇子的妃子已經快坐不住了，不光是為了爭寵，而是擔心照著這幅光景下去，宮裡說不定又要添丁了。

老來得子，那些個小皇子必然會成為皇帝的掌心寵。

自從先太子去後，皇帝便一直未再立儲，若皇帝按著正常年紀駕崩也就算了，若再活個一、二十年，等小皇子長成了，到時競爭皇位的人選豈不是又要多出好幾個？

「胡家已經快坐不住了，其他人也是，整日裡汲汲營營的，還想拉上我一道。其實哪裡輪得到他們呢？真要把我逼急了，我帶人直接回三城去，揮兵南下，也不過是時間早晚的問題罷了。可我想著，妳讓我別再殺人了，大概也不會想看到那幅景象吧？便只好陪他們玩一玩了。」

這方世界原來的發展裡，陸玨玩弄起權術手段，把宋玉書都差點玩殘，他又頗能隱忍，現下還有煊赫軍功傍身，江月倒也不擔心他會落敗。

每日說上一個時辰的話，陸玨便會給她蓋好被子，放下床幔。

而他自己，則守在一旁的榻上入睡。

但月圓的時候是例外，每到這一天，陸玨便會早早地和江月並排躺在床榻上，然後像在軍營裡那樣，用被子把江月裹好，從背後圈住她。

整整一夜，陸玨的身體都會止不住的顫慄，直到滿月隱去，才會恢復正常。

江月猜著，這應當就是「惡燼」的副作用了。

而且皇帝服用的那假母蠱，也是一個隱患，他沒多少時日可活了。

在陸玨原本的計劃裡，他大概沒準備回京，而是打算像他之前說的那樣，尋個由頭留守三城，等著皇帝死了，再劍指京城。

現下都是因為她，陸玨改變了計劃，親身回到了這亂局中。

等到皇帝暴斃，第一個被懷疑的，肯定是前不久獻藥的陸玨。到時候奪嫡風波一起，他必不能心慈手軟，體內的「惡燼」也不知道會如何。

留給江月的時間不多，她必須在皇帝死之前醒過來，延長他的壽命，為陸玨擺脫嫌疑，保證他能堂堂正正地坐上那個位置，看著他當一個明君。

於是，她在芥子空間裡越發勤奮地修煉。

又一個月圓之夜，陸玨陷入夢魘，渾身顫慄的時候，一隻蒼白纖瘦的手覆上了他的手背。

江月醒來的時節，已經是春末夏初。

萬籟俱寂的凌晨時分，許氏、房嬤嬤和寶畫簡單地披了外衣便都趕了過來。

江月正在就著陸玨發顫的手喝水，看見她們一個個著急慌忙地進來，抿唇笑了笑。「別急，都別急，我已經醒了。也不必為我去請大夫，我自己能給自己治。」

一家子聽著她虛弱卻真實存在的聲音，紛紛紅了眼睛。

眾人湊在一起，輕聲細語地說了會兒話，直到天色漸亮。

陸玨現下聖眷正濃，領了兵部的實差，天亮便要出門上朝。

他走之後，珍珠和熊慧、蔣軍醫等人也先後聽說了消息，趕了過來。

與他們說完話，江月便開始忙碌起來。她先問了從三城回京的有哪些人，然後就分派起任務。

彭城一戰之後，丘黎族的餘黨被趕回了極北老巢，再往北不只氣候苦寒，還涉及到鄰國的邊境，不能繼續開戰。

但所謂百足之蟲，死而不僵。誰也不能保證，過個數十年、上百年的，這一族還會不會捲土重來，再用什麼稀奇古怪的蠱去控制無辜之人。

中原的書簡，對這一族的記載甚少。

江月便讓熊慧去聯絡還在三城駐守的熊峰，想辦法搜集一些丘黎族本族的書簡，或是從抓捕的叛黨口中詢問，多少弄出一些東西來。

當然了，那種族中秘術可能只有衡襄父子那樣的核心成員才會知道，所以也不能寄太多希望。

養蠱的本家，那還得屬南疆。京城匯聚天下的能人異士，也可以請一些這方面的人過來，共同研究商議。這事得讓在京城有根基的人去辦，江月想來想去，去了一封信給衛姝嵐，讓她幫著打聽消息，而後讓齊戰去請人。

還有，在三城的時候，江月常覺得力不從心，畢竟她只一個人，精力實在有限，即便是把蔣軍醫帶在身邊，仍時常有力有不逮的時候。

想幫更多人，光自己強大是不夠的，得培養出一些正式的徒弟。

她把這個任務交給蔣軍醫，計劃由他尋地方，開設一個學院，不拘是已經學過醫術的，還是毫無根基的，也不拘什麼師徒名分，更不拘什麼男女性別，只要想學又肯下工夫的，便可以入學。

這上頭的事務繁雜，還牽涉到如何定束脩、如何甄別人選、如何因材施教……這些個雜事，蔣軍醫這醫癡實在不擅長，江月便把熊慧和珍珠齊派去幫忙，這兩人一個能一手包辦偌大城寨的事務，一個能組織人手、訓練引領一個女兵團隊，因此開設一個醫學堂，對她們應該不算多難。

還有江家從前的產業，現下已經全部物歸原主。江家的家產，其實就是被當初的官員給貪墨了，陸玨回京之後沒多久，當年那些負責相關事宜、收取江家大筆賠款的戶部官員，便已經幫著贖回，將書契悉數送回。

但光鋪子和田產回來了還不算完，這些東西都需要人去打理。

江月讓許氏和房嬤嬤、寶畫去聯絡昔年遺散的夥計和下人，填補空缺，若聯絡不到的，則需要另外雇人。

末了，當然就是得研究給皇帝續上一段命的新藥。

她前頭既能研究出子蠱的解藥，這方面也算有些心得，且在昏迷期間，於芥子空間裡也研究了一段時日，已經可以著手配藥、製藥。

於是，等到這日陸玨下值的時候，就看到家裡眾人都忙得腳下生風，見了他行完禮後，便又快步去忙自己的事。

而江月所居住的小院裡，更是來往的人不斷。

他進屋的時候，江月正在案前擺弄瓶瓶罐罐。

瘦弱得形銷骨立的少女，臉色依舊還是泛著讓人心疼的白，但神色溫柔而認真，靜謐美好得可以入畫。

白白胖胖的小星河乖乖坐在她旁邊，快一歲的小傢伙，長得比同齡的孩子壯實，也早慧，已經會說好幾個簡單的詞，正是好奇心勃發的時候。

江月每倒出一個瓶子的東西，他就問：「啥？」

江月也會很有耐心地告訴他藥材的名字、功效等。

看到陸玨，小傢伙眼睛一亮，脆生生地喊了一聲「姊夫」，然後朝著他伸手要抱。

「這小東西，」江月好笑地白了小星河一眼。「一口一個『阿月』的喊我，卻知道喊你姊夫。」

當然她也只是打趣，畢竟過去一段時間，她這姊姊一直在昏睡，而陸玨這姊夫卻是活生生地跟他相處了幾個月，他跟陸玨更親近也正常。且在她昏睡的期間裡，小星河聽自家親娘一口一個「阿月」的喚著，就也有樣學樣，現下還改不過口來。

陸玨笑著去淨了手後，將小星河抱到懷裡，在江月身邊坐下，又變戲法似的，從懷中掏出一個包著軟糯點心的油紙包，一邊給小傢伙投餵，一邊問：「怎麼是妳在帶他？」

江月手下配藥的活計不停。「母親她們都忙起來了，這小東西也有些閒不住，中午奶娘一個沒看住，他差點歪歪扭扭地走出屋子，我就讓人把他抱到我這裡了。左右我現下也不良於行，正適合看著他。」

小星河吃得兩頰鼓起，點頭道：「星河乖，阿月不累。」

「累是不累，就是話忒多。一下午，說得我嘴巴都乾了。」

江月說著話，先停下手裡的活計，陪著笑臉將一堆帳單往陸玨眼前推了推。

她安排了那麼些事情，樁樁件件都需要用銀錢，江家收回的銀錢足夠支付，但怎麼也得仔細盤一盤。

陸玨覷她一眼，未曾因為身分的改變，就不願再像從前那樣幫她的忙，而是道：「醫仙娘娘驅使了那麼些人仍不夠，竟也沒忘了我。晚上再弄這些吧，趁著這會兒天還未暗，我扶妳出去走走。」說完就喚來奶娘抱走小星河，自己抱著江月去花園。

初夏的傍晚，熱氣剛剛消退，微風徐徐，溫度宜人。

陸玨扶著她走了一刻鐘，見她額頭起了汗，便準備帶她回去。

江家的下人還未尋回，現下這偌大宅邸裡都是女兵，也沒有外人，江月就讓他扶著自己坐到亭子裡。

江月靜靜地看著眼前的少年皇子，比起幾個月前，他也瘦了不少，五官輪廓漸深，褪去了本就不多的稚氣和青澀，昳麗的面容多了幾分鋒利感。

她熟稔地搭上他的脈。「你沒有什麼想問的嗎？」

問一問她為何起過想殺他的念頭，問一問她為何能隔空取物，問一問她對他隱瞞的那些事。

但他說沒有。

陸玨伸出另一隻手，輕輕替她拂去髮上沾到的花瓣，重複道：「沒有什麼好問的。我只知道，衡襄讓妳真的殺我的時候，妳沒有動手，衡襄想殺我的時候，妳豁出性命地撲向他……這便夠了。江月，我求的不多，這便已經夠了。」

「我是……」江月張口，卻驀地感到一陣莫名的心悸，那是天道威壓。也是，同樣是來自不同世界，前頭那個穿越者來自一個凡世，即便有領先於這個世界的技術，但單憑她一個人，卻很難做到顛覆這個世界；而江月卻是來自修真世界，她隨便透出一點東西，都足夠引起這方世界的震動。「對不起。」江月只能再次致歉，然後細心感受著他的脈象。不同於診不出任何不妥的過去，現下的陸玨脈象時而正常、時而詭異。

若她猜得不錯，這應該就是「惡燼」半醒不醒造成的。

旁的不能說，但衡襄的險惡計劃，江月自然得對他一五一十的道來。

陸玨聽完，並不意外。「我早先並不知道這些，但攻破彭城那日，已經覺得十分不妥。加上妳那日和我說的話，我便猜到衡襄在我身上動了手腳。而且……近來陛下對我格外的親近。」

曾經，在皇宮中吃不飽、穿不暖的陸玨，也渴望過父親的關愛。

可後頭漸漸大了，明白一些事理，便徹底斷了那份妄念。

然而，自從他這次回京後，皇帝每每見到他，表現出的便是難言的親近和慈愛。不只是為了他立下的功勛，而是如同發自真心一般。

日前定安侯，也就是胡皇后的父親上了摺子，說他們派人去三城徹查，發現那所謂的「聖藥」在那裡可謂是臭名昭著，陸珏卻瞞下了這件事，獻上此藥，其心可誅。

另有一黨見縫插針，尋了陸珏旁的事上參，說他在路安養傷時，隱姓埋名入贅了商戶人家，現下仍同這家人混在一處，儼然是在給皇家丟人。

這些人都知道陸珏現下還握著兵權，又簡在帝心和民心，這些事情未必能傷其筋骨，但不妨礙給他使使絆子。

結果皇帝震怒了，發怒的對象卻不是陸珏，而是參陸珏的那些人，怒斥他們離間天家骨肉，並罰了他們一年的俸祿。

和陸珏一樣，江月也不覺得皇帝會突然對著一個不聞不問多年的兒子有了超乎尋常的父愛。

那麼，便只有一個解釋。

皇帝服下的那隻蠱，比其他子蠱更為特殊，能察覺到陸珏身上母蠱的氣息，因此才發生了這樣大的改變。

不用說，這必然也是衡襄計劃中的一環。若按著他的計劃，彭城城破那日，陸珏身上的母蠱會徹底甦醒，那麼現下皇帝怕不只是對陸珏親厚而已，直接將皇位禪讓給他都有可能。

根本不用起什麼波折，陸珏就能登上皇位。

想到此處，江月也不禁打了個寒顫。「那個衡襄，委實令人膽寒。」

一點點，真的就差一點點，所有的事情都會照著他計劃好的那樣發展。

「別怕，衡襄已經死了，我必不會讓他如願。」和煦的暖風帶來莫名的花香，少年皇子反扣住江月的手，十指交握，信誓旦旦。「若妳不信，餘生便都由妳看管著我。」

「我自然是相信的。」江月應著，想抽回自己的手，卻發現陸玨緊緊攥著她的手沒放。

他們一起看過小城裡的人生百態，一起經歷過戰火紛飛的三城之亂，更一起面對過多智近妖的衡襄……同舟共濟，生死相託。

這份感情濃烈而炙熱，遲鈍木然如江月，也早就有所察覺。

陸玨安靜地看著她，眼神純粹，飽含希冀，還有幾分或許連他自己都未曾察覺到的小心翼翼。

「可是我……」威壓之感更甚，江月被迫把到了嘴邊的話嚥回肚子裡，轉而問道：「你說餘生……是在跟我求親嗎？」

不論是江家人，或是路安相熟的親戚朋友，甚至是三城的百姓、京城的街坊鄰里，都知道他們是夫妻。

只有江月和陸玨知道，他們的夫妻之名，起源於一樁利益相合的交易。

陸玨的手不覺間又緊了緊，忽然想起她現下身子還弱著，便立刻把手鬆開，緩慢而清晰地說：「是，我在向妳求親。」見江月還是欲言又止，陸玨接著道：「我還是那句，我要的並不多，只要餘生妳在我身側就好。我們仍像從前那般，妳做妳想做的事，閒時能想起我、看顧著我……我便再無所求。」

「陸玨，你不必……」不必在連她具體是誰、為何會想殺他、為何會有特殊能力等等事情都不知道的情況下，卑微至此。

話語被打斷，陸玨堅持地問道：「子非魚，焉知魚之樂？這便是我的『樂』。妳不必去想旁的事，只聽從本心，好好想一想，妳願不願意？」

江月沈吟，認真地思考起來。

才過了幾息工夫，陸玨便再次開口。「三城戰事結束後，連京中百姓都知道我得了醫仙的相助，才能大勝而歸。丘黎族雖敗，但來日難保不會成為一方禍患。衡襄雖死，但『惡燼』未除，我並沒有把握能永遠控制住心中的惡念……」

這些事情，樁樁件件加在一起，其實都在說同一件事——陸玨的妻子只能是她，他需要她。

江月忍不住彎了彎唇，好笑道：「方才還讓我『好好想一想』，怎麼這會兒就開始跟我分析利弊了？」

陸玨收回手，有些尷尬地握拳遞到唇邊，輕咳一聲。「出來好一會兒了，我先扶妳回去，等妳想好了再答覆我。」

將手交託在他掌心的同時，江月笑著說：「我是願意的。」

若不願意，她早該狠下心來，直接要了陸玨的性命，一勞永逸。抑或是去和宋玉書合作，按著這個世界的軌跡撥亂反正，便沒有後來的許多事，沒有豁出生死那一遭，也沒有現下這幅光景了。

她遲疑的，是她可能不能回以同樣熾烈的感情。可陸玨早就知道這個，並再三言明他求的不多。

與此同時，寶畫洪亮的呼喊聲響起——

「姑娘怎麼在花園裡吹風啊？家裡來了好些人，我都尋妳好大一圈了！」

也得虧陸玨耳力過人，否則江月那聲「願意」都要被湮沒其中。

陸玨頓住，江月也垂下眼睛，兩人都沒再接著往外走。

寶畫這急性子吆喝了半天，卻見他們二人跟被點了穴似的，你看我、我看你，就是不挪腳，便快步上前，把江月抱起來就走。

等陸玨回過神來的時候，寶畫已經抱著江月遠去。

江家在京城的宅邸，是個三進的大院子。

從花園到飯廳，得穿過迴廊，繞過幾道垂花門。

寶畫走得腳下生風，須臾的工夫就已經抱著江月到了地方。

她這次真沒誇大其辭，廳堂裡委實來了好些人——衛姝嵐並衛家兄弟、小老頭無名和齊策、齊戰兄弟等。

時下消息傳遞並不發達，但架不住江月醒後就開始分派事務，因此他們便也都在第一時間知道了。

寶畫直接把江月抱到主座上，其他人都是男子，不方便靠得太近，衛姝嵐沒有那個顧慮，直接起身坐到了江月身邊。

「怎麼這樣瘦啊？」剛說了一句，衛姝嵐便開始落淚。

去年還在路安的時候，江月通過她打聽了些京中的事，從那以後，衛姝嵐便都會留意一些江家從前產業的動向。可惜她能力有限，像之前贈送個幾百兩的小鋪子倒還好說，想幫助江家拿回昔日產業，便力不從心了。

月前江家大宅被贖回，闔家搬回了京城，衛姝嵐算是最早知道的。

那時她便來過一次，結果得知江月陷入了昏迷。

許氏和房嬤嬤強打著精神招待了她，但她作為江月的好友尚且心如刀絞，便也知道她們心下有多難受。

她後頭沒再來了，只延請了京中享負盛名的大夫，來為江月診治過幾遭。

結果都不算好，大夫們束手無策。

今日下午聽聞江月醒了，她便立刻過來。

沒得在好日子落淚，不用人勸，衛姝嵐便拿著帕子拭了淚，微笑著說起江月託她辦的事。「才剛醒，怎麼就忙起來了？前頭我想著給妳請大夫，確實接觸了不少能人異士，沒想到還能派上用場。」

「都躺了好些時日，再閒下去才是人都要歇懶了。」

衛姝嵐便揀了一些旁的事說給江月聽。「攬芳那丫頭說早知道妳一去那麼久，連年節都沒回去過，反而是把伯母他們接到外頭，瞧著像是不準備回去一般，她說什麼也不該幫妳辦路引的。前幾日她來信，又在提這件事，擔心妳在外頭過得不好。我有心想和她說妳已經來京城了，但又怕……」

年關前，陸玨派人去接許氏他們前往暨城時，附上了手書一封，表明了身分，也寫明了江月就在前線，與他在一起。

茲事體大，許氏和房嬤嬤商量一下後，並沒有對外宣揚，只說是跟著女兒、女婿去外頭過年。後頭一家子在暨城團聚後，便直接來了京城，沒再回路安去。

是以直到現下，穆攬芳還被蒙在鼓裡。

「姊姊不告訴她是對的，路途遙遠，沒得折騰，我稍後會寫信給攬芳姊姊的。」

穆攬芳古道熱腸，早先跟衛姝嵐都不熟稔時，便想著對她施以援手，若是聽聞江月受傷昏迷，肯定是要不遠千里趕來探望的。

衛姝嵐掩嘴而笑。「其實倒不是怕她折騰，而是不想她在出嫁前不安心，只想著左右再過不久，她也要上京來了，到時候她總歸是能來瞧妳的。」

江月驚訝地挑了挑眉，抬眼看見衛姝嵐眼神掃向坐於一旁的自家兄弟，便笑道：「攬芳姊姊這是……」

「說與我家弟弟啦，小的那個。」

當時衛姝嵐要離開路安，穆攬芳還嘟囔說衛姝嵐只捨不得江月，沒得把她給漏了，殊不知，早在那會兒，衛姝嵐便已經有了作媒的念頭。只是八字還沒一撇，不好直接說而已。

處理完府城的事情後，她回到家中，便跟父母稟明了這個想法。

時下有低娶高嫁的說法，穆知縣官位比衛大人低一些，但清名在外，尤其是之前，穆知縣不惜揭發岳家的隱私，將濯水蓮香之事昭告天下，在清流中也有了一些名聲。

衛家父母對穆家的家世沒有任何不滿，就是擔心自家小兒子不著調。衛家兩兄弟走的是科舉的路子，衛海晏是早前就訂了親的，接回姊姊，一家團聚後就已經完婚。衛海清則是性子未定，學問倒還算不錯，但性情方面卻跟孩子似的，這才十七、八歲了還未定下親事。

事實證明，衛家父母的擔心是多餘的。衛海清性子跳脫，但穆攬芳也跟普通的閨閣女子不大一樣，他跟穆攬芳見過一面，知道她性子爽利豪邁，更有一副難得的俠義心腸，對她頗有好感。

再後來，衛姝嵐跟穆攬芳通信，都會特地提一嘴自家么弟。

穆攬芳也不蠢笨，聽她在信中提了幾次，便也猜到了一些。但到底才差點讓道貌岸然的史家騙了一遭，即便是衛姝嵐作媒，她也沒有一下子就捅破那層窗戶紙。

見穆攬芳有意慢慢來，之後衛姝嵐給她的信中，就會捎帶上衛海清新作的文章和詩文。

兩人隔著衛姝嵐這媒人，接觸了好一段時間後，兩家便把這樁事放到了明面上。年關前衛海清跑了一趟縣城，代表衛家給穆家送年禮，在路安留了幾日，穆知縣把他從頭到尾考察了個遍後，兩人便正式訂了親。因為二人年歲都不小了，沒得再耽擱下去，婚期就定在今年的初秋時節。

穆攬芳的外家得知她這次真的說上了好親事，也出了不少力，已經在京城置辦好了宅院，方便穆攬芳從京城出嫁。

現下已經是初夏，算算日子，再過不久，穆攬芳就要上京了。

「倒是我消息滯後了。」江月聞言，真心實意地替他們高興起來。

「別高興得太早。」衛姝嵐捏了捏她瘦得骨頭凸起的手腕。「還是先將養身體吧，免得攬芳來了，瞧見妳的樣子後大哭一場。妳總不想她頂著兩個核桃似的眼睛上花轎吧？」

要不說衛姝嵐是個妙人呢？說來說去，還是在勸著江月得保重身體。

江月忙保證道：「知道了，後頭我會多注意一些的。」

說了這麼一程子話後，衛姝嵐也沒有多留，說家裡還在忙著弟弟婚禮的事宜，留下了一些補品和藥材後便離開了。

後頭就是重明軍中的人，一群大老粗也說不出什麼場面話，就讓軍師無名作為代表，上前慰問。

「丫頭本事大，命也大。」小老頭笑咪咪地捋著白鬍子。

江月回以微笑。「我還當醒來後就見不到先生了。」

小老頭是閒雲野鶴般的人物，早前因為欠了陸玨的人情，又以三城百姓為先，才留在重明軍中。現下戰事已畢，三城百姓的危難已經解除，他也知道自己時日無多，江月以為他會悄然離去。

無名給了她一個「還是妳懂我」的眼神。「本來是準備走了，陸玨那小子也早知道我要走，所以才讓我去管那些流民。這不是沒想到妳後頭出事了嘛，那小子帶上妳就跑，小老兒在三城收拾好一通『尾巴』，收拾完了，就也跟著上京來瞧妳了。」

陸玨並不是做事顧頭不顧尾之人，離開三城之前自然是做好萬全準備的。

江月被無名誇張的言辭逗得直笑，笑得厲害了，便不覺有些氣喘。

陸玨這會兒才從花園過來，看著她有些喘不上氣的模樣，不冷不熱的眼神就掃了過去。

「好了好了，不逗妳了。」無名正色道：「看過妳無恙了，我便帶著他們回去了。既來之，則安之。妳稍後有事，也可使人傳話給我，我左右也是閒人一個，也能給妳出出力。」

江月說行。「先生既決定久留，那我回頭使人再送些『藥水』給你。」

夕食之前，江月見了最後一撥人，是原身從前的幾個大丫鬟，也就是跟寶畫比著取名的寶琴、寶棋和寶書三人。

當時江家境況艱難，換成心腸狠一些的人家，該把這些下人都發賣了，如何也能再得一筆銀錢。

但許氏心善，並未那樣做，而是把賣身契還給她們，讓她們回家去。

她們三人如今都已經嫁了人，梳上了婦人髮髻，見到江月也是一陣哭，說還願意來服侍她。

江家宅子裡現下不缺做活的人手，缺的是將來開設醫學堂的人手。江月也沒有事事都讓人服侍的習慣，便沒讓她們進府，而是說好等醫學堂開起來了，請她們去做工、管事。

等這些都忙完，天已經徹底暗了，也到了用夕食的時辰。

江月累得有些吃不下，但怕許氏和房嬤嬤擔心，還是強打著精神吃了一些。

夕食過後，小星河摸出個九連環，說要和江月一起玩，不等江月應承，許氏直接把這閒不住的小子抱了出去。

房嬤嬤和寶畫帶著江月去了淨房，一道幫著她沐浴。

江月身上確實沒什麼力氣，也知道昏迷的時候都是她們在照顧自己，便沒有推拒。

沐浴完，江月換上新製的寢衣，房嬤嬤捏著闊大的腰帶，不大自然地背過身去，說這衣裳還得再改改。

江月勸慰道：「您別改啦，我也就是現下瘦，等好好吃上幾日飯，保管胖回去。」

房嬤嬤紅著眼眶，笑著應了一聲。

洗漱完畢，擦過了頭髮，寶畫又原樣把江月抱回屋裡。

「我還不想睡，抱我到案前吧。下午的藥配得差不多了，配完我就睡。」

寶畫把她放到椅子上，也沒有直接離開，而是搬了個繡墩過來，坐到江月腿前，給她按起腿來。

按了好一陣子，直到江月配好藥，用帕子擦了手，才摸了摸她的頭，問：「還生氣啊？」

寶畫默不作聲地給她按腿，好半晌才停了手，把腦袋輕輕靠在江月膝頭，悶聲悶氣地說：「他騙您，還害您受傷昏迷……」

江月並不意外，寶畫雖然魯直莽撞，卻學了好幾年規矩，若不是真的惱了陸玨，下晌不會直接把她抱走，把陸玨一個人晾在花園裡。

「他那身分，哪敢到處宣揚呢？連我去尋他之前，都不敢和妳們說。母親她們之前知曉了，也不敢和旁人說呀！至於我受傷，雖多少是因為他，但也不是他害我的，是那叛軍首領害的……我還中了那叛軍首領的蠱，捅了他一刀呢！」

寶畫被嚇了一跳。「他沒說過這個！」

「是吧，我聽妳之前說要拿斧子劈他，就猜著他沒和妳們說這事，不然我們寶畫心腸這麼軟和，怎麼會那樣對待受傷的人呢？所以妳別生他的氣了好不好？」

「那……那還有一樁事呢！他從前和姑娘成婚，用的是假姓名、假身分，現下算怎麼回事呢？讓姑娘沒名沒分地同他一起，把姑娘當成什麼人了？」

說到這個，江月忍不住彎了彎唇。「他下午在花園裡，就是在和我求親，若妳當時不來，我們可能還得接著往下商量。方才我看他跟著母親一道出去了，應也不只是為了同星河玩，而是要去稟明這件事。」

「早知道我就晚點去了！」寶畫懊悔不已，又嘟囔道：「那還算他有些良心，我不同他生氣啦！」

陸玨走到屋外時，聽到的就是江月含著笑意、輕如羽毛的聲音——

「因為他，本來就是很好的人。」

看到他回來，已經不生氣的寶畫很有眼力見兒地打起呵欠，說睏了，一眨眼的工夫就出去了。

「妳哄好她了？」陸玨笑著進屋。有心想讓江月恢復，他沒有直接抱她，而是扶起她，讓她慢慢地走向床榻。

「說開了也就哄好了。你也是，她心腸軟，你把當時的情況仔細說給她聽，她哪裡會生你這麼久的氣？」

「說得太具體，沒得讓她們操心。」

本來許氏和房嬤嬤只要擔心她一個，若知道她還拿著淬了毒的匕首傷了他，少不得還得多擔心一個。還有就是，說得太具體，少不得還得解釋他為何臨時決定要送江月走，便也會一併讓她們知道，他對許多百姓揮下屠刀。

道理是這麼個道理，但江月並不贊同。「我剛還幫你和寶畫解釋，說你早前有所隱瞞，是事出有因。但往後我還是希望你少隱瞞一些事，尤其會對你不利的那些事，我希望你解釋給別人聽，你並沒有對不起任何人，包括我。」江月抬眼看他，見他垂著眼睛若有所思，並沒有在第一時間應下，不覺間語速也加快了幾分。「這也得虧是母親和房嬤嬤攔著，不然當時我昏迷著，你真讓她劈啊？」

「妳別急。」陸玨說著話，伸手輕捋江月的背脊，給她順氣。「我剛只是在想，如果當初我沒有隱瞞妳最後那批百姓的事，便不會想著讓人把妳送離鄴城，給了衡襄可乘之機，妳也不會……」

「鄴城下頭還藏著那樣一大片地宮，本就是意料之外的事。且他喬裝易容，本就是衝著我的，你不送我回去，我大概還在流民營地，也是避無可避。」江月分析完，又道：「我這麼說，是讓你不需要再自責什麼，並不是贊同當時你隱瞞的舉動。」

陸玨幫她鋪平了被褥，扶著她躺下，為她撫平了被角，在床前坐了半晌，才輕聲開口道：「我確實不愛與人說我真實的想法，妳和母親她們不是別人，我本不該對妳們有所隱瞞，但從前沒人教過我如何與親近之人相處，我所見、所學、所想，都只有如何活下去，不擇手段、不惜代價、不計真心。現下有了家人，我只怕妳們懼我、怕我、厭我……抱歉，往後我會改。」

是啊，從前只想活下去的少年皇子，看著人情練達、長袖善舞，與誰都相處得來，但第一次有了牽掛，某些時候反而顯得有些笨拙。

有了一個江月信他，他已然感到十分驚喜，並不覺得許氏和房嬤嬤、寶畫也會像江月那般相信他、理解他，所以之前並未解釋太多。

江月突然有些心疼他。

「我並不是在責怪你，只是不想看你被人誤會。」江月從薄被下伸出手，朝著旁邊的空位拍了拍，示意他躺下來。她也學著他之前的樣子，給他蓋好被子。「除了醫術，我也有很多不擅長的東西。我們都有不足，但是沒關係，會越來越好的。」

陸玨輕輕地應了一聲。

江月問道：「宮裡那位現下還不能死，我的藥已經配得差不多了，但還需要根據脈象再仔細配比，何時方便我入宮？」

「再過幾日吧。我已經和母親說了要跟妳正式完婚，便也免不了在御前稟明，屆時妳隨我一起。」

江月睏意濃重，帶著鼻音詢問。「是還得學學規矩嗎？」

「規矩簡單，我會教妳，不用多少時間。但裡頭骯髒，所以等妳身體好一些了再去。」

睡著之前，江月還在納悶，她在市井生活了許久，還在前線待了一段時間，哪裡有這麼金貴？皇宮總不可能比前線軍營更亂吧？

幾日之後，已經能自己慢慢行走的江月，跟著陸玨一道進宮。

進宮之前，江月跟著陸玨學了一些宮廷的禮儀規矩，路上還仔細問了他進獻「聖藥」的始末。

跟江月猜想的稍微有點出入，當時陸玨從彭城拿到了一匣子還未啟用的蠱蟲之後，便將那匣子連同寒冰交給只聽命於皇帝的金鱗衛，八百里加急送回京。

隔了幾日，彭城城破，衡襄身死，陸玨再次修書一封，言明那東西是極樂教用來控制百姓的手段，並不是什麼真的好東西。而服用之人也會畏懼高熱，且是隨著服用日久，越來越畏懼，日久天長之後，會像最早服用蠱蟲的彭城百姓那般，生幾個火盆都會有性命之憂。

可就是這個時間差裡，垂涎「聖藥」久矣的當今已經迫不及待地使人開始試藥了。

彼時京中正寒，御醫診斷之下，只知道從脈象上看，試藥的人都變得格外康健。等收到陸玨的第二封戰報，當今思考了沒多久，還是把藥服下了。左右這東西的缺點只畏熱一樣，對旁人來說，可能是頭上懸了把利劍，但對皇帝來說，這值當什麼？他若想，皇宮裡一年四季都可以冷著。

若陸玨真的從頭瞞到尾，前兒個在朝堂上，那些自以為抓到他馬腳的官員，也不會那麼簡單地就被收拾了。

「當今這份『魄力』，若是用在正途……」江月聽完，忍不住唏噓。

說著話，馬車已經停在了宮門口。

陸玨先下了車，對著她伸手。

江月扶著他的手，下了馬車。

將養了一旬多，她已經能自己慢慢地行走。

瘦弱纖細的少女，穿著一件水綠色蝶戲水仙裙衫，溫柔如水的顏色，中和了她有些清冷的氣質，平添幾分我見猶憐的柔弱。

陸玨不錯眼地看著她，圈住她的手腕牽引著她，再次提醒道：「若遇事不對，自保為先，不必顧念我什麼。」

江月笑著輕聲應道：「我還沒弱到那分兒上。」

當時對上衡襄，她輸就輸在失了先機，對方是早幾年就開始布局了，她卻是跟著陸玨去到前線，才算入了局。

即便那樣，她也未徹底敗了，仍力挽狂瀾，弄死了那傢伙。

而除了這件事之外，江月還未曾在這方世界的任何人手上吃過大虧。

陸玨沒再說什麼。

二人經過了宮人的搜檢後，沿著宮道走了幾刻鐘，到了養心殿附近。

一個面白無鬚的太監等候已久。

「九殿下隨奴才來，陛下已經等您許久了。」

江月認出這便是當初帶著金鱗衛去路安縣「接人」的那個侍者。

對比之前，他現下又殷勤了幾分，親自上前給陸玨打傘不算，還拿了帕子要給陸玨拭汗。

「不必。」陸玨將傘接過，打在江月頭上，二人跟著太監又走了一刻鐘，總算到了養心殿。

此時已經入夏，但養心殿周圍堆放了不知道多少寒冰，一絲暑氣都無。

太監幫著通傳，那高大的門板打開的瞬間，女子的嬌笑聲便傳了出來。

陸玨和其他宮人的臉上都沒露出什麼異色，顯然是見怪不怪了。

那太監進去了良久，大概又過了一刻多鐘，才再次出來，請陸玨和江月進去。

宮殿內，越發涼爽舒適，皇帝端坐在上首，正假模假樣地提著筆批閱奏章。

他年過半百，頭髮花白，臉上已經有不少皺紋，依稀能看出幾分年輕時的風采。

江月飛快掃過一眼，便立刻垂下眼睛，跟著陸玨一道行禮問安。

皇宮紅牆綠瓦，恢弘巍峨，當今又愛享受，因此這日常起居的養心殿更是富麗堂皇，雕梁畫棟，可坐於皇位上的人，實在讓江月覺得噁心。

「都免禮。」皇帝中氣十足，聲如洪鐘，帶著笑意道：「這就是幫著你平叛的醫仙？抬起頭讓朕瞧瞧。」

「醫仙之名實屬百姓抬舉，民女不敢擅專。」江月恭順地應著，抬眼便對上了一雙被酒色浸染多年、渾濁不堪的眼睛。

那雙眼中飛快地閃過一絲驚豔，皇帝笑道：「妳謙虛了，妳這容貌和氣質，可不是神仙妃子才有的？朕這幾日確實有些不大爽利，妳上前來為朕診治。」

江月本就是奔著這個來的，自然應諾。

忽略掉皇帝毫不遮掩的打量視線，江月搭上了他的脈。

她診脈鮮少分心，但今日卻是實打實地分了神——皇帝身上的味道難聞到了極點。

他腎氣失調，雜質無法隨尿液排出，久積體內，只能通過表層的汗液及呼吸釋放，也就是俗稱的「老人味」。而後是沾染了不知道屬於幾個女子用的頭油、熏香等。甚至還有體液的味道……最後就是門窗緊閉的殿宇內，他身邊熏著味道濃重的龍涎香。

可能自以為熏香能把那些駁雜的氣味蓋住，卻不知道在嗅覺敏銳的人面前，是何等的折磨！

江月強忍住作嘔的衝動，面色平常地道：「陛下脈象磅礴有力，並無任何病症。」

皇帝跟前日日都有御醫診平安脈，他當然知道自己的身體日漸強壯，恢復了壯年時的風采。在江月準備縮回手的時候，他按住她的手背，笑道：「宮中御醫診脈，少不得也得一時半刻的，妳才搭了多久的脈，怎麼就能下決斷了？莫不是畏懼了朕，不敢仔細診斷？」

江月說不是。「民女診脈本就比旁人快一些。」

「確實如此，月娘診脈從來都快，或許跟她從前的經歷有關係。」陸玨出聲，幫著解圍。

「哦？怎麼說？」

皇帝分了心，江月便立刻把自己的手抽回來。

「月娘的父親從前只是一介藥商，她的醫術是耳濡目染的薰陶之下，自己看醫書學的……」陸玨波瀾不驚地給江月編造了一段自學醫術多年的過往。前頭江月在路安編造的說法已不能用，畢竟現下回到了京城，江家多有舊交，稍微一打聽便能知道江父還在時，未曾給她請過什麼先生。「所以她很多事情都是自己摸索的，若用民間的說法，這就是野路子的赤腳大夫而已，與宮中御醫不能相提並論。」

在陸玨侃侃而談時，江月已經安靜地退了下來，站到他身邊。

「小小年紀，能摸索出自己的醫道，已然十分了得。」

皇帝像個慈愛的長輩一樣，誇讚著江月，只是那眼神實在讓人不舒服極了。

就在這時，有太監進來通傳，說是坤寧宮那邊請江月過去。

按陸玨說的，他已經先行稟明過當今，見完這面，二人的親事得了當今的首肯，便不用在宮裡久留。

胡皇后此舉，在他的意料之外，他波瀾不驚地看了江月一眼。

二人經歷了那麼些事，江月便讀懂了，陸玨這是讓她裝暈。

畢竟就她現在這弱柳扶風的模樣，隨時暈倒是再正常不過的。

江月卻沒察覺似的，應了下來——去面對同為女子的胡皇后，怎麼也比在這皇帝跟前好。真要裝暈了，難保皇帝不會「慈愛」地讓宮人把她扶到榻上休息。觸碰他的床榻，光是想想，江月都有些起雞皮疙瘩了。

「皇后也真是的，這大熱天的把人喊來喊去。」皇帝不悅地蹙了蹙眉，但這麼點小事，也不值當下了皇后的面子，他說完便對江月擺手道：「妳自去吧，朕讓宮人跟著妳。」

江月福了福身，退出了養心殿。

等她走後，皇帝把攤放了許久的奏摺合上，臉上的笑也淡了幾分，總算有了幾分為人父的模樣。「小九，就決定是她了？你真的想好了？」

江月雖是百姓口中的醫仙，甚得民心，民望甚高。但說到底，也不過是商戶女出身。皇子娶商戶女，那是低娶之中的低娶。

若擱從前，陸珏敢提出這種要求，皇帝必然把他罵個狗血淋頭。

但現下陸珏立下赫赫戰功，並不要什麼封賞，只要他這當父皇的主持親事，怎麼看都是一副因美色而昏了頭的模樣。

陸珏恰當地露出了一個略顯羞澀、心無城府的笑。「兒臣早先受了重傷流落在外，就是得她照顧，才活到了現下。她後頭更是跟著兒臣去了三城，將生死置之度外。兒臣不該辜負她。」

「你這孩子……」皇帝嘆了口氣，心裡有幾分不悅，有心想說不能辜負，那許個側妃的位置也夠了，但也不知為何，話到了嘴邊，看著陸珏，看著這個被他忽視了很多年的兒子，他突然就不生氣了。果然，他還是慈父心腸。皇帝一邊這麼想著，一邊道：「也罷，你現下這模樣像極了朕年輕時。既然你主意已定，朕也不再勸你什麼，這幾日就讓欽天監定日子，讓禮部為你操辦起來吧。」

「謝過父皇。」

第二十五章

從養心殿出來後，陸珏便等在了角門邊上。他年紀漸大，生母又早逝，已經不能出入後宮。

等了大概兩刻鐘，江月就被皇帝身邊的宮人引著送了回來。

兩人在人前並不多說什麼，只目光一碰，便都心領神會，雙方的事情都很順利。

那太監很有眼力見兒地退開了。

陸珏見她臉頰通紅，額頭出了一層薄汗，便沒有立刻帶她出宮，而是尋了個陰涼處讓她歇息。

「陛下已經允了。」陸珏遞出帕子讓她拭汗。

江月擦著汗道：「皇后娘娘也並未為難我。」

那位胡皇后，約莫三十五、六的年紀，養尊處優，保養得極好，只眼角多了一些紋路，法令紋也深重。看著就是平時多思多慮，時常動怒的模樣。

胡皇后並未對江月如何，讓人把她喊過去之後，就讓她在廊下站了一會兒，站得江月汗水淋漓，胡皇后才施施然地讓人把她請進去，笑說「暑氣正熱，本宮年歲也不小了，等妳的工夫就睡過去了。這些宮人也真是的，竟沒叫醒本宮，害妳苦等了這麼久」。

江月身體雖還弱著，但只是在廊下乾等一陣，跟她過去兩年的經歷相比，這點為難實在不值一提，便恭順地說不礙事。後頭胡皇后跟她寒暄了一陣，送了份見面禮給她，便說沒得讓皇帝身邊的宮人久候，輕而易舉地就把她放出來了。

「她好像……還挺『喜歡』我的。」江月將胡皇后送的鐲子展示給陸珏瞧。

「她自然喜歡妳。」他現在風頭正盛，胡家已經把他視為有力的奪嫡人選，而在這個檔口，他竟要迎娶商戶女，胡皇后再蠢，也蠢不到那個分兒上，會想阻止這門親事。說不定，皇帝這麼輕易地答應了，不只是被蠱蟲影響，也有胡家在背後推波助瀾的分。

說著話，陸珏將那花絲鏤空金鐲掰成幾段，拈出一點粉末遞到江月跟前。

「黃柏、紫草、麝香、藏紅花……」江月立刻分辨出了裡頭的成分。「是讓女子不孕的藥。」

「她也就這點本事了。」陸珏嘲諷地彎了彎唇，用帕子將斷鐲子包好。

江月看著他熟稔的動作，突然說：「能帶我去你小時候住的地方看看嗎？」

時辰尚早，中午的日頭最是毒辣，不大適合這會兒趕路出宮，陸珏便道：「前頭五年住在我母親的寢宮裡，現下應該添了新人，不方便再去。五歲之後我就搬到文華殿附近了，離這兒也不遠，可以帶妳去那處看看。」

江月緩過氣來，跟著他去往文華殿附近。

文華殿作為皇子們上課的地方，雖不比養心殿和坤寧宮金碧輝煌，卻也修葺得十分不錯。

繞過文華殿走上一陣，二人到了一處冷清的地方。此地蕭條冷清，並沒有高大恢弘的屋宇，連個正經牌匾都沒有，若不是處在皇宮中，就像個普通的、荒廢的民間宅院一般。

「小心腳下。」陸玨走在前頭，領著她進去，用腳撥開繁茂的雜草和小石塊，這才為她開出一條路來。

「宮裡怎麼還有這樣的地方？」江月進去，再次被裡頭的環境震驚。也難怪陸玨身上沒有養尊處優的習氣，在這種連江家老宅都不如的環境裡長大，怎麼可能嬌生慣養？

「前朝的時候，皇子開始讀書，便不再回後宮去了，這處從前就叫『皇子所』。本朝之後改了規矩，皇子可以回母親的宮裡休息，等到十三、四歲開始議親了，陛下就會命禮部開府，皇子就可直接出宮住進自己的府邸，等著來日成親。所以這兒便漸漸荒廢了，日常並沒人過來，除了——」除了他，這個母親逝去後，被皇帝所惡，沒有其他妃嬪願意撫養的皇子，在這裡住了好些年。

「你住哪間？」江月適當地打斷他，詢問起來。

「好幾間都住過，小時候住在最裡面那間，後來那間的瓦片塌陷了，便換了另一間。後頭換來換去的，便住到了離大門最近的那間。」

江月從裡頭那間看起，幾間屋子可謂是「精彩紛呈」。如陸玨所說，瓦片塌陷的還算是正常的了，另一間屋子裡頭還有煙熏火燎之後留下的痕跡。

「這是七歲那年的冬天，屋裡擺放的炭盆突然倒在帳子上。」陸玨平淡地說起往事，像在說旁人身上的事。「我分額內的炭火總被剋扣，那年冬天卻分到了好些炭。」

下一間，他指著牆角一個不起眼的小洞。「這是八歲那年的夏天，屋裡牆洞『偶然』鑽進來一條毒蛇。」

再下一間，地磚上有一灘陳舊深沈的血漬。「九歲那年，課業上得了先生的誇讚後，幾個皇兄來同我『慶賀』，見我屋裡有隻養著捉鼠的野貓，讓侍衛把貓殺了。」

直到最後一間，那處雖然同樣簡陋，但已經算得上齊整，案桌上還擺著一些筆墨紙硯，缺一邊櫃門的衣櫃裡，還疊放著幾件半新不舊的小衣裳。

「這應該就是你住到出宮前的地方了吧？」

江月說著話，站到了衣櫃前，有心想看看他小時候的衣物。

「別碰。」陸玨掃了一眼案桌上的東西，說：「我離宮已久，這屋子雖稱不上是纖塵不染，但看著就像是近來有人打掃過。而且我從前也用不上這樣上好的筆墨，應當都是宮人後來弄回來的，那些衣物也不知道經了多少人的手。」

「這樣啊……」江月有些遺憾，便沒有伸手去碰，只以眼神梭巡。

皇子可以吃不飽，卻不會有格外破舊的衣服。衣櫃裡的衣物放到民間，都稱得上錦衣華服，但若是瞧得仔細，就會發現裡頭都是些華而不實的衣服，保暖、細軟的沒有多少。

「好了，都瞧完了，咱們該走了。」

夏日的天說變就變，晌午還豔陽高照的，現下卻忽然陰沈起來，狂風驟起。

而這前朝的皇子所，採光差，環境更差，悶悶熱熱的同時，在昏暗的天色下陡然多了幾分陰森感。

陸玨看她又出了汗，便去院子裡水井旁，熟練地放下吊桶，打了一桶井水上來，絞了帕子。

「宮中的井水互通，沒人會在井水裡下毒，但也不甚乾淨，所以擦擦手就好。」說著，他便妥貼細緻地給江月擦起手來，擦的正是她之前給皇帝診脈、被皇帝按過手背的那隻。

井水冰涼，即便只是擦擦手，也能消去一些暑氣。

江月發現了他的小心思，仍由著他將自己那隻手擦了好幾遍。

「你小時候住在這裡，會害怕嗎？」

少年皇子手下不停，聞言微微抬眼，雙眼掃視過破敗的院子，目光深遠，似乎是仔細回憶了一陣，才道：「是怕的吧，怕黑、怕打雷、怕突然塌陷的瓦片、怕夜間走水、怕毒蛇毒蟲、怕年長的皇兄突然的『關照』……可是怕的東西多了，便漸漸明白，害怕無用，那便不怕了。」

轟隆的夏雷在二人頭頂炸開，江月反手握住他的手。「陸玨，那就別怕，往後也別怕。」

豆大的水珠瞬間落下，雨幕遮天蔽日。

二人躲到廊下，陸玨牽著江月換了個位置。

果然下一瞬，她方才站著的地方就開始漏雨了。

陸玨挨著她的肩膀，讓她半靠在自己身上。

他突然湊近，溫熱的氣息噴灑在江月的耳畔。他從前不會做這樣親密到有些曖昧的舉動，江月下意識想躲，隨即想到兩人馬上就要真的成婚了，也無甚好躲的。而且相處了這樣久，她早就習慣了陸玨身上的氣息，並不生厭。

陸玨並沒有更近一些，只是附在她耳邊，在磅礴的雨聲中分享了一個秘密——

「江月，今日過後，我們的婚事便不能再更改，再沒有轉圜的餘地。妳曾告訴我，不用再對妳隱瞞什麼，可若我說，我住在這裡時，日常所思所想並不是害怕那些事物，而是想殺人……」他仍牽著江月的那隻手沒放，纖長的手指在她手背上摩挲，觀察著江月的神色，小心翼翼、忐忑不安。

江月只是有些詫異地揚了揚眉，但神色未變，抬眼認真地看著他，緩聲而清晰地道：「陸玨，醫仙是你安給我的名號，我並不是真的菩薩心腸。可恨之人該殺，無辜之人該救，才是我的為人處事之理。你想殺誰？」

少年皇子聲音滯澀，面若寒霜。「想殺了龍椅上的，想殺了坤寧宮裡的那位……這並非今日才有的念頭，是已經想了太久太久了。」說完，他甚至有些自厭地想，也難怪衡裏選了他種蠱，只因他本就卑劣，心思不正。

「啊，原是這個。」想到皇帝落在自己身上、如猛獸觀兔般的眼神，江月仍有些反胃。她捏著陸玨的手緊了緊。「然後呢？」

他迷茫了一瞬，似乎是沒想到她不僅沒有出聲反對、相勸，反而是這般的態度。就好像他即便自小就殺了父皇和名義上的母后，又有何不正常的？

迷惘困惑的表情，不帶一絲掩藏地出現在少年皇子昳麗的、素來寵辱不驚的臉上，讓江月不禁心頭一軟。

「陸玨，有句話不知道你聽過沒？叫『君子論跡不論心，論心千古無完人』。我不管你生出過什麼惡念，我只知道站在我眼前的這個人吃過很多苦，見過很多惡，卻在小城時甘心入贅，解我的困境、幫我的忙，更將生死置之度外，平了叛，救下了無數百姓。最後在危難關頭仍然信任我，那麼的信任我，沒有被『惡爐』蠱惑，守住了本心……我要嫁的是百姓心中大熙的戰神，也是這個自小生在黑暗之中，怕黑、怕打雷、怕突然塌陷的瓦片、怕夜間走水、怕毒蛇毒蟲、怕年長的皇兄突然『關照』的小皇子。所以，陸玨，我並不需要什麼轉圜的餘地，我不會後悔。」

隔了幾日，宮裡來人宣旨，江月和陸玨的婚期，定在來年春天。

據說已經算是非常快的了，畢竟是皇子成親，且陸玨剛立下戰功，婚禮不只代表了皇家的顏面，更也是辦給天下百姓看的。

另外，陸玨的府邸還未修葺完成，得到年前才能竣工。

送走來宣旨的宮人後，江家上下喜氣洋洋。

許氏和房嬤嬤商量起來，雖說到時候是在皇子府邸行禮，但要從江家發嫁，也有許多事宜需要安排。

江月有心想勸她們別忙，來年春天啊，皇帝未必能活到那個時候。

按著計劃，到時候陸玨坐上那個位置，這婚禮說不定得在宮裡舉行，家裡準備的東西就都白費了。

不等她開口相勸，陸玨就扶著她回了屋。

陸玨說：「讓母親和嬤嬤忙吧，不讓她們參與，她們心裡反而不好受。」

江月一想也是，前頭在村裡辦婚禮，時間緊、條件差，她自己倒不覺得有什麼，但許氏和房嬤嬤卻一直都覺得不夠好。後頭家裡寬裕了，她們還念叨過，說「要是早先有這麼個條件，前頭的婚禮也不至於辦得那麼倉促」。

如今，也算是還了她們一樁心願。

「而且妳放心，就算到了來日，她們準備的東西也能用上。」

得了陸玨的準話，江月就徹底歇了相勸的心思。

兩人剛說了幾句話，外間就響起了寶畫的咳嗽聲。

江月拿出一個香囊，對陸玨道：「我已經調整好配方，給陛下配好了藥，但並未做成藥丸，而是做成藥粉。這個你帶著，對你也有好處，可以安撫你體內尚未甦醒的蠱蟲。另外，你想法子撒在陛下身上，隔三差五的，每次一指甲蓋的用量就好，能保他度過今年夏天。至於再往後……」再往後就難了。

去年年前，陸玨才給皇帝搶來聖藥，為求穩妥，其實讓皇帝活到來年再死會更好一些。但皇帝體內的生氣本就不多，被蠱蟲盡數催發了出來，早晚得氣竭而亡。

現在的她，依舊不能憑空變出人的生氣來。

「無礙。」陸玨看了一眼門扉的方向，壓低聲音道：「我那幾個皇兄已然快坐不住了。」

過去的皇帝除了對陸玨格外不喜之外，對其餘幾個兒子倒是一視同仁——一樣的不怎麼上心，不怎麼管事。

說起來還是因為祖上安排得太好，皇子進了文華殿開蒙，就有太傅抓功課，有撫育他們的妃嬪照料飲食起居，等到了年紀，就放出皇宮自立門戶。

皇帝需要做的，也就是偶爾從太傅和妃嬪那兒過問一聲。

而皇子被問起的次數，則完全取決於他們的母親在皇帝那兒的受寵程度。

但凡陸家祖上少幾分妥貼的安排，就當今這個沈迷酒色的勁兒，宮闈內外早該亂起來了。

現下長成的皇子裡，年紀最小的陸玨都十七歲了，上頭八個哥哥，除了太子在元后去世幾年後就歿了，其餘七個都還活得好好的。

過去皇帝日漸老邁，將朝中事務分攤給了兒子們，他們尚且能容忍這麼一個昏聵的父皇坐在那位置上，只注重互相較勁，敵不動、我不動，都想著日後能名正言順地繼承大統。

可現下皇帝那麼康健，按著御醫的說法，那是再活個一、二十年都輕輕鬆鬆的，這期間還不知道要給他們再添多少弟弟。

加上皇帝現下「獨寵」陸玨，幾乎是日日都會把他喚到跟前，自然有沈不住氣的人。

有人準備仿效陸玨，招攬術士給皇帝煉製丹藥；有人則是派人去了揚州，尋摸姿容出挑的瘦馬；更有人在調動集結人馬……京城裡頭已然是暗流湧動。

等大家招數頻出，屆時皇帝死了，誰能賴到陸玨一個人頭上？

「那你……」

「我也有自己的安排，所以無妨，妳安心忙自己的事。」

寶畫在外頭的咳嗽聲越發頻繁了。

江月好笑道：「你快出去吧，不然一會兒那丫頭得把肺咳出來。」

大熙的風俗規矩，男女訂親後，在成婚前是不能見面的，更不能單獨私下相處。

現下寶畫這是在提醒，陸玨得離開了。

陸玨抿唇笑笑，站起身。「那我先回去了，有事讓珍珠給我傳信即可。」說完，他又拿出一樣物事遞給江月，正是早先給過江月的那一萬兩銀票。銀票一直被許氏妥貼保存著，前頭相聚之後，許氏就把它物歸原主了。「拿著吧，聘禮。」

馬上要成為真正的一家人，江月近來也確實需要用錢，便沒推拒什麼，起身送了他出門，再把拿了掃把、假模假樣在外頭灑掃的寶畫喊到身前，讓她把熊慧和珍珠一併喊過來。

等三人到齊，江月便詢問起她們的事情完成得如何了。

熊慧先開口道：「醫學堂的選址已經完成了，這兩處地方都合適，等娘子決斷。」

江月看了她選的兩處地方，一處是江家在京郊的莊子，地方夠大，容納百人都綽綽有餘，但有些偏遠，騎馬坐車得一個時辰；另一處就在京城裡，很近，從江家的大宅走著就能過去，但京城寸土寸金，那宅院最多只能容納二、三十人，是早先江父還未發家的時候購置的宅子，因為有紀念意義，才未曾對外售賣，一直閒置著。

兩處都有弊端，江月沒有第一時間下決斷，而是看向珍珠。

珍珠道：「醫學堂的事已經對外告知了，不過慕名而來之人心思駁雜，真正想學醫的沒有幾個……蔣軍醫都有些喪氣了。」

這也不讓人意外，她醫仙的名聲雖大，但多是不通醫道的百姓人云亦云，真正對醫道有些瞭解的，未必會相信那些。就好像本身會做飯的人，常聽旁人吹噓某人是廚神，也不會因為這種傳聞就甘心去跟著某人學廚藝。

尤其是江月雖說了不講究什麼師徒名分，但在時下的認知裡，師徒關係是僅次於父子關係的存在。

更多的，自然就是因為知道江月和陸玨的關係非比尋常，而想著渾水摸魚，走門路、撞木鐘的人。

「稍後我和陸玨訂親的消息傳出後，來的人會更雜，還須妳細心分辨。至於如何吸引真正想學醫之人，我來想辦法。」江月說著，又看向熊慧。「地方也能定下來了，就先選在離得近、地方小的那宅院裡吧。使人去訂製牌匾、添置家具那些事，也一併拜託妳了。」

熊慧趕緊擺手道：「一點瑣碎的小事而已，這幾年都做慣了，娘子不必客氣。」

江月最後看向寶畫。

寶畫說話、做事不如她們二人老練，但江月特地把她留到最後，也夠她打好腹稿了。

「從前的掌櫃、夥計已經回來了泰半。另外那些有的是跟別人簽了長契，短時間內脫不開身；有的則是……則是……」

江月接話道：「則是因為得知現下江家的家主是我，對我沒信心，所以不願回來。」

見自家姑娘已經知曉，寶畫也沒再支吾，坦然道：「是，他們私底下還說姑娘傍上了殿下這棵大樹，也未必會像老爺還在時那樣看重生意，估計也就是現下覺得好玩，來日說不定就撒手不管了。」

江月頷首說知道了。有人願意奔著陸玨的名頭上趕著來交好，自然也有人因為不想牽扯進權貴的風波裡，望而生畏。畢竟同樣是做工，給別家做工的風險反而小一些，而且江月開出的工錢也是很公正的那種，並沒有特別高。

「先把願意回來之人的名單給我。」

寶畫就掏出一本隨身攜帶的小冊子，裡頭寫寫畫畫。

同熊慧差不多，她能認出不少字，卻並不怎麼會寫，更多的還是用只有她自己能懂的符號來代替。

這算是歷史遺留的問題了，早先寶畫來到原身身邊的時候，已經過了開蒙的年紀，原身那會兒已經會認字、寫字了。江父和許氏都對寶畫寬宥，沒逼她下苦功從頭學起，以至於寶畫後來看的其實是「畫」本子，而不是話本。

於是日程裡頭又多了一件事——得讓寶畫和珍珠幾人抽出時間來認字、學字。

江月聽著寶畫唸了幾個名字，努力在原身的記憶裡搜尋。可惜原身從前也並不掌管家中事務，很多人都未曾見過、瞭解過，只從江父口中偶爾聽他提起過。但有兩人是例外，一個是江家從前的大管家昌叔，另一個就是帳房先生章台。

這二人從前都是江父的左膀右臂，並不是簡單的東家和夥計的關係，江父待他們二人親如兄弟。

之前江家遭逢大難，昌叔幫著料理江父的後事，章台則幫著變賣家產，疏通官員。

等到最後，二人還湊出了一筆銀錢，幫著許氏雇人手回鄉避難。若沒有他們二人從中斡旋，當時驟然喪夫又從來沒有理過事的許氏，也未必能支撐下來。

「他們二人在過去兩年裡，境況如何？」

寶畫道：「昌叔去給另一家人當掌櫃了，還算過得不錯。不過章先生就不大好了，沒再做帳房的工作，據說是早先自己開了個小鋪子，賠了不少錢，後頭就支了攤子幫人寫信，日子挺拮据的，我尋過去的時候都差點認不出他了。」

江月微微頷首，倒也並不特別意外。比起管家，帳房先生的職位更是茲事體大，沒個特殊情誼，誰也不會在自己的帳房裡頭擱外人。尤其章台前一任的東家，也就是江家，實在能稱得上是下場淒慘，外人不明就裡，更不願雇用也是正常的。

江父看人的眼光素來信得過，加上這二人也與江家共過難，事後的兩年裡也過得不算好——若好得過頭了，則能篤定這二人當年趁著江家落敗時，動過什麼手腳。

「請他們下午過府吧，我見上一見。」

午飯過後，江月就見到了二人。

如寶畫所說，昌叔的境況好一些，看著只是多了幾道皺紋，多了一些白頭髮。而章台則是瘦得脫了相，身上的衣袍都洗得發白了。

見到江月，昌叔直接紅了眼眶，說：「一眨眼的工夫，姑娘都出落得這麼好了。」

江月離京的時候才剛過十六，現下卻馬上要過十八歲的生辰了，更因為換了個芯子，氣質與過去截然不同。

江月請了二人落坐，寒暄一陣後，便開誠布公道：「我現下剛拿回家中的產業，還請二位如我父在時那般鼎力相助。」

昌叔和章台自然沒有二話，連具體工錢都沒問，就一道應諾了下來。

這也算是江父在時栽好的「大樹」了——換成旁人家，就算沒有中間的波折，家主驟亡，換了女兒來當家主，下頭的人不知道要生出多少不情願來。他們卻對江月有信心，覺得江父教導出來的女兒，必然也會如他那般宅心仁厚。

江月先把這段時間的帳簿交給章台梳理，這部分帳目其實陸玨已經幫她清算過，但陸玨並不是從前那樣的閒人一個，自己的事都得忙到夜色濃重的時候，再幫她算這些帳目，更是要通宵達旦，因此還是需要有人來做帳房之職。

這也算是對章台的一點小小考驗，看看他會不會欺負江月不通帳目而弄鬼。過了這關，她才可放心將家中帳目交與他手。往後陸玨只要在有空的時候查驗即可，不需要再親力親為。

而後江月便對著昌叔詢問道：「目前人手已回來了不少，足夠幾個鋪子重新開業了，您老經驗比我豐富，依你看，先開哪幾個比較合適？」

已經過了兩年，但昌叔卻還是對江家從前的產業記憶深刻，他如數家珍地點了幾個鋪子，最後道：「這幾個鋪子都是從前進項最好的，先開起來，才可使銀錢運轉起來。另外還有一個，就是江記藥鋪。」

江父就是藥材生意發家的，江記藥鋪可謂是江家的立身之本。雖叫藥鋪，其實跟小城裡的善仁堂一樣，從前也聘請了不少坐診大夫，集看診和抓藥於一體。

藥材方面倒還好說，昌叔從前就跟著江父做這些，才過去兩年，不少管道還能再次打通。

但坐診大夫，卻有些難辦了。荒年餓不死手藝人，江家倒了之後，那些大夫都已經被其他醫館挖角了。

從前江父為了招攬人才，花費了不知道多少時間和心力，三顧茅廬，禮賢下士。現下要重新再請人，非一日之功。

「這倒不難，我來當坐診大夫，另外還有軍中的蔣軍醫可以幫忙。」

蔣軍醫被醫學堂招不到人手的事弄得有些喪氣，不妨讓蔣軍醫來客串一陣坐診大夫，也好讓其他人知道她和蔣軍醫都是有真材實料的，並不是乘著陸玨的東風，空有名聲的沽名釣譽之輩，來日醫學堂也不會再愁沒有學生。而等幾年後，學生學有所成，也可放到自家醫館裡，便也不用擔心缺少人手。

如今江月手下能人眾多，細枝末節的事已不需要她像在小城時那般親力親為。

她定好方向之後，其餘人通力合作之下，半個月後，江記藥鋪便正式重新營業。

開業那日，江月沒有吝惜銀錢，買了好些掛鞭，更準備了許多彩頭。

掛鞭放響，不少人都會來瞧一瞧熱鬧。

有人納悶說：「這兒之前不是個綢緞莊嗎？怎麼變成藥鋪了？」

「這你就不知道了，這裡本來就是藥鋪，開了十幾年了吧，反正我小時候就開在這兒了。是前兩年才變成綢緞莊的，現下這是又變回去了。」

有人接著道：「那你知道的也不多，這江記也不是從前的江記，是跟著戰神平叛的醫仙娘娘，拿回了從前的產業後新開的。」

「常聽人說什麼醫仙的，哪個是醫仙？近來天熱，身上不舒服，正好去瞧瞧！」

旁人哄笑道：「那是跟著殿下的醫仙，哪可能來給咱們看診？」

「是啊，而且所謂術業有專攻，能上前線的大夫，那應當是瘍醫。你這身體裡頭的不舒服，不得去看疾醫嗎？」

從古早開始，醫療便已經有了明確的分科，分為食醫、疾醫、瘍醫和獸醫。

普通百姓不論這些，通稱為大夫。但京城這地界，百姓生活好，眼光高，看診方面自然也比其他地方的人有講究。

那人的話一出，不少人一想還真對，擅長外科的大夫未必就擅長治療內病，沒得因為醫仙的名聲，就胡亂看症。

就在他們議論紛紛的時候，江月已讓夥計去派彩頭了。

彩頭就是一個個巴掌大的小香包，裡頭擱置了驅蚊和安神的藥粉。

裡頭的東西且不論，小香包的布料和做工都十分不錯，光一個香包就值三、五文錢。

因此知道有彩頭能拿，一傳十、十傳百的，開業那天江記藥鋪門口人頭攢動，熱鬧非常。

而等他們拿回去之後，就發現裡頭驅蚊蟲的粉末效果卓然，不必再像之前似的，天一黑就躲到蚊帳裡。且裡頭安神的藥粉，還能使他們在悶熱的夜裡一夜酣睡。

當然了，裡頭的藥粉並不多，幾日之後就會失效。

試過了這般好日子後，試問誰還願意再回去過那種一到夜間就躲到帳子裡，而後整個晚上被頻頻熱醒的日子？

因此幾日之後，不少人都會回到江記藥鋪買藥粉。

這也是江月的一項策略。

進京之後，她發現家裡的蚊蟲格外多，蓋因為這京城有一條護城河，環繞整個皇宮。護城河分流而出，京城便也有好幾條內河。

這水一旦豐沛，到了夏天，自然是蚊蟲肆虐，比起北方的夏天更難熬。

那驅蟲藥粉賣得也不貴，一包就二十文錢，且比送出去的那些成分要更好，足夠一家幾口使用，能管用一個夏天。
對於京城的百姓而言，委實是物美價廉。
江月並不指著在這小東西上頭能掙多少錢，主要是想用這個告訴百姓，雖然事隔兩年，也換了人，但江記藥鋪還是從前那個能製好藥的良心鋪子。
於是在這之後，除了日常能接診到的傷筋斷骨的病人外，也有一些中暑之類的輕症病人願意往江記藥鋪跑。
這日，鋪子裡來了個新鮮「病人」。
正值酷暑，豔陽高照，路上行人稀少，偶有人經過也是腳步匆匆。
蔣軍醫送走一個摔斷腿的傷患後，正勸著江月去後頭歇歇。
藥鋪前面有大三間——一間藥房、一間等候的屋子、一間看診的診室。後頭還連著一個一進的院子，午休十分方便。
鋪子裡有掌櫃，有好幾個伶俐的夥計，還有蔣軍醫坐鎮，還真的不需要江月一直待著。
正說著話時，一輛高大華貴的馬車停到了鋪子門口，先下來兩個丫鬟，一個打傘，一個搬腳凳。
都安置好了，最後才下來一個身形豐腴、抱著襁褓的婦人。
婦人一襲紺色大袖，穿金戴銀，打扮得十分富貴。
等走得近了，江月才看清對方雖然衣著顏色有些老氣，但其實十分年輕，看著也就二十出頭的年紀。

夥計熱情地上前接待。

那豐腴的婦人道：「不用看什麼茶，把你們這兒的醫仙請出來，我要尋她看病。」

江月便起身過去，讓夥計退開。

「妳就是醫仙？」豐腴婦人將江月從頭到腳打量了一通。

「虛名罷了。您請跟我來。」江月不卑不亢地應了一聲，然後請對方去診室。

現下坐診的大夫只江月和蔣軍醫兩個，所以診室並未再區隔開來，只並排放著兩張桌子和幾把椅子。

幾步路的工夫，豐腴婦人已經出了許多汗，丫鬟遞出帕子，她也懶得去接，只珍而重之地將手中的襁褓放到桌上。「那就煩妳給看看。」

蔣軍醫本在收拾診室，此時見狀，立刻氣道：「妳這人……」

那襁褓包得仔細，方才又被婦人擁在懷裡，因此江月沒有仔細去看，現下定睛看去，才發現襁褓裡頭的並不是孩子，而是一隻圓腦殼、大眼睛，看著氣息奄奄的小黑狗。

帶著包著襁褓的狗來到醫館給大夫看病，這不是砸場子是什麼？也難怪蔣軍醫立刻叫了起來。

「叫什麼？」豐腴婦人不悅地看了蔣軍醫一眼，接著看向江月。「就說妳這醫仙能不能治吧？」

蔣軍醫在軍營裡頭待久了，也是個直來直往的脾氣，且現下他跟在江月身邊，也曾得到過自家殿下的提點，讓他必不能讓江月受了委屈，反正事情鬧大了，總歸還有他們殿下兜著，因此即便對方看著非富即貴，蔣軍醫也沒有一分畏懼，捋起袖子就準備趕人。

江月輕輕拉了他一把，示意他少安勿躁。

學醫之路漫漫，多少人窮極一生，至多也只能精通一科，但巧了，江月還真的能治。人雖為萬物之靈，但於天道而言，眾生平等，不存在給人看病才算功德的說法。作為醫修，江月當然不只給人看過病，也給修成人形的妖，或是修士豢養的靈獸看過病。

只是時下的百姓受條件所限，自己生病尚且有看不起病的時候，更別提給豢養的獸類看診了，至多也就馬或耕牛算例外，因此之前她便一直未在這方面嶄露過頭角。

江月面色平靜地回望過去。「我若能治如何？不能治又如何？」

不等那豐腴婦人開口，她身邊的一個丫鬟立刻道：「那妳這醫仙也挺浪得虛——」

豐腴婦人語速飛快地打斷丫鬟的話，說：「能治就治啊！不能治我便換一家。」

江月飛快地在她們主僕二人身上掃了一眼。「我且試試。」

給獸看診同樣是講究望聞問切，不過問的對象自然不是獸，而是主人。

江月一邊查看那隻小狗，一邊問起牠是怎麼不好。

「妳真能治？」豐腴婦人將信將疑，但還是如實告知道：「牠這幾日也不知道怎麼了，突然就不肯吃飯了。我讓人把食物打成肉泥，給牠灌了不少，但轉頭牠還是不肯碰。京城有名的獸醫也都瞧過了，都說牠沒生什麼病。」

說話的時間，江月已經診治完畢，如那些獸醫所言，小狗身上確實沒有病灶。

若身體上沒病症的話……江月想了想，問：「可是出了什麼變故？就牠不吃飯的時間前後，妳仔細想想。」

豐腴婦人尚未答話，之前那個被打斷話的丫鬟又再次開口，連珠炮似的道：「我們夫人給妳面子，才尊稱妳一聲醫仙。這妳看也看了，問也問了，怎麼還問起旁人的家事來了？若不能治便趁早說，沒得砸了自己的招牌！」

「閉嘴！」豐腴婦人瞪了她一眼，轉而想了想，道：「好像還真沒什麼事，就是那日我同我夫君吵了幾句嘴，吵得有些厲害……這算不算？」

「因為牠吵的嘴？」

「是。」

到底是家事，豐腴婦人沒再多說，江月也沒再多問。

江月拿出一小瓷瓶的靈泉水——現在這水的產出量絕對管夠，所以已經成了藥鋪裡的售賣商品之一。

「把這『藥水』加入到牠愛吃的食物當中，每次只加幾滴就好。」靈泉水能激發食材本身的味道，人尚且能吃出不同，狗的嗅覺遠比人類敏銳，多半是抵禦不住誘惑的。

豐腴婦人把藥水收下，又把小狗原樣包好，抱到懷中。「那牠到底是怎麼個病症？」

江月去了旁邊的水盆邊淨手，回答道：「心病。」
這話一出，前頭那說話的丫鬟當場笑出了聲。
豐腴婦人再次不悅地看她一眼，追問道：「妳的意思是，牠這麼小就能聽懂我和我夫君是因為牠而吵嘴，所以才不肯吃東西的？」
「牠的腦袋與身子相比，長得比同年齡的狗還大。」江月擦著手說：「腦袋占比越大的物種越聰明，想來也比一般的狗聰慧，或許是察覺到自己給妳帶來麻煩，也或者聽懂了你們的爭吵。希望牠能好起來吧，將來會是一條好狗。」
「那是當然！」豐腴婦人有些自豪地說：「牠爹娘從前可是……總之都是極聰明的。牠又是那一窩小狗裡最機靈的，不然我也不會親自養著。」
「那妳不妨多跟牠說說話，多相處，餵食的活計最好也不要假手他人。妳把牠自小養大，牠跟妳的感情當然是最好的。」
「是，妳這麼一說，我想想還真是！近來因為事忙，自從那次吵嘴之後，我就沒多少時間陪著牠……那我先帶牠回去試試妳的藥。」豐腴婦人說著話，對著另一個自始至終都規規矩矩、沒出聲的丫鬟示意，那丫鬟便立刻掏出一個銀錠子放下。
豐腴婦人急著回去試藥，說完便立刻坐上馬車離開。
「這人真是……」蔣軍醫還是有些耿耿於懷。
江月拿起布巾擦拭桌子，不疾不徐道：「華佗所著的《青囊書》雖已失傳，但僅存的幾頁中，有關於劁豬、閹牛、騸牲口的方法記載，李時珍、孫思邈、葛洪的作品中也記載過人畜通用的藥方。他們能給牲畜治病，我給狗診治而已，為什麼要動怒？」

一席話很快讓蔣軍醫冷靜下來，他說受教了。「師父這是有救無類。倒是我想窄了，還以為那婦人是為了尋釁而來。」

「尋釁也是有的。」江月手下活計不停。「那婦人的態度稱不上壞，但她一個丫鬟的語氣卻有些咄咄逼人，若不是家中主子吩咐過什麼，又怎麼會搶著開口？」

「那師傅怎麼還……」

「我看她真心愛狗而已。」

若只是為了尋釁而來，沒必要大熱天的親自將小狗抱在懷裡，交與丫鬟抱著便可。後頭那婦人將襁褓放下時動作輕柔，以至於連江月當時都沒想過她抱著的不是孩子。而且這麼熱的天氣，那婦人卻是一身深色衣裙，想來是日常帶著黑狗在身邊，若著淺色衣裙，太過容易沾染黑色的狗毛，養成了習慣。

或許有些人難以理解，為何有人會把狗看成家人，但既是那女子珍而重之的家人，江月又會治，便順手治了。

下晌沒什麼事，傍晚的時候，江月就回去了家裡。

沒多大會兒，陸玨也從外頭回來了。

雖然按著規矩，婚前兩人不能再見面，但陸珏的府邸還未建成，他就在附近賃了個宅子，隔幾日過來一趟，同許氏他們一道用夕食，天黑之前就離開，也不會招人非議。

看著陸珏背後濡濕一片，臉頰通紅，江月忍不住問：「你這是從哪兒回來的？」

陸珏先喝了口水，接了江月遞過來的帕子擦汗，才說：「領了份差事，從城外回來。」

江月拿起團扇給他搧了搧，趁著距離夕食還有一會兒工夫，就跟他說了白日裡的事。

「我想著等閒人物也不敢帶狗來給我瞧，你知道對方是誰不？」

「我離京日久，聽妳說了外貌和衣著還對不上號，但說到愛狗，那就對上號了。說起來也不是旁人，是我八嫂。」

「八皇子妃？」江月打著扇子的手頓了頓。「聽著好像同你還有些淵源？」若同陸珏交惡，他直接稱對方為八皇子妃即可，沒必要稱為八嫂。

陸珏說是。「但這話得從頭說起，左右往後妳也必然都得知曉的……」說著便娓娓道來。

元后所出的先太子是嫡長子，性情儒厚，心思機敏，七、八歲時便頗有陸家先祖之風，滿堂朝臣都寄望於他。

當今彼時正當壯年，還不忌憚兒子，等到太子十來歲時，就甩了朝中事務給他處理。

那幾年太子監國，有過一段河清海晏的時光。

可惜十來年前，先太子染病去世。

那時當今已經是不惑之年，多年來縱情聲色，耽於享樂，已然身體虛匱，精力不濟。

驟然失了儲君，他忌憚長成的兒子們生亂——畢竟龍生九子，個個不同，誰能擔保其他兒子跟先太子似的那般宅心仁厚，穩坐儲君的位置後卻沒有不臣之心？

於是前頭幾個皇子的親事還好說，皇子妃的家世品貌都十分得宜，但排行越往後的幾個皇子妃，便各有各的不足了。

有些是家世上差一些，有些是空有爵位卻沒有實權，有些是家中有一攤子糟心事、自顧不暇的，總之就是讓皇子們借不了岳家太多的勢，免得過早地威脅到皇權。

「陛下這招數可真夠……」真夠損的。

江月委實覺得匪夷所思，就陸家幾代先祖，太祖推翻了前朝昏君，開創新朝，聖祖驅除外族，收復失地，開創盛世，下頭更連著出了幾個明君，怎麼到當今這輩，跟變異了似的？

「皇祖父用情專一，後宮中只有皇祖母一人，又不巧子息單薄，陛下是他們的獨子。且皇祖母染病去後，皇祖父沒多久便鬱鬱而終。陛下登位的時候，才剛七歲……」

才剛七歲的當今，曾經也有過大志向，想要仿效先祖。無奈天資這種事打從出生就已經有了定論，若他不是獨子，那皇位根本還輪不到他來坐。當期望和現實產生了巨大的落差，心志不堅的人便會漸漸被享樂侵蝕。

先帝心裡估計也清楚獨子的品性，知道他才能平庸，因此臨終前對他安排得甚為具體，留了好幾個託孤的重臣，還為他定下了同元后的親事。

當今坐上皇位之後，就有先帝留下的幾個重臣互相制衡，打理朝堂。等他娶妻立后，又有元后料理後宮事務。如此風平浪靜地過了十幾年，前朝那些個重臣都年紀老邁了，又有長成的先太子接手事務。

真要說起來，別看他坐了幾十年皇位，真正自己處理國事的時間也就最近這十來年。荒廢了朝政太多年，當今現下的手腕或許跟他七歲登位那年無甚差別。

也就這十來年的時間裡，還出了三城之亂，差點動搖國之根本。

說來說去，還是先帝算漏了一步，沒想到元后和她所出的先太子都身子欠佳，早早地病逝了。

陸玨對父親無甚感情，對先帝留下的那些人觀感卻還不錯——若不是元后還在時肅清了宮闈，胡皇后上位後也不會只敢耍些下三濫的、上不得檯面的小招數，而不敢真刀真槍地對付他。

緩過氣來的陸玨解釋完這些後，接了扇子幫江月打扇，接著往下說：「這招損歸損，架不住管用。京中多年來一直還算平和，未曾出現哪個皇子一家獨大的局面，就是因為陛下在這上頭且花了『心思』呢！親事上頭越差的、越沒有岳家的勢可借的，便能領到更好一些的差事。八皇子是現在唯一的嫡出，親事上頭便也有些不同。」

胡皇后的娘家定安侯府，是戰功赫赫的武將之家，若能得文臣相助，文武合併，那絕對是如虎添翼。

但當今不想看著八皇子獨大，卻也不好對嫡子的婚事做得太出格。於是他給八皇子選了個將門虎女，是宣平侯的女兒。

看著是門當戶對，但宣平侯的勢力也是在軍中，兩家人脈勢力重疊甚廣，對八皇子一派的增益並不多。更別說宣平侯是耿直的爆炭脾氣，忠心日月可鑒的那種。但凡八皇子一派有個異動，他老人家會第一個跳出來大義滅親。

「前頭平叛的大軍裡，主帥杜成濟是定安侯的人，主將則是宣平侯府的荀子安。杜成濟屢次為難我，荀子安卻心思耿直，公事公辦。從前我初帶兵，偶有失利時，該罰的他也罰我，並不管我是不是皇子，但不該罰的，他也會幫我同杜成濟據理力爭，幾年時間，也算是有些同袍情誼。若軍中是杜成濟的一言堂，也沒有我的往後。杜成濟身死之後，也是他幫著我歸攏軍心，因此算是有些淵源。」

「那這宣平侯府確實難得，畢竟換成旁人，怎麼著也該為了女婿而剷除你這異己才是……那八皇子妃是被八皇子逼著去的？」

陸玨想了想，道：「宣平侯酷愛養軍犬，荀子安也是一樣，與軍犬同吃同住，八嫂出身宣平侯府，應也是愛狗之人。我猜未必是逼，而是我不只帶著戰功活著回來了，杜成濟卻死了，坤寧宮那位和我那好八哥記恨我，連帶著也記恨宣平侯府不作為，恰逢八嫂的狗病了，看了好些個獸醫都不見好，他便提了提妳這醫仙，再私下囑咐丫鬟幾句……」

「若我或因為不給狗治病，或因為丫鬟的挑釁而沈不住氣，那今日便要鬧得不歡而散。挑釁我是假，惡化你同荀子安的交情才是真。」

「若事情鬧大了，我這『為美色所誤之人』進宮告狀，但到底是一點小事，即便陛下現今對我『親厚』，也不會如何發作，至多是申斥八嫂幾句而已，便算是胡家對宣平侯府的敲打了。」

「陛下對八兒媳不滿才好呢，說不定那對母子早就想換個親家了。」江月忍不住感嘆道：「這宮裡的兩位主子……可真是一對啊！」一對又蠢又壞的老夫妻，全靠投了個好胎，坐在高位。別的本事沒有，就會玩點勾心鬥角的小把戲。

「我同妳說這些事，只是想告訴妳，荀家人的品性不壞，但也不是要妳顧及什麼大局。」陸玨道：「往後不論是她還是旁人，真惹得妳不悅了，該發作照樣發作。除了宮裡那兩位暫且還動不得外，其他人都不值當什麼，萬事還有我。」

「我曉得的。今日不生氣，一則是真看出她愛狗，才順手給治了。二則我沒跟蔣軍醫提，那小狗通體烏黑，毛色很像黑團，也不知道黑團怎麼樣了……」

當時她剛到陌生環境，陸玨也是隔幾日才回，那小傢伙的到來，給江月添了不少樂趣。江月離開鄴城的時候，黑團體格已經不小，到底是狼，看著牠長大的城寨百姓雖不怕牠，但沒得嚇著旁人，便想著等安頓好了，來日再打算。

後頭她昏迷了，醒來忙了好些個事，便到了現在。

「也正好跟妳說，前頭妳醒了後，我就讓人去把牠往回運，這幾日也該到了。」

江月極為高興，眼睛都亮了幾分。「我能養？」京城是天子腳下，若人人都能豢養猛獸，那真是要亂了套了。

陸玨說能。「想養就養，沒人敢說什麼。」

江月笑彎了眼睛，開始盤算起要給黑團做睡覺的木屋、小墊子……

她平素穩重，鮮少有這麼孩子氣的時候，陸玨見狀也跟著彎了彎唇，伸手想摸摸她的髮頂。

「咳！」寶畫輕咳一聲，提醒道：「該開飯了，殿下和姑娘快去飯廳吧！」

第二十六章

也就隔了兩日，江月就見到了闊別數月的黑團。

這兩日她已經跟許氏和房嬤嬤說清，黑團是自己看著長大的，通人性得很，從未傷過人，許氏和房嬤嬤便也未曾說不讓養。

不過家裡到底還有個小星河，小崽子再有幾日就一周歲了，對什麼事都好奇極了，見到了威風凜凜的大狼，簡直恨不能一天十二個時辰都同牠黏在一塊兒。

江月倒不怎麼擔心黑團傷害弟弟，過去在城寨裡，多的是到處亂跑的小孩，牠從來沒有不知輕重過。只是眼瞅著才過幾個時辰，黑團就被小星河拽下了好多黑毛，出門的時候她便把小星河從黑團身上扒拉下去，帶著黑團一道出了門。

到了藥鋪，她將黑團安排在後院裡頭休息。

這日問診快結束的時候，八皇子妃再次登門。

同樣的馬車，但下來的丫鬟卻換了一個，不見了前頭多嘴多舌的那個。

八皇子妃很快下來，這次頭上戴了帷帽，進來之後也沒摘下。

江月正在櫃檯前和掌櫃說話，從馬車和八皇子妃的身形認出了她。

八皇子妃風風火火地進來，開口就道：「醫仙在這兒正好，上回那藥果真管用，我家閃電這幾日真的吃了不少飯，總算不是那麼奄奄一息了！那藥水已經喝完了，我就想著再來買點。」

靈泉水是真正的人獸通用，沒病沒痛喝著也能強身健體、固本培元，因此一小瓶的價格是五兩銀子，即便在京城也不算便宜。一開始售賣得並不好，但隨著時間的推移，還不到一個月，已經漸漸打響了名聲，供不應求。

今日卻是不巧，已經賣完了，方才掌櫃就是在和江月說這個。

掌櫃道明了情況，八皇子妃也沒有惱怒，說明日再來。

「明日是十五，是我們鋪子義診的日子。」

江家的產業裡，藥鋪雖是根本，卻另外還有其他鋪子和田地、莊子的收入，已不需要藥鋪來維持生計，所以江月便選了個日子，每月義診一日。

京城這地界再好，也總歸有看不起病的百姓，屆時必然人滿為患。

「那我後天……」

這大熱天的，八皇子妃又比一般人胖一些，沒得讓人來回跑，江月便道：「這樣吧，妳略等等，我為妳裝一些。」

去了後院，關上門，江月從空間裡取出一些，灌滿了小瓷瓶。

黑團殷勤地跟在腳邊，等江月準備往前去的時候，牠又知道站住腳，不接著往前頭跑。

「真乖！」江月誇了牠一句，拿著小瓷瓶去了前頭。

八皇子妃還是不問價錢，直接在櫃檯上放了個大銀錠子。

準備離開的時候，她的視線在江月的裙邊多停留了一瞬，提醒道：「妳這裙襬……」

江月低頭一瞧，只見素色裙襬上染了好些個黑毛，她道了聲謝，好笑地自言自語道：「這小東西，確實該吃點減少掉毛的東西了。」說完她抬頭，發現八皇子妃並沒有走，甚至還站近了幾分，一副等著聽後文的模樣。

發現江月看過來了，八皇子妃便直接問：「妳還能配這種藥嗎？」

「這不用吃藥，多吃蛋黃和魚油就好。」

「我家數代人養狗，也只知道狗吃鹽不好，竟沒聽說過這個！」

前頭提過，靈虛界的修士壽數綿長，發展什麼喜好的人都有。江月就曾經遇過一個馭獸師，不只喜歡靈獸，也愛凡獸，在這上頭花費了上百年的工夫，研究出了好些東西。

江月給他的靈獸看過一段時間的病，也耳濡目染地聽過一些。

「能帶我去看看妳養的狗嗎？」

江月雖有個醫仙的名頭，但那是給人看病，獸醫方面還沒有什麼建樹，前頭帶狗來給她瞧，純屬是病急亂投醫。八皇子妃想著，還是得親眼瞧瞧她養的狗，才好安心照著她的食譜來養狗。

「不是狗，是我養的狼，就在後院，妳會怕不？」

「當然不會。」八皇子妃跟著江月走了幾步，到了後院。

黑團聞到生人的氣味靠近，已經機警地出來查看了，看清來人和江月是一道的，便放下了戒備。

「尾巴上豎是狗，下豎是狼，這還真是狼！從身量看，底子挺好的，但近來應當沒少折騰，精氣神不是很足。」

如果說江月是耳濡目染過一些，那八皇子妃絕對是養狗的行家。

江月道：「可不是？千里迢迢來的。而且牠的生長地氣候和京城不同，我也擔心牠生病。雖說病了也能治，但還是防患未然好些。」

「從三城那邊運來的吧？」八皇子妃很直接地道：「我來了兩趟，妳應該也知道我的身分，咱們說話也不兜圈子了。三城那邊沒有這樣的酷暑，妳家小狼怕是耐不住熱。這樣吧，妳再告訴我一點我不知道的東西，我也告訴妳我家夏天餵狗的食譜。」

兩人像孩子的家長似的，當即就交流起了「育兒經」。

一通交流結束，恰好起了一絲風，撩動了八皇子妃帷帽下的輕紗。

江月便清楚地看到她半邊臉上腫了一塊。

「嘖，這邪風！」八皇子妃按住帷帽，依舊沒有摘下。

左右也被瞧見了，她也沒再遮掩什麼，直接接著問道：「妳這兒有消腫止痛的藥膏嗎？我在家裡已經上了藥，但過去幾天了，也不見消腫，在妳這兒買一盒試試。」

過去幾天？那八皇子妃臉上的傷，豈不就是帶狗來看病的那日前後？難道是因為她沒辦成激怒自己的「差事」，所以八皇子遷怒她？

旁人的家事，尤其是八皇子的家事，江月也不多問，只管再搭售出去一盒藥膏。

月末，穆攬芳上了京，第一站就氣勢洶洶地奔著江家來了。

江月之前從衛姝嵐口中得知，她的婚期定在秋日，便以為她還要過段日子才來，沒想到她現下就到了。

「好妳個江月……」穆攬芳熱得滿臉通紅，額前的碎髮全貼在額頭上。

江月接了寶畫奉上的茶，遞到了穆攬芳跟前，再親自給她打起扇子。

喝了她的茶，享受著她的搧風，穆攬芳一下子就卸了那股氣，只把她從頭到尾一通瞧。

「得虧妳好了，只是看著比從前瘦了一些。若妳真有個三長兩短，我想著是我幫妳開的路引，後半輩子怕不是都要……」

「真好了，我好得很。」江月笑著應道。「至於瘦，倒確實不是我能控制的。想來是不適應京城的氣候，近來胃口欠佳。」

穆攬芳先下意識點頭，說對。「這兒的夏天怎地這麼熱？若不是為了早日來瞧妳，我說什麼也得再過半個月、一個月的才進京。」說完她發現不對勁了，瞪著江月道：「少岔開話題忽悠我！妳就是京城人士，怎麼可能不適應？」瞪完，她也繃不住臉了，笑道：「親眼見到妳現下這般康健，我也就安心了。」

說了會兒話，穆攬芳看向綠珠，綠珠便呈上兩個木匣子，打開一看是一些小玩意兒——一套魯班鎖、一套華容道並一顆用紅線穿著的銀花生。魯班鎖和華容道雖都是木製品，但木料上乘，打磨得一根木刺都無。

「路上遇到幾場雷陣雨，耽誤了幾天，錯過了星河的生辰。魯班鎖是我送的，華容道和銀花生是靈曦託我轉交的。」

這些東西對現在的江家來說自然不算什麼，但總歸是人家的心意，江月看過之後笑道：「前頭才跟堂姊通了信，說了星河的周歲生辰不會大辦，不必送禮物來的，怎麼還是讓妳捎帶著了？」

小星河的周歲生辰，其實本可以大辦一場，但現下境況不同，不少人想著藉江家當跳板，向陸玨示好，京中又正值多事之秋，暗流湧動，因此江月和許氏商量了一下，決定還是只自家人關上門來，熱熱鬧鬧地吃頓飯，當作慶祝。

「那小東西討人喜歡唄！」既然提起了，穆攬芳自然問起小星河。「這個時辰，是不是還在午睡？若還在睡就算了，我下次來瞧他也一樣。」

江月對著寶畫示意，而後道：「沒有的，他現下是一點都閒不住，哪裡肯午睡？正跟其他人一道聽課、識字呢！算算時辰，也該下課了。」

前頭江月已經發現珍珠和熊慧等人都大字不識，很快就給她們安排好了課程。左右只需要會認、會寫，也不需要多高明的先生，就讓帳房先生章台每日抽出一個時辰來教她們。

寶畫稍微比她們強一些，不必從頭學起，其餘人都是從最簡單的數字開始認起。

江月就讓人把小星河一併抱了過去，叮囑奶娘說若他覺得沒意思、鬧起來了，就立刻把他抱走。

沒想到這小傢伙看什麼都新鮮的勁兒，在讀書認字方面一樣有，已經跟著上了好幾日的課了。

「這麼早就開蒙？」穆攬芳驚訝道。「從前只聽說有些書香人家，這方面盯得早，三、四歲就開蒙，但還沒聽說過有一歲就開始聽課的。」

「也不算開蒙，真正能學到多少也沒人知道。主要還是他閒不住，通身的精力無處發洩。我母親和嬤嬤，再加上一個奶娘，跟輪班站崗似的陪著他，既然他能待得住，又不會影響旁人，才讓他待在那兒的。」

還有一方面，江月沒提，她從當今這反面例子上受到了啟發——祖上積攢得再多，安排得再妥貼細緻，本身不爭氣，一切都是徒勞。

許氏性情溫婉，沒什麼主見，對孩子十分寵愛，家中其他人也同樣如此，只要想著小傢伙打出生就沒見過親爹，不覺就會對他多幾分憐愛和寬宥。

因此，還是得早早著手，不求他多麼聰慧、有才能，只求他能明辨是非善惡。

說著話，小星河被寶畫牽著過來了。

小傢伙穿著一件月白色水藍夏衫，還不到桌子高，穩穩當當地進了屋之後就鬆了寶畫的手，脆生生地喊了聲「姊姊」。

穆攬芳還當他是在喊江月，卻看小傢伙喊完就走到自己身邊，她才反應過來小星河是在喊自己，立即笑彎了眼睛，先應了一聲，又將他攬到身邊。「我都半年多沒見你啦！你這小傢伙怎麼生的？居然還記得我！」

小星河乖乖讓她摟著，咧嘴笑了笑。

江月也跟著笑起來。這一周歲的小孩再聰慧，如何能記得住半年多未見的人呢？多半還是因為江家現在人多，都是三城的女兵，她們並不算是家裡的下人，他平素喊的都是姊姊，因此看見穆攬芳也這麼喊。

穆攬芳把兩份生辰禮交到他手上，他還知道雨露均霑，每樣都拿出來把玩一下。

上了一個時辰的課，又玩了會兒玩具，小傢伙終於開始迷瞪起眼睛。

奶娘把他抱走的時候，穆攬芳還戀戀不捨地目送他，豔羨道：「妳家星河也太乖巧了一些，我將來要是能……」也生個這樣省心乖巧的孩子就好了。到底還未成婚，穆攬芳說著就紅了臉。

敘舊了一陣，日頭不再毒辣的時候，穆攬芳才起身告辭，還說清楚了她外祖家給她置辦的宅子所在，請了江月隔天去赴宴。

翌日，江月過去穆攬芳的宅子時，衛姝嵐也在。

三人碰頭之後，在宅子裡逛了逛，而後就結伴出門。

穆攬芳遠嫁而來，在京城一點根基也無，當然得置辦一些在京城的產業。

衛姝嵐回到衛家之後，衛家父母怕她被過去的事影響了心情，就將家裡幾個鋪子過到她名下，交給她打理，覺得忙起來了，人也就不會只顧著悲秋傷春了。

事實證明，衛家父母的擔心是多餘的。衛姝嵐沒有悲秋傷春，但卻是真的喜歡這份忙碌。過去她在家中時，很多事情不方便未出閣的女孩出面，更多的是幫著衛母出出主意、查查帳目。嫁去史家之後，則更沒有自己單獨處理事務的機會。現下她活得比誰都帶勁，過了一年，瞧著卻比三人在史家初遇的時候還更年輕、有風采。

而穆攬芳很小的時候就在料理家中事務，掌管中饋，也就是中毒漸深的那幾年，分不出精力，才脫手了幾年。身子好起來之後，這段時日又把從前做熟的活計撿了起來，也算是很有些從商的經驗。

論起生意經，江月才是個真正的半吊子，兩人特地喊上她，自然知道她現下在重振江家的產業，有心想提點提點她。

衛姝嵐先將她們帶到自己名下的幾個鋪子看了，將鋪子的經營狀況說給江月聽。

而後便去跟穆攬芳約好的牙人碰頭，挑選起適合當產業的鋪子。

江月在經商方面並不算很有天賦，不可能在這麼會兒工夫裡就取得一日千里的進步，但她記性好，只先把二人的話記下來，想著回去寫下來，自己再細細品品，若還有不明白的，還能和陸玨一起研究。

到了傍晚時分，三人沒散，就近找了個酒樓用夕食。也挺巧，這酒樓裡正好也有碧澗羹、山海兜、撥霞供那些，便把除了兔肉鍋子外的幾道都點了來。

這些菜的做法跟之前在路安縣天香樓裡的大差不差，衛姝嵐不覺感嘆道：「當時還當那頓飯一別，咱們便再難相聚了，沒想到現下換了個地方，居然又碰頭了，且往後三不五時還能聚一聚。」

「是啊！」穆攬芳跟著道：「就差個靈曦了。她去歲成了婚，嫁的是個舉人，學問還挺好的。若來年高中了，咱們這小宴還能再添一個人。」

「時常聽妳信裡提到，可惜當時從路安離開得匆忙，還未見過江家大姑娘。這樣吧，等她來了，我作東，請妳們去『食為天』吃飯。」

食為天是過百年的老字號了，價錢倒不算特別昂貴，但生意是百年如一日的好，且因為東家後臺硬，人家可不管你是什麼身分，便是龍孫鳳子過去，照樣得按規矩排隊等號。

穆攬芳就算才來京城，都已經知道這酒樓的大名了，當即佯怒道：「好啊，靈曦來了，衛姊姊才肯在那兒作東？怎麼，我來就不配了？早先說我沒有月娘討喜便也罷了，現下我這是又落下一位了！月娘，快來給我評評理！」

江月笑道：「俗話說疏不間親，哪有我這外人說話的分兒？」

被點到即將和衛姝嵐成為一家人，穆攬芳臉頰一紅，便連帶著江月一通笑道：「剛衛姊姊說往後也能三不五時聚一聚，我想著倒是未必。畢竟咱們月娘可是今非昔比了，不只是百姓口中的醫仙，來日還是九皇子妃呢！俗話說貴人事忙，來日怕是不好約嘍！」

江月連忙告饒。「我給妳評理還不成嗎？且饒了我吧！衛姊姊快管管她，才一年不見，我可委實招架不住了。」

笑笑鬧鬧的，一頓夕食就用到了天色擦黑的時候。

三人一道出了廂房，穆攬芳還在說著自己作東，讓綠珠去結帳，卻看巧鵲已經在樓下結好了帳。

「衛姊姊真是的。」穆攬芳一陣無奈。「下次說什麼都得讓我來。」

江月也笑道：「那下次我就知道要帶寶畫來了。」

江家現下也寬裕了，酒樓裡的一頓飯還是請得起的。

「對呀，都忘了問，今日妳家寶畫怎麼沒來？」

「在家上課呢！前頭學得淺，她不必日日跟著學，這幾日已經學到她不會的，也就不能日日跟著我了。」

衛姝嵐問道：「妳這是除了醫學堂之外，還開了個教讀書認字的學堂嗎？」

江月說不是。「一開始只是想讓珍珠和熊慧她們幾個管事的認認字，但家中其他人也想學，就一併捎帶上了。她們認了字也好，不少人想學醫，認了字也能方便她們後頭進醫學堂深造。」

「妳家醫學堂收女子？」穆攬芳才來京城，這件事上知道得不多，因此十分驚喜。

「我自己就是女醫，當然是收的。」

穆攬芳說那敢情好。「我家醫女也跟著我上京了，也讓她跟著妳學學吧，還能為妳分擔一些學堂裡的事務。」

江月應承下來，和穆攬芳細說起來。

大概女孩子都是如此，到了快分別的時候，總是能再尋到新的話題。

一邊說著話，幾人一邊準備下樓。衛姝嵐走在前頭，而穆攬芳和江月說著話，落後她半步。

旁邊廂房的門忽然打開，出來了一個醉醺醺、身著綢衫的男子。

衛姝嵐腳下一頓，準備避讓，那男子卻上前一步，攔住了幾人的去路。

「好生狂妄的幾個小娘子，說甚學堂不學堂的……」

沒得同醉鬼攀扯，衛姝嵐連個眼神都沒給對方，只示意對方先走。

那渾身酒氣的男子卻不動，一副非得向她們教教道理的模樣，又接著道：「男子建功立業，女子相夫教子，這是古來之理！」

穆攬芳是三人中脾氣最急的，要是擱路安，她早就出頭把醉漢趕走了。但在京城這樣的地界，一塊牌匾掉下來，能砸死三個家中有人做官的，因此便不敢輕舉妄動，只是將衛姝嵐拉著退後了幾步。

那醉漢的視線跟著衛姝嵐一道挪動，顯然並非真的是為了說什麼大道理，不過是藉著醉意而想乘機攀談的登徒子而已。

幾人中，江月倒算是最不怕事的那個，她上前一步，沈下臉來寒聲道：「讓開！」

見醉漢還是不挪腳，江月便將銀針捏在了手上，倏忽又聽見一道聲音沒好氣地響起——

「人家說了讓開，聽不懂人話是不是？」

定睛看去，只見一高一矮的兩個年輕男子從另一間廂房裡出來。

個子高的男子約莫二十歲，猿臂蜂腰，穿一身石青色勁裝；個子矮一些的穿靛藍色杭綢袍子，身形也同樣壯碩。

江月的視線在個子矮的那個身上停留了一瞬，收回視線的時候，那醉漢也看清了仗義執言的二人，彷彿突然尋回了神智一般，又原樣回到廂房裡，連門都給關上了。

衛姝嵐跟那二人福了福身，致了謝，便下樓去。

酒樓外，下人已經把馬車挪到了大門前，三人一道上了馬車。

雖說也沒發生什麼事，但總歸影響了心情，穆攬芳坐定之後不悅地道：「欺軟怕硬的東西！看我們幾個女子一道，就敢堂而皇之地攔著路，看到有男子幫著說話了，便能聽懂人話了！」

「京城是天子腳下，尋常鮮少見到這種登徒子。那人我認得，是衝著我而來的，抱歉。」衛姝嵐解釋了一番。

距離她休夫回京已經過去了一年，衛家父母和衛家的其他人都沒有逼著她立刻再嫁的心思，只想讓她往後餘生按自己的心意而活就好。

偏偏旁人並不這般想，已經有不少人上門求娶。

方才那醉漢就是其中一員，是衛姝嵐她妹妹婆家的一房親戚，七拐八拐的姻親關係，託了姻親從中說和，自以為給足了衛姝嵐這再嫁女的臉面，沒承想衛姝嵐是真沒有那個心思，都讓衛家給拒了。

「原還有這層！」穆攬芳方才還只是隨口嘟囔，現下不禁正色道：「隔著姻親關係，還真是輕不得、重不得。」

「心思也委實不正。」江月說道：「若衛姊姊沈不住氣，與他攀談幾句，保不齊在親戚裡面傳一遭，就變成私相授受了。」

衛姝嵐撩開車簾吹了會兒風，半晌後平復好了心情，才說：「沒得為了這種人壞了心情。還是說說月娘那個醫學堂吧，不如我也舉薦幾個醫女過去？對妳家來日也有好處。」

衛姝嵐輕輕一點，江月便會意——衛姝嵐這是願意幫著自家鋪橋搭路的意思。現在的陸珏雖然手握兵權，聖眷正濃，還領到了要緊的實差，但說到底還是根基淺了。

京中的一些夫人、小姐們更願意用醫女，許多病症不方便看男大夫。可培養一個醫女，又不是那麼簡單的，男大夫裡頭也多的是酒樓醉漢那種人，不願意把安身立命的本事教給女子。

江月的醫學堂若能多教出幾個醫術精湛的醫女，治病救人的同時，絕對能發展出可觀的人脈資源。

衛家是清流人家，一直不怎麼和龍孫鳳子來往的，現下這舉動，跟站好了隊無甚區別，江月不禁以目光詢問。

衛姝嵐笑道：「我跟父母說過了，也是商量好了我才跟妳說這些的。總不能身分變了，為了避嫌，就把過去的交情一筆勾銷了吧？沒得想那麼遠，我推薦人去，妳只管教，教得好不好，還得看妳的本事。」

回到江家之後，江月沒第一時間回屋洗漱，先去看過許氏和小星河，便讓人把住在前院的蔣軍醫和熊慧、珍珠幾個請來聽堂說話。

說的也不是別的，就是把人員變動跟蔣軍醫說說，說馬上就會有幾個醫女過來。

蔣軍醫都能認江月為師傅，便也不是那種瞧不上女子的人，並沒有什麼異議，反而還挺高興的。醫學堂的招生情況一直不樂觀，到現下學生還不到十人，還大多都是毫無根基的人。他教授那些粗淺的入門知識，都教得有些煩了。現下多了幾個醫女，都是已經有了一定醫術在身上的，還能減輕他的負擔。
江月正好也同他商量先分科、後分班。
醫道有四科，但現下醫學堂剛起步，便先只設疾醫和瘍醫兩科。
兩科之內，沒有根基的自成一個班，有根基的去教授他們入門知識，是另一個班。
她和蔣軍醫只需要定期舉辦考校。等考校過了，就可升入甲班，由江月親自來教。
順便也是對學生的一種考校——若作為醫者，上來扯什麼不想跟異性同班、做不到醫者面前無男女的，那就趁早清出去。
月至中天的時候，江月就定好了綱領，讓蔣軍醫和熊慧、珍珠三人照著辦就行。
他們三人也頗受啟發，熊慧有些赧然地道：「前兒個是我托大了，還說讓娘子放心，想著我上千人的城寨都能處理過來，弄個學堂還能把我難倒去？沒想到還有這麼多講究，還是得娘子費神。」
江月在外頭奔忙了一整日，有些疲憊地捏了捏眉心，答道：「也不是妳托大，是今兒跟著衛姊姊在外頭待了一整日，聽她說了一些她弟弟讀書的書院裡的事，我才有了一些想頭。若不得提點，我也想不到這些。」
時辰不早，幾人也不再多說什麼，就此散了。
寶畫在廳堂裡聽他們議了一晚上的事，睏得都睜不開眼了，跨門檻的時候還絆了一下，江月就沒讓她跟著自己回屋。

江月的屋子裡，燈火如豆，陸玨不知道等了多久，已經閉著眼趴在桌子上，鴉羽似的長睫在直挺的鼻梁上投射出一片陰影，睡顏恬靜。

江月將屋門合上走近，他這才睜開了眼。

「怎麼不去床榻上睡？」

陸玨嗓音慵懶，還帶著幾分睏腔。「讓寶畫知道，不得把肺咳我臉上？」

江月掃了他沾著塵灰的衣襬一眼。「你翻牆來的吧？讓她知道，就不咳了？總歸來都來了，說說什麼事吧？你近來也瘦得厲害，說完好早些休息。」

兩人來年是第二次辦婚禮，其實也沒必要照著大熙的規矩，那般注重婚前的男女大防。陸玨願意遵守俗禮，當然不是畏懼寶畫，只是因為對江月珍而重之。

夜探閨房這種事，他之前從未做過，今日特地來了，還等到這樣晚，自然是有事要說的。

「去歲妳的生辰是在前往三城的路上過的，今年怎麼也得給妳補送上一份生辰禮。」

明日就是原身的生辰，江月跟許氏說過了，就跟小星河一樣，沒必要大肆操辦，還是只自家人聚一聚就好。

「什麼禮物值得你這麼晚送來？明日若不得閒過來，使人送來也無妨。」

陸玨懶懶地伸了個懶腰，醒過神來了，遞出東西的時候神色十分鄭重。

一枚玉扳指躺在他手心裡。

江月止住了笑，同樣鄭重地接過。

這是江父的東西。他從前一直戴在手上的，遭遇了賊匪劫道之後便不翼而飛了。如今遺物尋回，便說明當初害了江父身死的賊人已經伏法。

江月心中熨貼，看著他疲憊的臉。「這便是你最近在忙的事？」

忙著在城外剿匪，所以近來分身乏術，還瘦了那樣多。

「今時不同往日，我不必親自上陣殺匪，只負責排兵布陣，調遣人手就好。也不只是為了妳，也是為自己收攬民心。畢竟前頭的戰功是在三城立的，還是得給京城百姓做些實事，對我也有利。現下我在京畿營裡也算有了些威望，安插了自己的人手。」

他說得輕描淡寫，江月卻知道這事並不簡單。

幾個長成的皇子一直對城外的山匪視而不見，是他們想不到可以通過剿匪來建功嗎？

當然不是。

是這些匪寨勢力盤根錯節多年，稍有不慎就危險至極，所冒的風險和收益不成正比，至多也就是像陸玨說的，得到一些民心罷了。而民心這種東西，只要擅長籌謀，修橋鋪路或施粥、建善堂，哪樣不行呢？甚至還不如進獻個什麼瘦馬，在皇帝那裡來得受用。

至於發展京城的勢力，現下陸玨聖眷正濃，都不用他開口，多的是巴結他的人，想安插幾個人手真的是再簡單不過，根本不必如此。

他說不只是為她，卻明明還是為了她。

江月心頭一片柔軟，既酸且漲，輕聲道：「這真的是很好很好的生辰禮物。」

秋天來臨之前，江月的醫學堂已經頗有規模，一共有幾十名學生，除了原先的十人，另外還有想學醫的女兵十五人，本身已有基礎的醫女五人。

江記藥鋪的營生也走上了軌道，終於請到了兩名醫術高超的坐診大夫，其中一名跟江月理念相合，願意給學生們充當客座先生；另一名則沒有教授學生的想法，只在醫館裡任職。

江月沒強迫後者改變想法，只是給前者另外支付了教授學生的工錢。

她也不必像從前那樣，日日都去醫館待上半日了。

另外還得抽出時間，親自去帶一帶甲班的學生。

甲班的學生已不缺書面知識，她便沒再教授理論上的東西，更多的是帶她們跟著自己一道出診，結合病患的病症，讓她們各自給出自己的醫案，她再最後把關，給出一些指導的意見。

都知道江記每月有一日義診，是個頂有良心的醫館。不少百姓並不介意讓學生給自己診治，總歸最後有江月這醫仙把關，自己絕對能被治好病，而且願意作為病例的話，江月還會適當減免一部分湯藥錢，絕對是雙贏的好事。

秋日裡，穆攬芳和衛海清成婚，江家一家子都去觀禮。

陸玨還在收拾剿匪的後續事宜，無暇親自到場，讓江月捎上了一份賀禮。

轉眼就到了中秋的時候，皇帝在宮裡設家宴。

江月作為皇家未過門的兒媳，本不在受邀赴宴的名單裡。

但前不久陸玨剿匪才又立了功，為了彰顯對他的看重，皇帝特地提了一嘴，把江月一併捎帶上了，算是給他們二人做臉。

家宴在晚上才開席，但進宮赴宴卻是在早上。皇子在前朝陪著皇帝，皇子妃在後宮陪著皇后，待上一整日，才能吃上晚間的正式席面。

陸玨還詢問過江月，說她若不願意去，他想個藉口推拒了也無妨。

江月說不用，早晚要見到的，現下趁著家宴正好認認人也好。

多認識幾個人，也不至於像上次似的，八皇子妃都親自到場了，她還得回來描述給陸玨聽，才能知道對方是誰。

「可能會有點吵，」在進宮的馬車上，陸玨又提醒了一遭。「畢竟人多。而且我不能一直在妳左右，晚間才能見到。」

「真沒事，我日常好靜而已，真要那麼怕吵，那除了家裡，旁處都去不得了。若我連單獨赴宴都做不到，還談什麼往後？」

陸玨便也沒再多說什麼，拿出一個鐲子套到江月手上。

正是幾個月前，胡皇后送給江月的那個花絲鏤空金鐲。當時陸玨掰斷之後仔細收好了，後頭找了能工巧匠修補，已經看不出斷開過，跟原來的模樣無甚差別。

馬車在皇宮前停穩之後，陸玨先下來，然後扶著江月下了馬車。

隨後二人經過宮人搜檢，分別前往前朝和後宮。

雖被陸玨提醒過，但江月跟著宮人到坤寧宮的時候還真有些吃驚——這人確實多，真的多。

衣著華貴、妝點得珠光寶氣的，當然是位分較高的妃嬪；而妃嬪身邊年輕一些的，則應當就是她們的兒媳；幾歲的孩子就是陸家更小一輩的皇孫了。這便已經有十幾人了，更別說還有好些個無子卻有寵、或是有過寵的妃嬪。

還好人多卻靜，眾人並不如何說話，幾乎都坐在位子上品茗、用點心，即便說話，也是輕聲細語。連那些才幾歲的皇孫都沒有哭鬧叫嚷，安靜乖巧極了。

江月跟著宮人入內時，裡頭更是陡然一靜，幾十道視線齊刷刷地在她身上交會了一瞬，隨後又若無其事地調開。

今日江月的穿著打扮是陸玨幫著把關的，一襲天青色雲繡衫，髮上簪著白玉釵和數支鑲嵌珍珠的銀簪。

光是那支白玉釵，看著就價格不菲，江月本還覺得有些招搖，現下跟這一眾珠圍翠繞的女眷匯聚一宮之內，她這打扮便顯得十分低調素淨了。

引著她來的宮人把人送到後就止住了腳，江月朝眾人的方向福了福身，行了個禮，便自己揀了個安靜的角落落坐。

宮女送上了熱茶和點心，後頭也無人來同江月攀談什麼，她也樂得清靜。

隨著赴宴的人越來越多，她身旁的位子上也多了個人——八皇子妃老神在在地跟她坐在一處。

她這一坐下，江月周圍瞬間熱鬧了不少。

她們先跟八皇子妃寒暄，然後好像才看到了江月這人一般。

有人笑道：「這便是馬上要嫁與九弟的江家姑娘吧？這樣貌生得真好，也難怪……」

「五嫂這話說的，怎麼只誇江姑娘不誇我？大嫂也是，怎麼光坐在那兒瞧，不來和我們一起說話？」八皇子妃言笑之間，挨個兒喊過人。

從她的話裡，江月才把人都認過了一遭。

幾個最年輕的婦人，是年輕皇子的皇子妃；幾個年紀略長一些，行事越發沈穩的，則是年長皇子的皇子妃。

而一直和江月一樣，只笑卻並不說話的，就是先太子的遺孀。先太子被追封為安王，她便是現下的安王妃。

人都到齊之後，胡皇后才姍姍來遲，還是那種熟悉的、略顯造作的開場白——

「本宮一大早就等著妳們了，也不知道怎麼忽然睡著了。坤寧宮這些人也是，竟不知道叫醒本宮，沒得讓妳們多等。」

江月都見怪不怪了，其他人更是如此，這個說「原說娘娘一年比一年年輕，原來是多睡覺的緣故，嬪妾回去可得把這法子學起來」，那個道「可不是？若不是娘娘打扮得成熟，看著竟像比嬪妾小上一輪似的」。

年輕的妃嬪不遺餘力地恭維著，養育了皇子的幾個妃嬪則神色淡淡，只笑不回應。

「妳們的嘴啊，跟抹了蜜似的，只管把本宮當孩子哄。」胡皇后笑著，在主位上坐定，然後視線越過眾人，落到八皇子妃身上。「凌華怎麼坐得那樣遠？到本宮身邊來。還有江家姑娘呢，一併上前來。」

被點了名，江月和八皇子妃荀凌華便一道挪了窩，到了胡皇后身邊。

「家宴而已，都免禮。」胡皇后親熱地拉上了江月的手，視線掃向她的手腕，見到了自己送出去的鐲子，臉上的笑意真切了幾分。「妳這頭一回入宮赴宴，也不必拘謹，左右再過不久，都是一家子。」

江月笑著應是，被胡皇后拉著坐下。

後頭她聽著胡皇后跟一眾皇家女眷說話，挨個兒認清了人。

到了中午，午宴展開，胡皇后就推說精神不濟，回寢殿休息了，讓眾人自由一些。

荀凌華作為兒媳，自然得跟著起身，扶著胡皇后離開。

午宴過後，宮人便領著眾人過南府聽戲。

江月並不喜歡看戲，便還是尋了個邊角坐著，閉眼假寐，實則是去芥子空間裡看看靈田裡的藥材，順帶理一下人物關係。

一上午的閒話沒白聽，從陸玨事先告知的消息和女眷的態度裡可以明顯知道——

二、三、四皇子是一派，二皇子和四皇子更是一母同胞，三人以二皇子為先；五皇子和六皇子、七皇子是一派，這三人倒是沒有以誰為先的意思，三個皇子妃言語之間偶有打機鋒，也是互不相讓；八皇子這嫡出的皇子自成一派，人數雖少，但先天就有嫡出的優勢。

幾個年輕的皇子妃互不相讓，卻都願意捧著八皇子妃。

胡皇后在人前也願意給兒媳婦做臉，但眼神騙不了人，她對兒媳婦沒有什麼慈愛之心，也就是個面子情。

從前在宮裡欺負過陸玨的，是同他年紀相當的，排行五、六、七、八的四個皇子。再往前的幾個皇子，在他入文華殿讀書的時候，便已經出宮開府，與他接觸不多，而且這幾個皇子都是在先太子那長兄的督導下長大的，雖也有競爭，卻沒做過什麼上不得檯面的事。

這四人或許是早年沆瀣一氣，又在娶妻的時候被當今給擺了一道，都攤上了不如何好的親事，不得不抱團，但聯盟並不如前頭三個年長皇子的關係緊密。

而那位安王妃，看著倒確實是與世無爭，與誰都相交不深，打扮得比江月還素淨，半個白日過去都沒怎麼開過口。除了八皇子妃外，其他幾個年輕的皇子妃待她都不怎麼親近，更沒有特別恭敬。

按著常理，雖說先太子去了，但先太子名聲好、威望高，其他皇子若想坐上那位置，拉攏一下安王妃應該是有百利而無一害才是。更別說安王妃姓馮，出身於開國功勛之家。

但陸玨提過，先太子去的時候，安王妃已經有了三個月的身孕，孕中心情不佳，還生過一次重病，結果生下的皇孫竟天生有不足，幾根手指連在一處，如鴨蹼一般。因而安王妃和陸家的嫡長孫見惡於皇帝。

像今日這樣的家宴，那位嫡長孫也不能到場。不然嫡長孫的年紀也不小了，爭奪那位置的可能還得再多一人。

理著藥田，想了會兒事，就到了未時。

時值秋日，秋老虎餘威仍在，距離夜間的家宴卻還早，胡皇后又不在這兒，因此位分比較高、年紀不輕的幾個妃嬪便先後離開，回宮休息去了。

小妃嬪們不敢這般行事，但不妨礙她們調換位子，坐到一處閒磨牙。

一齣戲唱罷，下一場戲開唱之前，戲臺附近的女眷散去了不少。

不知道什麼時候，江月附近的位子空了，直至到了最後一齣戲的時候，幾個年輕的皇子妃才侍奉完親婆母，再次結伴回來。

她們並不回之前的位子，而是朝著江月過來。

幾人直接在江月身邊坐定，七皇子妃打著團扇，開口道：「這日頭忒毒，曬得我好生不舒服。江家姑娘在這兒正好，快替我瞧瞧。」

換作平時，甭管什麼病症，江月能治的都會給人治。

但今兒個卻是不同，七皇子妃的語氣帶著輕慢，好像把江月當成自家奴僕似的。

江月便神色淡淡地道：「宮中就有太醫，您若身體不舒服，傳太醫就是。」

「哦？」六皇子妃挑眉。「江家姑娘這是不願意給七弟妹治？我聽說日前八弟妹帶了她的狗去給妳瞧，妳也給瞧了，怎麼現下……這是何意？」

這話一說，七皇子妃頓時氣得滿臉通紅，既氣江月這商戶女不把自己這將來的嫂子放在眼裡，又氣六皇子妃把她和狗比到了一處。

她們幾個妯娌之間互相排揎也不是一天兩天了，七皇子妃不好在人前對著嫂子發火，便只看著江月，接著道：「我不想傳太醫，就想讓妳看，如何？」

江月在心裡又把皇帝罵了一通——就七皇子妃這般刁蠻不過腦、被人當棒槌使的性情，擱哪朝哪代也不會成為皇子妃才是，當今在挑選兒媳婦這件事上，還真的是一代鬼才！

江月不是能忍氣吞聲的性情，現下更也代表了陸玨的臉面，正準備反擊，就聽見有人問——

「發生何事了？」

正是一旁一直未曾離場的安王妃。

她到底是眾人的大嫂，七皇子妃等人便悻悻地住了嘴。
江月朝她笑著微微頷首，算是致謝。

天色漸暗的時候，家宴才正式拉開序幕。
陸家先祖是普通百姓出身，家宴的規矩並不大，男女於一殿之內用席。
江月隨著眾人回到坤寧宮，還須等到皇帝領著一眾皇子過來，才能開宴。
等待的時間裡，胡皇后還是沒有提前到場。
荀凌華先過來，找到了江月，在她身邊坐定，直接壓低聲音開口問道：「我聽說七嫂為難妳了？」
「也不算為難。」江月抬眼看了一眼殿內眾人，見沒人關注自己這兒，才接著道：「不過是說了幾句話而已。」
「那便好。她這人……其實還挺單純的，心思倒也不會太壞。」
荀凌華說得十分委婉，但意思也十分明顯，這是在提醒江月，並不用對七皇子妃的刁難上心，而是要知道，她是受人挑唆的。
她們二人交情不深，陸玨和八皇子那更是站在對立面，荀凌華能提醒到這分兒上，已然是十分難得，加上白日裡荀凌華還坐到她身邊，甚至還有之前的事……
「在酒樓的事，還未謝過妳。」

那日酒樓裡幫著仗義執言的二人，為首的高大男子江月並不認得，但另一個做男裝打扮的，卻是荀凌華。

荀凌華不以為意道：「無甚好謝的，當時只聽見外頭有醉鬼對著女子尋釁，沒聽出是妳，不然……」

「不然如何？」

「不然我哥出面就行了，我跟著出去做甚？叫認識的人瞧見我大晚上穿著男裝，在酒樓裡頭吃吃喝喝，總歸不好。」

江月不由得彎了彎唇。為數不多的幾次接觸下來，她對快人快語的荀凌華觀感不差，若不是身分不合適，不能深交，不然說不定已經交到了上京城後的第一個朋友。

想到那日在鋪子裡見過她臉上的傷，江月便道：「還是謝謝妳。一會兒陛下和娘娘就到了，不如換個位子？」

江月不會冒然插手別人的家事，但既對荀凌華觀感不差，便也不想看著她因為自己，再遭受之前那樣的事。

荀凌華說不急。「我來尋妳主要是想跟妳說，之前照著妳教我的食譜給餵了一段時間，還別說，效果是真的不錯。那日也把妳說的那些傳授給我兄長了，他也說不錯。妳家小狼如何了？」

「我家黑團也沒再掉毛了。這幾日天氣逐漸涼爽，牠精神也好了不少……」

正說著話，就聽太監在外頭唱喏——

「陛下駕到——」

眾人紛紛起身行禮。

皇帝紅光滿面地進來，一眾皇子跟著他魚貫而入。

「都免禮！」皇帝在主位坐定，聲如洪鐘地道：「家宴而已，都鬆快些。」

眾人起身應是。

江月先抬眼飛快地看了一眼皇帝，從他的面色簡單判斷出他已經快到迴光返照的階段了。

收回目光的時候，江月瞥見距離皇帝最近的八皇子，也在看向自己這邊。

在人前，他臉上倒是沒表現出什麼，但那目光卻稱不上友善。

他眼高於頂，自然不會把江月這樣的商戶女看在眼裡，而是在看江月身邊的荀凌華，顯然是很不樂意看到她們二人在一起。

江月便想到，早知如此，當時就不該接荀凌華的話頭，該讓她早些離開自己身邊的。

荀凌華毫不示弱地瞪了回去，她不在皇帝跟前，顧忌就沒有那麼多，甚至還翻了個白眼。

八皇子氣得臉都黑了幾分，礙於在人前不好發作。

仇人似的二人用眼神打完了機鋒後，荀凌華想通了前因後果。「妳是怕陸八對我生惡，所以方才才勸著我離妳遠一些？」

江月先是被這毫不客氣的「陸八」稱謂逗得忍不住抿了抿唇，而後微微頷首。

荀凌華好笑道：「妳來京時日尚短，怕是還不知道他早就瞧我不順眼了，連陛下都知道我們二人關係不睦的，不然前頭能把我當棒槌使？但我是陛下親自指婚的皇子妃，我爹更是一代忠臣，還有得力的兄長，我怕他什麼？」

江月還是沒多說什麼，只是欲言又止地看了她的半邊臉一眼。

荀凌華這次是真的驚訝了，都瞪圓了眼睛。「妳怕他打我？就憑他？」說完她憋笑憋得臉都發紅了，忍著笑，道：「妳這人還真是挺好玩的，我還挺喜歡妳的。謝謝妳的擔心，但卻不必。我上次那傷確實是因為他，不過麼……」一邊說，荀凌華一邊又掃了正在殷勤伺候皇帝用茶的八皇子一眼。

江月也跟著看了一眼，便發覺八皇子的站立姿勢不對勁，好像有一條腿使不上力似的，整個人的重心都壓在另一條腿上，看著像是傷了筋絡，養過一段時間，但是還沒有好索利。

他作為皇子，若身體不適，自然可以傳太醫。皇帝近來格外「康健」，今日看著也是特別開懷，對著兒子比從前都寬宥和藹了不少，也不會強逼著帶傷的兒子在家宴上裝什麼孝子賢孫才是。

所以只可能是，八皇子這傷勢的來路不好對外宣揚，連皇帝都不知道這個。

再看荀凌華眉梢眼角透出來的一點得意之色，江月便知道前頭想岔了，眼前的八皇子妃並不是被八皇子打了，而是夫妻互毆，八皇子的傷勢遠比她沈重，休養到如今還不見好！

甚至荀凌華臉上那一下都可能是故意挨的，八皇子傷在身上，她傷在臉上，叫江月這樣不明就裡的外人看了，也只會以為是八皇子欺負了她，即便到了皇帝面前分辯都不懼怕什麼。

而她臉上那傷，就算用了江月的藥膏，也得過上好幾日才能徹底痊癒。

八皇子到底是個男人，有著時下男人格外好臉面的通病，總不至於哭哭啼啼地告到御前，說先前讓八皇子妃打了，那不只是丟了面子，皇帝怎麼也得問問，夫妻二人怎麼起的矛盾？可能還得牽扯出他拿八皇子妃當棒槌使，意圖給江月難堪，也就是給陸玨難堪這麼個前因。那麼夫妻矛盾，還得上升至陸家兄弟之間的矛盾。

都知道現下陸玨聖眷正濃，八皇子再蠢，也知道那事不能讓皇帝知道，便只好捏著鼻子忍下來。

不得不說，荀凌華這動手的時機選得恰到好處，力道也拿捏得好，是傷筋，不是斷骨，可能八皇子身上都沒有什麼明顯傷痕。

江月在心裡默默給荀凌華豎了個大拇指。

後頭皇帝坐定沒多會兒，胡皇后也立刻過來了，龍心正悅的皇帝也沒說她什麼，讓人開席了。

第二十七章

夜色濃重的時候，這場家宴才算用完，皇帝也沒多留，直接離場。這種日子，帝后卻並不在一處，胡皇后臉上也有些掛不住，只說自己也乏了，讓眾人各自散了。

江月跟著陸玨一道出了宮，因今日宮中過節，十分熱鬧，連宮人都能出來賞月，一路上兩人便都沒說什麼。

直到坐上馬車，陸玨鬆了鬆挺了一整日的腰背，在車壁上閒閒一靠，問道：「看妳嘴角一直帶笑，今日在宮中一切順利？」

「順利的，只有七皇子妃不痛不癢地跟我說了幾句。」江月簡單說了下晌的那個插曲。「我主要還是笑八皇子妃同我說的話……」

看著她的笑，陸玨臉上也多了幾分笑意。「難怪他月前告了好幾日的假，原是出了這種事。八嫂不愧是荀家人，委實是女中豪傑。看得出她同妳興味相投，荀家也確實值得深交，之前我剿匪，荀子安同樣不遺餘力，雖不是站隊，卻是真心實意地為百姓做實事之人。等過了這程子，妳若還願意與八嫂相交，來往多一些也無妨。」

江月立刻正色。

皇位的繼承人選一日未定，她和八皇子妃自然不能成為真正的朋友。

也就是說，皇權更替近在眼前了。

駕車的是重明軍中人，保險起見，江月還是壓低聲音道：「觀陛下今日之模樣，氣色紅潤，聲如洪鐘，怕是……」

陸玨微微頷首，想著江月現下也算知道一些他那些個兄弟了，便把近來的一些情況說與她聽。

二皇子一派月前送上了一個擅長煉丹的道士，到了這個月已經開始出丹給皇帝服用了。

七皇子等人送的則是幾個揚州瘦馬，也已經承寵。

八皇子比他們晚了一步，還沒有送上什麼東西，但集結了一些人手，準備在秋獮的時候出出風頭。

陸家是馬背上得的天下，歷代皇帝都十分看重每年的秋獮春蒐。

尤其再過不久還是皇帝的壽辰，雖不是整壽，但在秋獮的時候獵個猛獸，也能乘機扯些天降祥兆之類的話，哄皇帝高興。

當然了，這是明面上能查到的，私下的另外一些動向，就不是那麼好探查的了。

「那還是八皇子的動向比較要緊。」

京畿營衛和金鱗衛一樣，隸屬於皇帝。陸玨等那些個皇子，至多只能在裡頭安插人手，奪不來權。

兩衛加起來不下五千，聽著好像跟動輒上萬的其他大軍不能比，但這兩衛可以隨意出入京城，便杜絕了皇子想在京中用武力造反的可能。

除非是像陸玨早先計劃的那樣，直接從三城打回來。

八皇子以訓練圍獵好手的名義操練人馬，誰知道他打的什麼主意？

「也不必太過擔心，先不說陸八有沒有那個膽子，別忘了他身邊還有荀家人呢！」

荀凌華敢不買夫君的帳，最主要還是因為她家是受命於皇帝。若與八皇子太過和睦，反倒是違背了當今的意思。

江月放下心來，問道：「那你送了什麼？」

他不是被動挨打的性情，其他皇子都表了態，他總歸也得有點表示。

陸玨含糊地「唔」了一聲。「跟他們差不多，也送了個會作法的術士進去。畢竟前頭中途回京，太醫斷言我沒有多少時日可活，卻全鬚全尾地活到了現今，又不想在這檔口把妳推到人前，就還是需要一個人站出來。」

前頭進宮，當著皇帝的面，陸玨說江月是野路子，給她營造出一個醫術在太醫之下，在民間普通大夫之上的形象。而醫仙之名，則是三城百姓沒見過世面，才那麼喊的。

怕的就是堂而皇之地告訴皇帝實情，後頭皇帝有個頭疼腦熱的，就把江月宣進宮去，等到來日皇帝死了，那真的是八百張嘴也說不清。

所以說，就需要有個人站出來把陸玨被治癒這件事合理化，算是給江月頂缸。

「未曾聽過你認識什麼術士呢……」江月看著他不大對勁的神情。「到底是誰？」

陸玨摸了摸鼻子，說：「無名。」

小老頭的武藝，那真的是毋庸置疑的高強，前頭江月送了不少靈泉水給他，他身體的痛苦也被緩解，並未再像前頭似的，被疼痛影響，而且世外之人，具體修煉的功法並未被記錄，就算真遇上危險，一個皇宮還真的困不住他。他留在重明軍日久，熊峰和齊家兄弟等人對他也是言聽計從，熙軍之人也知道這個，來路比江月這半路出現的醫仙還正。

江月倒不擔心他的安危，只是輕咳一聲，驚訝道：「他會作法？」

「……他不會，但他會算卦。」

江月一想也是，小老頭一副世外高人的模樣，又整天拿著龜甲和銅錢嘀嘀咕咕、神神道道的，先展露一手算卦的本事，誰能想到他不會其他玄而又玄的東西？

「我讓他跟著道士學了幾天開壇作法，唬一唬人還是可以的。左右也沒多久了，來日再跟他好好賠禮。」

江月不禁想到那日小老頭在自己跟前拍著胸脯，信誓旦旦地說有事儘管和他說的模樣——估計那會兒他怎麼也沒想到，陸玨還真又給他安了個「差事」！已經可以預見到小老頭在背後罵罵咧咧的模樣了。

這個月月底，皇家的秋獮如期舉行。

這次不只是皇家的人參與，京中的勛爵人家齊聚，江月也在受邀之列。秋獮為期三日，中間還得在外頭住上一夜，熊慧、珍珠和寶畫，還有另一個名叫繆夏的女兵，都作為江月的丫鬟，一併跟著出行。

熊慧等人還好說，都是前線退下來的，一次圍獵而已，實在不值一提。寶畫卻有些緊張，出發那天的早上，眼底青影濃重，還在嘀嘀咕咕地背誦著御前的禮儀和注意事項。

江月就同她道：「秋獮一共三日，第一日出發，第二日正式開獵，第三日就回家了。而且好些人去，哪裡輪得到咱們面聖？只把這次當成普通的出去玩就好。」

出京之後，馬車又行駛了小半個時辰，這才到達圍場。

陸玨親自來接人，帶著江月往裡進的時候，囑咐道：「圍場到底不比京城，人多口雜，我今日和最後一日才能得閒，明日得跟著陛下一道出去打獵，妳自己萬事小心一些。」囑咐完，他把江月帶到了一個闊大的營帳裡。

圍場的營帳都是闊大豪華的，桌椅床榻齊備，比前線的軍營不知道好多少倍。但裡頭也有講究，眾人看重的並不是大小和佈置，而是位置。

距離皇帝的中心主帳最近的，便越能彰顯聖寵。

陸玨的營帳就在皇帝附近，二人尚未完婚，並不能住到一處，且江月當然不想跟皇帝有什麼近距離接觸，陸玨便把她的營帳安排得稍微遠了一些。距離陸玨的營帳也就半刻鐘的腳程，而到達皇帝營帳，就得走一、兩刻鐘了。

江月點頭說曉得。「左右我只是來走個過場露露面，還有珍珠和繆夏兩個會武的，寸步不離跟著我。」

這種場合裡，各家也不是傻子，不敢真刀真槍地做什麼，而論玩陰的，一般也就是下毒那些，則更逃不過江月的眼睛。

陸玨點了頭，再看了其他幾人一眼，這才回了皇帝身邊隨侍。

寶畫到了這會兒已經不緊張了，畢竟前頭聽說要跟皇帝一起打獵，怎麼著也讓她心裡有些七上八下的，但現下看清了整個營地的佈置，簡直堪比一個村落，哪就那麼容易遇上？

收拾好了心情，寶畫和熊慧一道出去了，去討要一些熱水來擦洗家具。而珍珠和繆夏就留在營帳裡，收拾江月帶來的換洗衣裳和被褥、乾糧等。

二人出去了沒多大會兒，熊慧先提著水回來了，寶畫則是又過了一陣子才回來。

這麼會兒工夫，放平心態的寶畫已經打聽出來不少事——

營地裡設了兩個伙房，一個只給皇帝做飯，裡頭只有御膳房的御廚和掌膳太監可以出入。

另一個大伙房給皇帝之外的所有人做飯，便不是御廚了，而是圍場裡頭的廚子。

今日受邀來參加的勛貴前後腳到了，什麼東西都能從自家帶，熱水卻都得現要。

大伙房裡頭一共有十個灶頭，全部架了大鍋燒水，但一下子要供給數百人所需要的熱水，便得分出個先後來。

從這個先後順序上，便有很多消息。

排在最前頭的，只胡皇后和幾個皇子的生母，而後是兩家國公。英國公府和魯國公府之後，才是皇子、皇子妃及皇帝的其他妃嬪，再往後是定安侯、宣平侯這樣的人家。

江月近來都在惡補京中的人際知識，聽到這些的時候並不意外——兩家國公不只是開國功臣，後輩也是能人輩出，不論是前朝還是後宮，都有其後輩活躍的身影。且這兩家的立場也一直清晰而堅定，就是只擁護皇位上的那個，並不跟任何皇子走得過近。即便當年先太子還在，魯國公府作為先太子的岳家，也未曾生出不臣之心。

寶畫現下能從簡單的要水一事裡，就發現這些，江月還是對她的成長速度十分心喜。

很快地，營帳收拾妥當。江月並沒有外出，只在營帳裡翻了醫書來看，也讓寶畫她們都不必再出去，只在到飯點的時辰，去了伙房提膳。

一日的時間很快過去，夕食的時候，陸玨過來了一趟。

他風塵僕僕的，鬢邊的頭髮都有些濡濕，顯然今日也被皇帝分派了不少活計。

接了寶畫遞送的茶水，喝過之後先解釋了幾句，說清他白日裡忙著對圍場進行最後一步的搜檢，確保所有猛獸都被清掃，再問了問江月今日過得如何？

說來陸玨也有些歉然，不論是宮中家宴，還是秋獮盛會，這種盛大的場合，若有個長輩把江月帶著，便能好上許多，不至於所有事都只能她一個人面對。

無奈他生母早逝，外家更是不顯，也就是他立下戰功後，才被皇帝提攜了一番。外家身分連秋獮都參與不了，更沒有這方面可以傳授江月的經驗。

江月察覺到他眉間有一絲異色，心下只覺得有些酸澀，遂彎唇笑道：「一切都好。你也知道我好靜，不過是換了個地方看醫書、製藥而已。」

這種場合，越發要注重禮數，畢竟稍有些風吹草動，都不必經過有心人添油加醋，直接就會在勛爵人家裡流傳開來，因此陸玨和她簡單說了幾句之後，也沒留下用飯，快步出去了。

一夜的時間過去，到了第二日一大早，江月聽著外頭腳步聲漸起，便也收拾了一番，去往看臺。

天光大亮的時候，一聲號角吹響之後，身著騎裝的皇帝就帶著大隊人馬浩浩蕩蕩的出發。

等他們離去，整個營地便徹底安靜了下來，一眾女眷各自回到看臺上的營帳裡。

託那次進宮赴宴的福，江月已經能認出好些個人，依次頷首打過招呼。

那些未來妯娌對江月還是淡淡的，既不過分熱絡，也不至於唐突無禮。

江月便準備找個安靜的角落，重複中秋家宴上的操作。

「這是江家姑娘吧？」一名圓臉的中年婦人笑著看向江月。「前頭只聽說九殿下要娶妻了，還未曾見過妳。」

江月並不認得對方，但看對方神情和藹，身旁坐著的另一位夫人也同樣神情和善，便上前福了福身見禮。

「唉，別客氣，過來坐著就好。」

江月正要推拒，安王妃和八皇子妃荀凌華一道過來了。

安王妃還是格外低調的穿著打扮，荀凌華一身赤色箭袖勁裝。

時下女子出嫁後就隨夫家的身分，她們二人的身分，在沒有胡皇后和妃嬪到場的情況下，並不需要對人見禮，但此時二人卻和江月一樣對著兩位夫人福了福身。

江月便猜著眼前這二位應當就是地位超然的兩個國公府的夫人了。

果然，另一位未和江月搭話的夫人讓她們也不必多禮，然後拉過安王妃坐到自己跟前，搭著她的手柔聲道：「好些個日子沒見到妳和世子了，前兒個妳幾個哥哥和妳姪子都還念叨著妳，尤其妳大哥，幾日前就摩拳擦掌的，說今日得獵些好東西，給妳和世子做冬衣穿。」

江月雖是第一次見到她們妯娌相處，但也並不吃驚。

若沒有一個對她上心又煊赫得臉的娘家，安王妃產下一個被旁人稱為「怪胎」的皇孫後，估計早就被昏聵的當今趕出皇城了。

安王妃心中熨貼無比，笑起來的時候終於不再那麼暮氣沈沈。「我不小啦，大嫂怎麼還把我當孩子哄？我和世子一切都好，並不缺冬衣。」

「大嫂不缺，我缺啊！」荀凌華笑道：「您看我這身量，一件能抵大嫂兩件呢！」

一邊說，她一邊讓江月跟她一起落坐。

魯國公夫人方才看著安王妃無甚精神的模樣，心下還有悵然，此時聽了荀凌華這打趣的話，不禁也笑了起來。

「妳這皮猴，這次怎麼沒跟著他們一道出去？」

提到這個，荀凌華的嘴角都有些耷拉下來了。「您莫打趣我了，我哪裡就不想呢？」

她是將門虎女，從前這種場合，正是大顯身手的時候。無奈現下多了一層皇子妃的身分，之前每次下場，都惹得八皇子不悅，回頭必要爭吵一番。她雖不怕八皇子什麼，但吵得多了也心煩，這次也懶得下場了。

轉頭看到在一旁屏氣凝神、默不作聲的江月，正無聊著的荀凌華找到了事情做，她先給江月介紹了兩位國公夫人，那個之前和江月搭話的和善婦人，是英國公夫人，而心疼安王妃的，則是魯國公夫人。

兩家身分極為貴重顯赫，兩位夫人卻是勛貴頂層圈子裡難得的和善人。

就她們二人說話的這麼會兒工夫裡，已經來了不少人同兩位國公夫人攀談。

說完這些，荀凌華才問道：「妳家小狼呢？是沒帶出來，還是關在營帳裡頭了？」

「黑團雖不傷人，但到底是狼，怕嚇到其他人，就沒帶出來。」

荀凌華幾次問起，顯然是對黑團上了心。

她有些遺憾地道：「妳也太小心了一些，都來參加圍獵了，哪有這麼容易被嚇到？好些人都帶了自家豢養的獸禽來呢！我爹和我哥帶了十幾條狗，定安侯家則帶了好幾隻獵鷹……」說起這些，荀凌華便實在有些坐不住了。「我也帶了兩條狗，陸八不讓我下場，我在附近遛遛狗總成吧？走，帶妳看看我的寶貝！」

她是話趕話說到了這兒，她覺得江月肯定會想法子推拒的，畢竟跟她差不多出身的女眷、甚至身分還不如她的，都不願意和狗相處，並且還有不少人怕狗。也就江月算個例外，別說看狗、摸狗了，給狗診病都沒覺得是屈辱，與她格外的興味相投。若不是中間橫插了一個把陸玨視為眼中釘的八皇子，她也不至於都這會兒了，跟江月連朋友都算不上。

卻看江月點頭應道：「正好待得也有些無聊，看看狗也好。」

荀凌華高興地彎了彎唇，領著江月出去了。

珍珠和繆夏等在營帳外頭，也一道跟上。

荀家的狗就拴在看臺旁邊的空地上，從地上的痕跡來看，之前確實如荀凌華所言，有十幾條狗都在這兒「待命」過。

現下絕大部分的狗都讓宣平侯父子帶出去了，只剩下一條黑背白腹的成年細犬和另一條尚未成年的、江月之前給診治過的小黑狗。

看到主人，一大一小兩隻狗都熱情地搖著尾巴，尤其是細犬格外激動，恨不能往荀凌華身上撲。

「牠這是憋狠了，想出去打獵呢，早知道讓我爹和我哥一併把牠帶出去了。」荀凌華對著江月解釋了一句，隨後安撫地摸了摸細犬的頭，給出指令。「坐下！」

那細犬卻並未被安撫住，還在焦急地搖著尾巴打轉。

荀凌華有些尷尬，特地請了江月來看她馴過的狗，沒想到這狗今日居然不聽她的話。

細犬明顯有些狂躁，江月便沒有靠近牠，而是蹲下身摸了摸那隻小黑狗的頭。

小黑狗或許還記得她，對她十分熱情，乖乖任摸不算，還把嘴往江月手邊靠。

江月日常在家會跟黑團玩樂，也不見怪，托住了牠的嘴。

眼瞅著小黑狗給自己挽回了一絲顏面，荀凌華給了牠一個讚賞的眼神，卻看下一瞬，小黑狗直接對著江月的手吐了出來！

「閃電！」荀凌華頭痛地叫了一聲，趕緊找帕子給江月擦手。

「沒事，擦擦就好了。」江月倒也沒生氣，站起身接了帕子。

「這一大一小兩個不省心的東西！」荀凌華臊得滿臉通紅。「在家時也不是這樣的，不知道今天是怎麼了？早知道這樣，我肯定不帶妳來看。」

「真沒事，我是大夫，便不會怕髒。只不過是牠吐出來的東西而已。」江月說著，眼神落到手上的東西，不由得正了色。

荀凌華見她神色不對，以為她是不悅了，便接著致歉，還說給江月賠一身新衣裳。

江月卻並沒有接這話，只道：「先不急著說那些，妳看這個……」她將擦過手的帕子遞到荀凌華眼前。

她都不嫌棄了，荀凌華更不會見怪，同樣正色道：「我家的狗只吃肉和穀物，怎麼吐出來的東西會帶草屑？」

「不是草屑，」江月隨手拈了一些分辨。「是青皮、冰片、麝香、檀香、紫蘇、枳殼……據說前朝盛行鬥犬，也盛行過一段時間的『鬥犬方』，具體方子雖已失傳，但我從這幾味藥材的特性推斷，應該就是差不多的藥效。」

荀凌華不通醫理，但鬥犬方卻是聽說過的，相傳吃過這種藥的狗便會興奮狂躁，見血之後更是不死不休。若換成平時，倒也不必太過驚慌，只等藥效散去，狗便能恢復正常。但今兒個宣平侯父子是帶著狗陪著皇帝去圍獵的，這狗要是狂躁起來……

荀凌華不敢細想，甚至來不及跟江月致謝，只將那方帕子收好，立刻喊人備馬，帶著人風馳電掣地往圍場裡頭趕。

「聰明的小狗。」江月看了那小黑狗一眼，一邊擦著手往回走，一邊想著這事應當是衝著八皇子來的，畢竟陸玨能知道他近來有異動，其他皇子也不是傻子。

有人想把八皇子先按下去。

但八皇子這占了嫡子身分的一旦被按下去，下一個必然是近來風頭正盛、根基最淺的陸玨。

陸玨現下還能安然無恙，也有一部分原因，是前頭那些皇子三足鼎立，空不出手來針對他，所以八皇子還不能倒，陸玨還需要這個靶子。得等八皇子和其他人鬥得兩敗俱傷，才方便陸玨後來居上。

圍場甚大，皇帝已經帶人出發許久，荀凌華必然是追不上的。

江月想到這兒便站住了腳，看向珍珠問道：「信鴿呢？取來我有用。」

宣平侯會訓犬，定安侯養鷹隼，都曾在戰場上憑藉豢養的獸禽立下戰功，或許是受了他們的啟發，陸玨在前線時便招攬了會養信鴿的人才。從前他尚在路安的時候，也是用信鴿和親信聯繫，那信鴿連戰火都能穿越，一個圍場而已，實在不算什麼。

於是傳完信，江月便回到了看臺角落落坐。

等到快中午的時候，伙房送來飯食，眾人各自散了，回了營帳用飯。

一頓飯食尚未用完，外頭便喧鬧了起來，有聲音尖細的太監在外頭喊——

「陛下……太醫呢？快請太醫！」

江月心中微動，讓熊慧和寶畫一道循聲過去看看。

沒多會兒，二人回來稟報，說皇帝受了驚，嚇暈過去了，但並未受傷。反倒是陸玨嚴重一些，他的馬受了驚，他墮了馬，折了一條胳膊。

墮馬這種事可大可小，稍有不慎，便會落下殘疾。

但以陸玨的身手，照理說這種情況他完全可以避過才是。

熊慧也有些不明所以，只對江月道：「齊戰說，現下殿下身邊人多口雜，再過一陣，等人都散了，娘子再去。」

齊戰的話那自然是陸玨的意思，江月想著陸玨還能想到安排這些，應當是沒什麼事，便心中微定，又等過了一陣，才帶著人往陸玨的營帳去了。

陸玨剛從皇帝那邊回來，太醫給他包紮過傷處，營帳裡瀰漫著一股藥味。

他常用的那條胳膊上了夾板，只用另一隻手，不怎麼熟練地給江月倒茶。

「你這是……」江月心中有些奇怪，先檢查了他的傷勢。他胳膊確實斷了，但好在跟從前遇到他時的腿傷相比，不算多嚴重，休養一、兩個月就可恢復。「你沒收到我傳給你的信？」

陸玨見她眉頭緊蹙，不大高興的模樣，立刻回答道：「收到了。」

「那怎麼還……」

陸玨輕咳一聲，道：「這確實是意外。」

江月給他的飛鴿傳書言簡意賅，只寫了關於她留在營地裡，八皇子妃帶她去看狗的事。這樣即便是非常不巧地讓旁人截獲了，一時間也猜不出來其中關竅。至多，只會以為是即將成婚的二人有些黏糊，這麼點小事都得用飛鴿傳信。

好在那訓練有素的軍鴿，這次也同樣不負期望。

陸珏收到了書信，他自然知道江月不是這種黏糊的個性。自從他搬離江家之後，就把信鴿留了一隻給江月，她從來沒用過，這次特地用了，定是有她的用意。所以幾乎是看到信的同時，陸珏就知道是荀家的狗不對勁！

都知道打獵這種事，得分成小隊才方便行動。前幾年皇帝早早的就會發虛，中午之前就會堅持不住地離場，等他離場，眾人也就各自成隊，正式開始打獵。

但今年的皇帝覺得自己宛如壯年，到了這會兒還在圍場中，大部隊便未徹底散去。如宣平侯、定安侯這樣的老臣子，都跟著皇帝一道。

而其餘年輕一輩的，尤其是如同八皇子那樣，卯著勁兒地想在秋獮中大展拳腳的，則早就帶著自己的人馬去尋摸獵物了。

之前他還覺得奇怪，怎麼二皇子和七皇子在知道八皇子這次準備爭功表現之後，竟還留在皇帝身邊？也正是因為這份疑慮，陸珏並沒有單獨行動，而是一直綴在大部隊的後頭。

得了江月這封傳書，一切便都合理起來——他們自然是想等著宣平侯家的獵犬衝撞皇帝，好出來救駕呢！

這種拙劣的戲碼，陸珏只覺得好笑。

他打馬到了荀子安身邊，稍微提醒了一番。

雖此時荀凌華還未趕至，尚未見到確切的證據，但荀子安謹慎起見，還是將信兒透給了親爹知道。

無奈父子倆剛說完話，恰逢皇帝遇到了一隻花鹿，已經搭弓射箭，還恰好射中了！

宣平侯府帶出去的十幾條獵犬剛聞到血腥味，就瘋了似的往獵物那兒躥了過去。

牠們這一躥，皇帝的馬就受了驚。

荀子安也顧不上什麼禮儀了，縱馬去到皇帝身邊驅逐獵犬。他家的馬跟狗一起養的，並不會被獵犬驚擾。

把狗趕出一射之地後，宣平侯便也到了，他親自跳到皇帝的馬前，拉住了那即將失控的馬，再讓訓犬的好手把自家的狗給控制起來。

「聽著也沒鬧出什麼亂子。」

「可不是？還多虧了我們月娘見微知著，及時傳信，宣平侯父子做好了準備，力挽狂瀾，因此才未釀成大禍呢！方才陛下醒了，也只當面斥罵了宣平侯幾句，沒說要如何降罪發落。」

江月忍住笑意，啐他一口，接著問道：「既未釀成大禍，你這傷也不是為了救駕而受的，那是還發生了旁的事？」

陸玨說是。

當時皇帝的馬受驚，有的是如二皇子和七皇子那樣的人上前救駕。

但有人就不是那麼好運了，例如安王世子——先太子的遺腹子。

安王世子日常並不會出現在人前，但秋獮這種盛會，太祖時期就留下了話，說七歲以上的陸家子孫皆不得缺席、忘了祖輩留下來的傳承，因此他今日便也到場了。

安王世子十來歲的年紀，卻長得十分瘦弱，從騎馬的姿勢上就能看出，他日常疏於騎射，更別說他手上還戴著一副厚重的皮手套，抓取韁繩的時候都十分不便。

他自始至終都默不作聲，連他的馬受了驚，前蹄高高揚起時，他連一聲驚呼都未曾發出。

似乎所有人都把他遺忘了，只有他身邊的幾個小廝急得五內俱焚。

陸玨神色淡淡地道：「我也正好需要『受傷』，便把他救下了。」

今日事情並未鬧大，但八皇子不是傻子，轉頭就會想到這件事是衝著他來的，稍後便會開始徹查這件事，馬上幾個皇子就得跟烏眼雞似的鬥起來。

這會子急流湧退，才能真正的明哲保身，坐山觀虎鬥。

江月既然傳信給他，也是讓他自己決斷的意思，這種斡旋和取捨上頭的事，陸玨既有他的打算，此時她也不好說什麼，只是眉頭還是未舒展開——她還是不大高興陸玨不愛惜自己的身體。

陸玨也知道這個，因此今日打見面起，才好話不斷，此時又保證道：「最後一次，僅此一次，沒有下次！」

一連三句保證，江月想著皇帝至多也就活到年關附近，也只能無奈地看他一眼，繃緊的唇角總算鬆了下來。

一場秋獮讓皇帝受了驚，當天就草草結束了。
陸玨則是自此之後就以養傷為由，安心待在府裡，深居簡出。
江月還是同之前一樣，照看著江家的生意，帶一帶醫學堂的學生，閒暇時分則帶著小星河去探望養傷的陸玨。
這日又到了江記藥鋪義診的日子。
秋末初冬的天，得了風寒的百姓不在少數，不少人或因家貧、或因覺得風寒不算什麼大問題，居然拖到義診的日子才來治病。
因此這月的義診，江記藥鋪人滿為患，水泄不通。
也得虧醫學堂的學生裡，即便是最沒有根基的，學了數月之後也算入了門，看診上頭尚有不足，但抓藥方面卻還用得。
他們和鋪子裡的人手一道上場，江月負責最後把關，總算才在天色黯淡的時候，送走了最後一個病患。
看到其他人都累得不輕，江月讓蔣軍醫帶著學徒回去休息，自己來負責收尾。
他們離去之後，掌櫃和幾個夥計不讓江月再忙，讓她也一道回去休息。
正說著話，卻看那已經關上半邊的槅扇，忽然進來了人。
掌櫃還在和江月搶活計，便頭也沒回地道：「客官抱歉，今日的義診已經結束了！」

對方並未說話，只是輕笑一聲。
江月一聽，就認出是陸玨的聲音。自從藥鋪重新開業，他還沒來過，鋪子裡的夥計和掌櫃都不認得他。
江月笑著轉頭問：「你怎麼來了？」
「近來天黑得早，來接妳。」陸玨還做傷患打扮，一條胳膊還包著，吊在胸前，也多虧他生得好，這樣的「裝扮」也不顯滑稽。他說著話，便對著江月伸出那條完好的胳膊來。
「不知道江姑娘可忙完了？能隨我回家去了嗎？」
江月淨過手，搭上他的手掌，對著後院喊了一聲，沒多會兒黑團就從後院出來了。
陸玨的馬車就停在藥鋪附近，二人一道上了馬車，黑團就走在馬車邊上充當護衛。
江月打量了一下他那還包紮吊著的胳膊。「前兒個去看你的時候，不是說作戲得作全套，需要在家好好休息嗎？怎麼還堂而皇之地來接我了？」
陸玨給她倒了茶，往她面前推了推。「在府裡也待了月餘了，再怎麼傷筋動骨，來接妳一趟總歸是可以的。而且今日新宅竣工，得咱們一道去驗收。」
陸玨說的新宅，也就是皇帝賜的皇子府，由禮部和工部一道建造。
雖說來日他坐上了那個位置後，這府邸多半是要閒置的，但卻是他監督著建的，畫圖的時候還來問過江月不少意見，算是二人的心血。
馬車走了兩、三刻鐘，到了地方。

到底是皇子府邸，這宅子比江月見過的任何民間宅子都闊大——赤色的門板，黃銅的門釘，牌匾是叫不上具體名字的好料子，連門口的兩座石獅子都栩栩如生、威風凜凜。

等穿過影壁，裡頭的風格就跟外頭截然不同，並不見如何雕梁畫棟得過分精緻，而是樹木花卉齊聚，怪石假山嶙峋。即便是入冬時節，不少草木都凋敝了，但常青的樹木也有不少，而且布局講究，安排妥當，看起來絲毫不顯蕭索，反而別有意趣。

比起皇子宅邸，更像個園林。

江月還真就喜歡這樣的，但想著她的喜好是修仙界帶來的，和常人不同，之前陸玨詢問她的意見時，她也只提了提旁的沒什麼喜好，只是喜歡山水野趣多一些。

沒想到陸玨不只是參考了她的意見，而是完全照著她的意見來的。

簡單看過了一路，江月都很滿意，直到廳堂附近。

天色漸漸暗了下來，這宅子才剛竣工，未曾安置下人進來，但廳堂裡頭卻亮起了燭火，還倒映出兩道人影。

黑團頓時衝到江月跟前，警戒地嗚咽出聲。

江月隨手揉了一把黑團，安撫住了牠，對陸玨道：「你這哪裡是請我來看宅子？分明是醉翁之意不在酒。」

陸玨摸了摸鼻子，說：「外頭不方便細說，醫仙娘娘原諒則個。」說著還要用吊在脖子上的那隻傷手給江月致歉行禮。

江月好笑地攔了他一下，抬腳進去了廳堂。

裡頭坐著兩人，一個是衣著樸素、面容普通的中年男子；另一個則是十來歲的小少年。

中年男子並不作聲，只是沈默著抱拳行禮，而後退到了門外。

小少年起身給江月見了個禮，而後輕聲道：「是我請您過來，想麻煩您給我瞧瞧病。」

江月心中已經有了猜想，先側身避過他的禮，等看小少年摘下手套，便知道眼前的小少年乃是安王世子。

安王世子如傳聞中一樣，旁的地方都跟常人無異，只是看著瘦弱一些，但一雙手卻委實有些怪異。他左手的食指和中指連在一處，右手則是五根手指都徹底連在一處，跟鴨蹼一般。

這樣的手，別說習武或寫字，即便是日常起居，都十分不便。

江月道一聲「冒犯」，仔細把安王世子的每根指骨都捏過，注意到他左手完好的幾根手指，指腹上都有不同程度的繭子。

看繭子的位置，應當是日常拿筆導致的。

這位被皇家其他人稱為怪胎的嫡長孫，看來並沒有放棄習文。

只是說也奇怪，陸玨一直讓她在宮裡人的面前藏拙來著，即便是稍與江月打過幾次交道的荀家人，現下也只知道她在瘍醫之外，精通獸醫之道而已，怎麼會突然把安王世子帶到自己跟前來看診？

作為醫者，江月暫且拋去了疑問，只專心看診，經過一連串的望聞問切之後，她思考了幾息的工夫。

安王世子到底年少，眼角眉梢已經透露出一絲焦急。

等到江月打好腹稿準備開口的時候，安王世子搶先道：「治不了也無礙，先謝過您了。」

彷彿已經習慣了失望。

拋開小少年是陸玨的姪子這件事不提，這份不卑不亢的態度，也很難讓人生出反感。

江月道：「不是，這個能治。我剛捏過一遭，你左手境況好些，只是連著一層黏膜，經絡不多，只需要將二指切開，疏理經絡過後敷上藥，過一段時間就好了。右手略微麻煩一些，經絡甚多，若是冒然切開，可能整隻手都會失感，得另外研究，非一夕之功。我的建議是先治左手，方便日常的飲食起居和讀書寫字，等左手休養好了，再治右手。」

安王世子靜靜地聽完了江月的話，跟陸玨有些相似的修長眼睛變得十分明亮，好似有兩團火焰在燃燒一般。

他說了聲「抱歉」，轉過身深呼吸了幾次，再轉回來的時候已經平復了心情。這次他沒讓江月躲開，端端正正地行了個大禮。

給她見過禮後，安王世子又轉向陸玨，對著他倒是沒有這麼客氣，只是簡單地抱了抱拳。「也謝過九叔。姪子出來已久，怕母妃擔心，這便該回了。」

陸珏神色不變，問：「這就回？不約個具體日子？」

江月也有些想問這個，畢竟看得出安王世子對自己手上的異樣極為重視，現下知道一隻手立刻就能治，照理說該上趕著安排起來才是。

小少年舒朗一笑，說不用。「既知道能治，便不急在這一時了，且等往後吧。」說完，他再次抱了抱拳，而後領著僕從自後門離開。

陸珏送了他們出去，回來時手上多了個木盆。

「井水寒涼，擦擦手就好。」他知道江月有給人看完診就淨手的習慣，說完便擰了帕子，還要替江月擦手。

江月自己接了帕子，挑眉問道：「這就是你說的『好好休息』？」

安王府一派在京中一直十分低調，陸珏前頭雖救了安王世子，但以安王妃和安王世子的謹慎性子，應也不會在這檔口求診才是，總得有個什麼由頭。

陸珏已經不會再對她有任何隱瞞，解釋道：「確實是我起的頭，那日安王世子上門探病，送上謝禮，我讓齊戰故意透了口風，說『幸好傷的是胳膊，不是腿』……」

後頭安王世子問起來，便得知陸珏曾經在叛軍手底下受過極嚴重的腿傷，不良於行。

當時小少年並未探究，探過病、送過禮，便回去了。

隔了幾日後，他給陸珏遞了個信兒，說的也跟治傷無關，而是宮裡和朝堂上的一點動向——皇帝自從圍場受驚後就突然病了，太醫說不上個所以然。給皇帝煉丹的道士倒是不進獻丹藥了，神神道道地說起可能是被什麼衝撞了；而皇帝日前寵幸著的幾個瘦馬，都衣不解帶地侍奉著，偶爾也會屏退宮人，跟皇帝吹枕邊風。

老道士是二皇子一派的人，幾個瘦馬是七皇子的人，兩派人馬這是看八皇子沒被按死，卯著勁兒地想後招。

八皇子覺出味兒來了，也不閒著，集結了一幫朝臣，開始挑他們兩派的刺予以反擊。

二皇子和七皇子兩派也不是麵團捏的，朝中也有人手。

於是這個說二皇子的莊子侵占了別人的良田；那個說七皇子強搶民女；下一個又說八皇子目無王法、行事乖戾……御史臺近來寫摺子的筆都禿了一籮筐，煩得皇帝乾脆把朝會給停了，只說要安心養病。

但躲自然是躲不過的，照樣有朝臣藉著探病的空隙，跪奏陳情，非得讓皇帝斷出個所以然來。

據說三派人馬都起了計劃，準備趁皇帝年前出宮祭祀的時候，安排人犯蹕告御狀，如何也得按下去幾個兄弟。

皇帝都煩成這樣了，其他未曾站隊的官員也沒好到哪裡去，眼看著局勢將要失控，他們請動了出身百年世家的文大人出面，打算趁著年節宮宴的時候，請立太子。

京城的這個年關，必然是熱鬧非常。

這些消息，其實陸玨也能探聽到，只是回京部署的時間尚短，安插的人手並沒有那麼得力，不至於像安王世子似的，連瘦馬跟皇帝說的悄悄話都能一字不落。

所以遞消息是假，展現先太子留給他的人脈才是真。

在今日之前——拋開秋獮那天、隔著千八百尺地聚於圍場不提，安王世子連江月的面都沒有見過，卻已經為了一個希望拋出了橄欖枝。今日診治過後，他也沒說立刻開始治療，而是只說「往後」。

至於是什麼往後，連江月此時都心中有數，說的是這場奪嫡風波結束後。

展現的是安王世子並不準備奪位的立場和態度。

「世子這魄力可實在是……」江月腹誹皇帝和其他幾個皇子一代不如一代已久，因此一時間沒尋到確切的詞誇讚他，頓了半晌才感嘆道：「難怪連你提起先太子時，言辭間都不覺會帶出一絲敬佩和孺慕。」

陸玨不禁也生出一絲感嘆。「自從我有記憶的時候，他父親的身體便已經不大好，每日還得處理陛下甩手的全盤政務。我與他父親接觸不多，偶有碰面，也只記得他父親慘白的臉和連綿的咳嗽……」

在新宅耽擱的時間不短，陸玨再用馬車把江月往回送。

分別之前，陸玨鄭重地提醒道：「再過不久就是年關，這段時間不妨把藥鋪交給蔣軍醫和熊慧打理，其他鋪子都交與昌叔。之前還聽母親提起，說早知道還有回到京城長住的這一日，當年便不該將妳父親的墳塚留在鄉間，一年才能回去一趟。今年恰逢多事之秋，不適宜長途跋涉，回鄉祭祀，不若在年前請人選個風水寶穴，為岳父立個衣冠塚，為來日遷墳做準備。」

江月立即會意，陸玨這是讓她近來都別再出去了，安心在家等消息。

既知道京中就要亂，江月遂也不多說什麼，點頭應承下來。

之後的日子，江月便對外稱準備在家中待嫁，閉門不出，只三不五時地喊來昌叔或蔣軍醫，問一問各個鋪子的營運情況，其餘時間便陪著許氏和小星河。

許氏總說讓江月不必操心家裡，但看著女兒早出晚歸，哪有不心疼的？

因此近來她也私下跟著帳房先生學習算帳，跟著昌叔學管家，想著為江月分憂，承擔起一家主母該盡的責任。

江月得了空，正好檢驗一下許氏的學習成果，母女倆一會兒說正事，一會兒說說家裡的事，一會兒還有閒不住的小星河過來打岔，輪流跟娘親和姊姊撒嬌，不知不覺間日子就到了臘月。

皇宮裡除夕也準備要大擺宴席，犒賞得臉的臣子和命婦。

江月有幸也在這個名單上，但這次她並不準備前往，打算推說自己得了風寒才剛好，沒得把病氣過給宮中的貴人。

在隆冬時節，京城的天氣雖不算格外嚴寒，但城內水源豐富，颳來的寒風捎帶上水氣，自有另一種滲入骨髓的冷。

江月雖閉門不出，卻沒忘了提點蔣軍醫和藥鋪掌櫃幾句，除了醫治風寒的藥材外，也得準備一些艾條、艾貼，售給風濕骨痛的病患。

臘月還沒過半，京城的水果然越發渾了。

皇帝去往皇陵祭祀的路上，冒出了好幾撥犯蹕告御狀的，情狀不一。有人唱唸做打齊全，像排演了千八百遍一樣；有人將訴狀倒背如流，聲如洪鐘；還有人準備了洋洋灑灑上千字的血書，令人觸目驚心……

自從圍場受驚之後，皇帝就病了，將養到現下還未大好，只是祭祀這種大事，在沒有立下儲君的時候，不好假手於人，這才強撐著出了宮。

結果憑空冒出這麼些個告御狀的，不只是壞了皇帝的心情，還把他氣得暈了過去。

等醒過來後，皇帝把所有皇子都叫到宮裡申飭了一通。

「你們存的什麼心，朕也不是不清楚。但只要朕在一日，你們就該知道為人子、為人臣的本分！」一通申飭結束，皇帝險些喘不上氣。

在兒子面前，尤其是野心勃勃的兒子面前，皇帝格外的要面子，隨後便讓人都出宮去了，單獨留下胳膊上還包著夾板的陸玨。

等殿內只剩下他們帶病帶傷的父子二人後，皇帝喝了一杯熱茶，緩過了一口氣，這才作出慈父面孔，詢問起陸玨的傷勢。

陸玨不卑不亢地回答道：「兒臣早就好了，只是老話常說傷筋動骨一百天，得休養三個多月才能恢復如初。」說到這兒，他恰當地露出幾分靦覥笑意。「月娘也是這個意思，說總不能來年開春，還吊著個胳膊舉行婚禮。」

「小九啊！」皇帝一副痛心疾首的模樣。「不是朕說你，什麼都好，如何被兒女情長左右至此？」

這話也得虧是對著陸玨說的，而陸玨素來能忍，不然換成旁人，聽到沈迷酒色的皇帝說出這種話，憋笑都得憋出內傷來。

陸玨面色不變地自責道：「兒臣讓父皇失望了。」

皇帝正是一肚子氣的時候，本準備再打壓幾句，可這會兒話到了嘴邊，對著陸玨的臉，卻再次說不下去。他只是嘆了口氣，靠在龍椅上的時候顯出了幾分疲態。「你那些個兄弟們鬥得跟烏眼雞似的，若是太子還在，他們哪敢這般放肆？你是個好的，不同他們一道爭。左右現下你也賦閒在家養傷，朕就交與你一份重任。」

皇帝說的重任也不是旁的，就是讓陸玨監督其餘皇子，趕在他們有異動之前，將消息遞進宮裡。沒得像這次祭祀似的，告御狀的人加起來都能坐幾桌了！先不論他們告得是不是有理有據，光是鬧出這種陣仗，傳出去就足夠跌皇家的顏面了。

這種耳報神的差事最是得罪人，更別說皇帝分派下這個任務之後，連人手都不給陸玨，只給了他一個權杖，讓他可以在不經傳召的時候自由出入宮闈。

陸玨心下只覺得想笑，先是平叛，後是處理奪嫡之亂，自己這好父皇，還是把他當棒槌使使上癮了。

他面上不顯地應下了。

等出了宮，陸玨思慮了一番，覺得不能放任幾個皇兄再像前頭似的，鬧到皇帝面前了，不只是為了他新應下的這份差事，更也是時候該添柴加火了。

好歹是奪嫡，讓幾個「好兄長」弄得跟小孩打架似的，非要拉著親爹來評個是非曲直不可，也不是個事啊！

第二十八章

安王世子再次來探病的時候，和陸玨叔姪二人關在屋裡說了會兒話。

隔了幾日，宮裡幾個新晉的妃嬪便先後被診出有孕。

人逢喜事精神爽，皇帝雖還在病中，還是心情大好地封賞了這幾人。

過沒多久，宮裡又在傳，說皇帝要給幾個未出世的孩子選名字，選的還都是「王」字邊、和其他幾個皇子差不多的字，一副就等著抱老來子的模樣。

最擔心的事情發生了，雖早就做好了這日到來的準備，但真發生時，一眾皇子便都有些坐不住了。

幾日的時間，胡皇后和其他幾個誕育了皇子的妃嬪宮殿，熱鬧得跟集市似的。

而在此期間，一名才剛有孕的年輕妃嬪突然滑了胎。

皇帝震怒，下令皇子們無事不許出入宮闈，再把胡皇后申飭了一番，怪她監管不力。

胡皇后氣得不輕，敲打闔宮的同時，也派人徹查。但查來查去，這事始終沒有個頭緒，於是也只能硬著頭皮忍下這口氣。

宮中去不得，皇帝又以過年為由接著罷朝，於是一眾皇子又鬥到了宮外頭。

今兒個是這個墮了馬，明兒個又是那個出城時遇到了刺客，後天就輪到另一個家裡遭了賊，且別的地方都不洗劫，只有放置來往書信的書房遭了災……

連避了許久的陸玨都被牽連上了，深更半夜的時候，租賃的宅子被人放了火。這種伎倆對於經歷過戰亂的重明軍中人當然不值一提，甚至都沒驚動陸玨，負責巡防的人就把火給滅了。只是礙於居住的地方民居聚集，不好大肆搜查，讓縱火的賊子給跑了。

那次之後，陸玨夜間來了江月的屋裡一趟，說明了外頭的情況，又說了他的打算。

他準備先搬到新宅邸那邊住著，那處附近沒有什麼暗巷小道，若再遇上這種事，不至於讓人給跑了，順帶讓江月也要注意使人看緊門戶一些。

江月說自己都曉得，兩人約好暫時都不再碰頭，一動不如一靜，靜觀其變。

年關將近，江家上下就忙碌了起來。

首先是江月得盤一盤過去幾個月的帳，這次她沒找陸玨幫忙，而是自己和許氏一道查帳，若遇到帳目不明白的，就尋帳房先生或鋪子裡的掌櫃過來對帳。

對了足足半個月，算清楚外頭所有的進項，還得再扣掉家裡的支出和辦醫學堂的支出，才算是今年的得利，總共是四、五百兩。

今年春天一家子才搬回來，夏天才漸漸把鋪子開起來，若是換算成整年的收入，來年的利潤應會在千兩之上。

生意做得這般順利，一來歸功於江父過去數十年打下的好基礎，鋪子重新開業之後，不少老顧客還記得江記，而那些還願意回到江家的夥計，也都是忠厚可靠的得用之輩。

二來，那就是江月先有醫仙之名，後用江記藥鋪在京城打出了好名聲，即便是手頭不寬裕的貧家百姓，承過義診的情分，再有閒錢置辦旁的東西時，出於還恩心態，也會優先選擇江記。

三來也很現實，有句話叫爬到高位之後會發現身邊都是好人。江月的身分今非昔比，便沒人輕易敢用商場那一套來打壓江記、惡性競爭，因此重振家業之路，只需要專注於自身的發展，而不需要忌憚小人在背後暗箭傷人。

算完了帳目，下頭自然得給掌櫃和夥計另外發一些銀錢過年。

這銀錢一派，就去了百兩銀子。

外頭的掌櫃和夥計既有了，也不好厚此薄彼，家裡其他人也得有。

過去的幾個月，熊慧和珍珠等人給江月幫了不少忙，便都和寶畫一樣，一個月拿一兩銀子的月錢。

再讓房嬤嬤去請了裁縫來家裡，給眾人挨個兒量體裁衣。

裁完新衣，江月還準備一人再給一兩銀子的新年紅封。

於是一共又花去了一百多兩。

過年的意頭講究的就是破舊立新，江家這轉過手的大宅子還得修葺一番。尤其是珍珠、繆夏等人會武，也不好日漸荒廢，因此江月還準備收拾個小型的演武場出來，來日等小星河長大一些也用得上。

還有，江家雖然親朋不多，但生意場上打交道的人卻不少，還得準備節禮。不求多貴重，但得展現出足夠的用心和誠意。

從前的禮單已在之前的大難裡頭遺失，暫不可考。好在大管家昌叔記憶力過人，按著他的記憶，再根據各家過去一年的情況，江月和許氏一道定好了禮單。

忙完了這幾件事，年關終於近在眼前。

總算閒下來的江月忍不住想到，也難怪在原身的記憶裡，每逢年關，江父就忙得不可開交，人都要瘦上一大圈。今年就算沒有陸玨的叮囑，這年前她也確實脫不開身再出門。

到了除夕這日，一大早，房嬤嬤就帶領一眾女兵進行最後的清掃。

江月起身出了屋子，就看到喜氣洋洋的眾人身後還跟著個小尾巴——自家那不省心的弟弟，穿著厚厚的冬襖，圓滾滾的像個球，也不知道哪裡尋了枝比他人還高的大掃帚，跟著眾人一起幹活。

眼瞅著小星河把房嬤嬤她們掃好的落葉堆弄亂了第三次，房嬤嬤她們仍是沒有半點兒生氣，只一個勁兒地直笑，江月終於忍無可忍，把他提溜到了手上。

一歲半的小傢伙，活脫脫一隻皮猴，扭股兒糖似的扭了半天，見實在扭不開了，只好求饒說：「大過年的，不能打罵小孩子喔！」

「學這種話倒是學得挺快的。」江月好笑地點了一下他的額頭。「那你有沒有聽過，大過年的得乖一點，不能阻礙大人幹活？」

「我那是幫忙呢！」小星河理直氣壯地挺了挺胸膛。

江月懶得同他掰扯，就拉著他的手，讓他跟著自己去了許氏那裡，照著禮單進行最後的清點，看看有沒有疏漏。

等清點結束，再帶著小星河去江父牌位前上幾炷清香。

午前，房嬤嬤收拾出了一些簡單的飯食，一家子吃過之後，外頭爆竹聲越來越響，小星河也有些坐不住了，江月就帶著他出去看了會兒。

上次過年的時候，小傢伙才半歲，已經不記得了，現下看什麼都覺得新鮮。

他知道江月才是家裡真正拿主意的人，要賴裝哭對她都沒用，就眨巴著水亮的眼睛，奶聲奶氣地道：「阿月，爆竹貴不貴呀？我可以預支壓歲錢不？」

江月好笑道：「讓你跟著我盤了幾天帳，這新詞倒是學了不少。爆竹不貴，不用你的壓歲錢，咱家買得起。但是爆竹太危險了……」說到這兒，江月頓了頓，想著這小子聰慧，若乾巴巴地這麼說，難保他不會轉頭又纏著別人給他買，於是她接著補充道：「我會害怕，很害怕。所以只看別人放就好，不能拿到家裡放。」

「那我保護妳嘛！」小圓球努力地挺了挺胸膛，還踮起了腳，無奈他雖長得比同齡的孩子快，但此時努力踮著腳，也還不到江月的腰。不用江月說，他也知道自己這麼點大，保護不了她什麼。他塌下背來，蹙著眉努力地想了一陣，然後突然想到了什麼，抬起臉笑著說：

「那喊姊夫來，讓他來咱家放。」

他這喊阿月的習慣是改不過來了，左右兩人也是同輩，江月糾正過幾次就隨他去了，而和這個稱呼一樣，他喊陸珏的稱呼也成習慣了。家裡人想著，反正再過不久，陸珏便是這小傢伙名正言順的姊夫，而且他也沒有外出見人的機會，就也由著他喊了。

「他忙著呢，等他忙完了再說。」

說起這個，江月也有些感嘆，畢竟自從她來到這世界後，即便是去年受傷昏迷那陣子，每個年關他們都是一道過的，今年雖同在京城，卻為了那些糟心事，得暫時避開，連年前送節禮都是齊戰代勞的。除夕這天陸珏更是得去宮中赴宴，這年宴比中秋家宴的規模還盛大，估摸著是天不亮就已經進宮了。

江月不是個愛操心的性子，也對他十分有信心，但也不知道從何時開始，想到他的時候，神思就會忍不住發散。

就好像現在，她甚至會想，不知道宮宴上的菜色好不好？上次家宴，那些菜就都是精緻有餘、熱氣不足。今日怕是那上菜、試毒的流程更長，吃到肚子裡必然是不好受的。

「那他下次不許這麼忙了！」小星河看著她若有所思的神色，氣鼓鼓地說：「我幫妳說他，阿月不生氣！」

江月本也不是在生氣，聽了這孩子的話不由得笑彎了唇，揉了他的腦袋一把。「這麼賣乖也不行喔，還是不能買爆竹的。」

「好吧……」被戳穿了小心思的小星河耷拉下腦袋。

「不過這個天，眼看著就要下雪了，下午我陪你打雪仗？」

「好！」他一下子就被哄好了，脆生生地應了一聲。

姊弟倆在熊慧她們的陪同下，又在街上看別人家的小孩放了一刻鐘的爆竹，直到天色黯淡，鵝毛大雪落了下來。

江月牽著小星河原路返回，剛走到門口，一輛馬車慢慢駛向江家門口。

近來也有送年禮的馬車頻繁登門，其他人都見怪不怪的。

但江月卻發現這馬車的規制不同，比陸玨日常用著的還氣派堂皇，看著像是……宮裡的造物。

江月不動聲色地讓繆夏把小星河送進家門，然後悄悄伸手在自己的穴位上按壓了幾處。

下一瞬，那氣派堂皇的馬車停穩，下來一個面白無鬚的中年男子。

那中年男子江月也見過，是坤寧宮裡的掌事太監。

熊慧和珍珠倒是不認得他，但是通過對方的服飾打扮也猜出了一些，二人立刻就上前半步，把江月擋在身後。

江月示意她們不用緊張，而後上前去。

掌事太監樂呵呵地對江月拱手，笑道：「江姑娘安好。咱們娘娘不放心，說今日這樣的好日子，本該是一家團聚，姑娘和九殿下雖還未完婚，但再過不久也是天家的兒媳婦，這樣的好日子，總不好放姑娘一個人孤零零的在外頭，所以派咱家特地跑這一趟，來接姑娘入宮赴宴。」

江月福了福身，心知這胡話聽聽就好——胡皇后這名義上的嫡母，跟陸玨都沒有半點情分可言，又哪裡會對她上心？

若如這掌事太監所言，胡皇后真是突然萌生了想法，想裝出個慈愛和藹的長輩當當，也不該到除夕當天才派人，早前江月可就把自己病了、參加不了宮宴這事給報上去了，那會兒怎麼不見她來關心？

江月客套疏離地笑了笑。「謝過娘娘關懷。也是我這身子不爭氣，普通的風寒，吃了不知道多少湯藥，拖到這會兒還不見好。」

掌事太監還是笑，只是不動聲色地打量了江月一遍——眼前的少女穿著打扮十分素淨，除了髮上一支白玉釵外，通身都沒戴什麼飾物，也多虧長了一副好姿容，這種打扮也不顯寒酸，自有一種別樣的清冷之美。只是這清冷美人本就纖瘦，現下還臉色慘白，連唇色都十分淺淡，立在這風雪中，好像隨時要翩然離去一般，倒真的不似裝病。

不過也甭管是不是裝病，該辦的差事還是不能落下。掌事太監接著道：「這普通的風寒拖著也會成為大問題，還是讓宮中的御醫瞧瞧才好。風雪漸大，姑娘快請上車吧。」

「那可容我去更個衣？」

掌事太監還是說不用。「娘娘那裡什麼沒有？自有坤寧宮的梳頭宮女為您梳妝。」

江月點頭應下，轉頭道：「那我就去了，妳們去跟母親知會一聲。」一邊說，江月一邊對著二人眨了眨眼睛。

珍珠連忙要開口阻止，熊慧伸手拉了她一把，憂心忡忡地道：「前頭您不是還說，這病一直不好，就是忙出來的，得好生歇著嗎？這天眼瞅著就要有大風大雪，要是再吹了風……」

江月歉然地朝掌事太監笑了笑，轉頭蹙眉道：「恁地話多？皇后娘娘有請，莫說我是病了，就是死了……」

掌事太監怎麼聽這話怎麼刺耳，他正要開口打斷，恰好一陣寒風颳過，話說到一半的江月猛地咳嗽了起來。

「咳咳咳……讓您久等，咱們這便動身吧。」江月一面用帕子捂著嘴，一面往馬車靠近。幾步路的工夫裡，她越咳越厲害，等最後準備上車的時候，帕子「不巧」落在了地上。上頭洇紅一片！

「江姑娘！」掌事太監饒是再怎麼見慣了各種場面，看到那帕子上觸目驚心的血跡還是被嚇了一跳。

已經踩上了腳凳的江月說了聲「抱歉」，退了幾步，俯身把帕子撿了。

那掌事太監思索了半晌，最終還是道：「姑娘的家人沒說錯，您這病還是得靜養，咱家會回去稟明娘娘的。不知道姑娘可否給咱家一個信物？代表咱家已經來請過姑娘了，沒有胡亂辦差。」

江月遺憾地嘆了口氣，拔出頭上的髮釵遞出。

掌管太監一臉欲言又止，江月則在寒風中繼續咳嗽。

最後，掌事太監沒再說什麼，坐上馬車離開了。

等到馬車在街口消失不見了，珍珠才徹底放鬆下來，恨恨地罵了一句。「黃鼠狼給雞拜年，不安好心！」

熊慧攙著江月的另一隻胳膊，騰不出手來打她，只笑著啐道：「妳這話罵誰呢？」

珍珠回過神來，趕緊對江月致歉。「我不是說娘子，就是……就是……」

「無妨，雪下大了，咱們進家裡說話。」

門口的動靜已經報到了許氏跟前，她沒有和宮人打交道的經驗，為了不給江月添亂，才沒有冒然迎出去，只在影壁後頭等著。

等到江月被扶進了家門，許氏就讓門房把大門關上，接過珍珠的位置，扶著江月進了廳。

江月表示自己無礙，用銀針扎了幾處穴位，就平復了被催發出來的翻湧血氣。

許氏雖也知道她根本沒病，吐血多半是自己弄來騙人的，可看到她吐在帕子上的、實打實的那麼些血，還是心疼得紅了眼眶，氣憤地道：「大過年的，便是皇后，也不好這麼折騰未來兒媳吧？別說月娘還在稱病，就是好端端的人，再來吐幾次血，也要生病的。」

房嬤嬤一邊親手給江月餵溫水，一邊慶幸道：「還好那宮人尚有幾分良知，沒說讓咱家姑娘吐著血也得進宮赴宴。」

江月嚥下了溫水，搖頭笑道：「可不是什麼『良知』，而是宮裡近來見不得血光。我若進去，真衝撞出了什麼事，皇后娘娘也擔不起。」

裝病的辦法千千萬，她選擇了吐血，就是因為知道這事。

還有一遭嘛，其實還是因為之前胡皇后送給她的那個加了藥的鐲子。裡頭不少藥物是防止女子有孕的，另外一些如藏紅花之類的，是讓女子就算有孕也會滑胎、血流不止的。

她表演一齣吐血的戲碼，那坤寧宮的掌事太監果然緊張上了，說是想要什麼信物證明他認真辦了差。但都知道她總共也沒見過胡皇后幾次，哪有什麼信物？唯一能讓胡皇后一眼認出的，也就是胡皇后送給江月的那個鐲子。

胡皇后聽聞她的病一直不好，或許是想到了可能跟自己送出去的鐲子有關，怕裡頭的虎狼藥會讓江月就此一病不起，沒得在婚前就死了，這才想著拿回去，掌事太監自然是得過她的提點。

不過那鐲子掏空之後，藥材還沒原樣裝回去，而且也難保胡皇后身邊的工匠不會發現它被拆開過，所以江月只當沒聽懂，拔了進宮時穿戴過的白玉釵交上去。當時若是那掌事太監堅持要拿鐲子，她可能還得再表演一遭吐血。

回頭得把這鐲子再給陸玨一次，讓他復原才成。

江月飛快地捋清了思路，只仍有一件事不明白——胡皇后特地在這個日子派了得力的太監來接她是為何？若只為了取鐲子，也沒必要選在這一天才是。

暫且存下這個疑問，江月對其他人道：「左右鋪子也要歇到初五才開門，母親就以我身體欠佳，不好過了病氣給旁人為由，把上門拜年的人一併推拒了。其餘人這幾日也先別出去了，年前囤的米麵糧油和食材足夠過上幾日。如在外頭有家人的，也請他們原諒則個，我稍後會補給他們銀錢和休沐。熊慧和珍珠另外排個值更表，把所有人手編成輪崗制，十二個時辰不間斷地巡邏……」

一通安排結束，眾人自去忙碌起來。

大年初一，京城上下就得知了一個天大的消息——皇帝要立儲了！

據說除夕宮宴那日，文大人進宮了。

這文家從前朝就煊赫起來了，根基比開國的兩位國公家還深。或許是明白樹大招風的道理，或許是對當今過去十餘年的所作所為寒了心，入了內閣的文大人前些年丁憂致仕之後，便避而不出，一直在鄉間養病。今遭也是一眾文官清流聯合請命，才說動了他出面。

文大人的到來，對皇帝來說可謂是意外之喜，還當文大人是回心轉意，肯為他所用，接著替他分憂解難了。

皇帝親自相迎，君臣二人寒暄了一番，文大人就直接在皇帝面前跪下了，當著群臣的面，鏗鏘有力地直接進言，請立儲君，還引經據典地分析了好些個利弊。

請他出山的清流文官也紛紛下跪，跟著文大人一道請命。

換任何一個君主來聽，都知道文大人率領的群臣是一片忠君愛國之心，不想讓這亂局再持續下去。

可現在的皇帝不是。

皇帝還帶著病容呢，大過年的聽到這樣的諫言，只覺得晦氣，認為文大人是篤定他活不了多久，所以才急著要他在除夕宮宴上立儲！

其實群臣也是時下注重年節的普通人，誰不想大過年和和氣氣的？偏生這當今自從秋獮受了驚之後，罷朝就成了常態，偶有接見臣子的時候，也總是讓一眾皇子的黨羽搶先。他們倒是想換個其他更合適的場合，奈何皇帝不給人機會不是？

皇帝當場就沈下了臉，但顧忌到領頭的是文家人，他並沒有發怒，只僵硬地笑道「文愛卿一片忠君愛國之心，朕是知道的。只是今兒個這樣的日子，不談國事。等年後……」這是又準備拖上了。

事情到了這兒，江月還不算意外，畢竟早就聽陸玨提過有人請文大人出山，而且也對皇帝的昏聵有些瞭解。

讓人意外的是，皇帝這話剛說完，英國公和魯國公也跟著一道跪下了。

有句話叫秀才造反，三年不成。皇帝知道自己引起了文臣的不滿，倒也並不如何擔心。

但兩位國公不同，兩家是武將世家，在軍中威望有多高，連定安侯、宣平侯都得退到一射開外，這些暫且不提，主要是這兩家在京城重地也有兵權——直接聽命於皇帝的京畿營衛和金鱗衛，自從太祖時期起，就由這兩家幫著操練和管理。

皇帝這些年不擔心兒子鬧出大動靜，主要還是這兩支衛軍給的底氣。

文武聯合，他是真的不好再拖，便只能硬著頭皮應承下來，說上元節之前就會擬定立儲的聖旨。

他退了這一步，文大人和兩位國公便沒有再相逼，起了身。

可能也是知道皇帝的性情，怕他後頭又折騰出什麼么蛾子，當天這消息便不脛而走，京城上下人盡皆知，也就斷了皇帝反悔的退路。

這些詳細的後續，是年節陸玨來江家拜年，探江月的「病」的時候，告訴她的。

這三家在過去的十餘年早就對當今的所作所為寒了心——不只是文家，兩位國公當年也曾多次請命平叛，是皇帝忌憚他們，尤其忌憚魯國公府，怕他們平叛之後，擁立他看不上的嫡長孫，寧願讓十三歲的陸玨代父出征，都不肯讓兩家沾手。

於是這三家避世的避世、放權的放權，卻在朝堂風雨飄搖的時候仍願意站出來，為國為民請命。

江月沈吟了半晌，忍不住感嘆道：「雖不知道先帝離去時，對陛下做了哪些具體的安排，但只看這三家的行事作風，便也能猜到一些。怎麼就……」怎麼就把那樣一副好牌，打成了這種模樣？說完，抬眼看到陸玨坐沒坐相，正歪在臨窗的榻上剝花生。「都要立儲了，你怎麼不急？」

「急有何用？」陸玨將剝了殼、去了苦衣的花生裝進小瓷碟，往江月面前推了推。「再說，就咱們陛下的性情，答應了立儲也必然要弄些事情出來。」

看他這老神在在的模樣，江月便知道他心裡有數，拈了個白胖滾圓的花生嚼了嚼，催促道：「別賣關子了，說說陛下會如何吧。」

陸玨拿了帕子擦手，不緊不慢地道：「他只答應了立儲，沒答應宣之於眾不是？只需在擬定旨意之後追加一道聖旨，言明這立儲的聖旨得等他駕崩之後才可打開……」

「這不還是拖？」

這法子也並不是不好，可以讓長成的皇子們專注於猜疑和內鬥，卻沒人會打主意直接造反。畢竟皇帝一死，前頭的聖旨就會被昭告天下，若原定的儲君不是造反成功的人，那這皇位就名不正、言不順；若正好是造反成功的人，則反而把名正言順的皇位弄得來路不正，得承擔後世的罵名。

若當今是個明君，旁人也不會說這法子有任何不對，可他不是。他寧願讓大熙接著爛下去，也要保住晚年的安寧。

陸玨原樣靠回榻上，懶懶地道：「陛下並不知道自己時日無多，只以為是秋獮的時候受了驚，才得了個小病。他興許還覺得自己有數十年可活，儲君立就立吧，反正除了他也無旁人知曉，立一個儲君，封住群臣的嘴，等來日這人選不滿意了，他也隨時可以更換。若是不巧這密旨讓人發現……」他扯起唇角，嘲諷地笑了笑。「至多就是先死一個兒子，左右他不差兒子，後宮裡又有年輕妃嬪有了身孕，過上十來年，儲君的人選多的是。」

江月微微頷首。「八皇子他們必然得消停上一陣子，把這個人給打探出來，先弄死他再想別的。」說到這兒，她頓住。「你這麼不急，莫不是因為……」

「這個人選，要根基淺，外家、岳家比其餘皇子再差上一些，還要沒有奪位實力，要不影響他來日隨時改弦更張，最好也不會輕易被弄死，免得他還得重新布局。妳說會是誰？」

江月默了一瞬，先排除掉了八皇子。嫡出的皇子最是名正言順，也最理所當然，可真要立了八皇子，定安侯府就得先飄到天上去。八皇子那性情，皇帝必然也有所瞭解，怕是根本不會等他歸天，尋個由頭就得讓當今成為太上皇，好好頤養天年了。

另外幾個皇子也是一樣，勢力太深、籌謀太久，都足夠讓當今膽顫心驚，夜不能寐。

除了陸玨。

陸玨聲望高，但僅限於民間和入不得京的軍隊中，朝堂上並無太多助力，還有武癡、不擅交際籌謀、耽於兒女情長的表象，很好拿捏。

她一時間還真想不出第二人選。

自古皇帝立儲，都是挑選最出色的兒子。

陸家的先祖如何也想不到，大熙傳到當今這一輩，反而是另闢蹊徑，得挑一個最沒什麼用的，才能讓當今安享晚年。

「你早就知道這個？」

陸玨笑了笑。「前頭聽說文家要出面了，我便也能猜到離立儲不遠了。」

所以他選擇在秋獮的時候弄出了傷，退出爭端，不爭即爭。

「不然……我給世子先把左手治了吧？」

安王府並未和陸玨結盟，只能說是從中立變化為友善，幫著傳傳消息，調用一些先太子留下的、不甚重要的人脈。

陸玨說不必。「世子與我接觸，應也是早就猜到了這一步，也認為我是這個人選，並不只單純為了報答相救的恩情，或者為了診治他生來就有的怪症。他說不急著診治，便已經表明了態度，安王府並不準備參與這棋局，也並不準備站隊。等我能在後頭的紛亂裡活下來，才好真正的和他談聯盟、談合作——他不知陛下還能活多久，格外慎重些也是有的。」

江月無奈道：「太蠢笨的讓人厭煩，太聰明的人也不好打交道啊！」

「好啦，」陸玨伸手挽起她額前的髮絲。「說這些也並不是要讓妳煩心，只是不想妳從旁人口中語焉不詳地聽到一些，為我擔心。前幾日妳不進宮是對的，大概胡家也聽到了一些消息，宮宴過後，坤寧宮的那位就把八嫂留在了宮裡，妳若是去了，怕是也一併被留下了。如今在家中『養病』就不錯，其餘的相信我就好。也就這一段時間了，一切都會塵埃落定。」

兩人說了許久的話後，陸玨沒再久留，取走了胡皇后留下的那只鐲子和江月按著記憶、原封不動配製的藥粉，隔了幾日就又送回江家，並告知說若是回頭胡皇后再使人來取，安心送回便是。

這年的上元節前，皇帝寫好了密旨，在群臣的見證下，把密旨放進了玄鐵所鑄的鐵盒之中。

京中越發紛亂，最先被害的是嫡出的八皇子。據說是在京郊莊子遇到了刺客，砍傷了他一條腿，得滯留在京郊養傷。

二皇子突然染了重病，連床都下不得。

七皇子則是在家中吃多了酒，掉進了池塘裡，落水之後染了咳疾，一直不見好。

過家家似的爭鬥越發荒唐。

直到正月下旬，宮中說存放密旨的宮殿走了水，雖大火及時撲滅，鐵盒也完好無損，但有沒有人趁著這場大火偷看那道密旨，就不得而知了。自此之後，上躥下跳的三派人馬這才算徹底安靜下來。

陸玨並不再來江家，連書信都很少給江月寫，只三不五時地送些「小玩意兒」，有時是某塊被掰開的糕點，有時是喝剩下的茶葉，有時則是某個看著十分不起眼的香包……都是帶著毒的東西，賦閒在家的江月正好拿來研究解悶。

正月末，是當今皇帝的壽辰。

再一個月便是江月和陸玨的婚期，這次江月不好再接著稱病，陸玨也讓齊戰來傳了口信，讓她安心去賀壽即可。

這次再入宮，江月便算是有些經驗了，到了坤寧宮，直接選了個角落坐著。

其餘皇子妃和妃嬪先後到場，也都沒有之前喁喁私語的興致，個個都默不作聲。

到了午前，胡皇后帶著留在宮裡多日的荀凌華出場，又是差不多的說辭和流程。

這次她沒把江月喊到身前，彷彿忘了她這麼個人一般，只拉著二皇子妃和七皇子妃，詢問她們夫君的病情。

江月樂得清閒，端坐著閉眼假寐。

這時，有個宮人上來換茶水，不知道何時在她茶碗下放了張字條。

字條上就兩個字——小心。

字如其人，這字寫得並不算多好看，但大開大合，頗有武將之風。

江月面色不變地把字條收了，忍不住看了陪在胡皇后身邊的荀凌華一眼。

秋獮之後，宣平侯被皇帝責令閉門思過，荀凌華也未曾和她來往過，等到了除夕宮宴過後，荀凌華更是被胡皇后強留在宮裡不得外出，二人徹底斷了聯繫。

正午的時候，午宴開始。

江月落坐之後，便發現安王妃坐到了自己身邊。

「江姑娘近來瘦得厲害，想來是大病初癒，這些個油膩葷腥便不要用了，沒得讓病更嚴重了。」

安王妃說著，點了離江月最遠的、一道格外不起眼的冬瓜盅。「還是這種清淡的更合妳用。」她說完，負責布菜的宮人卻並沒有動，反而好像拿不定主意似的，看向了坐於上首的胡皇后。

胡皇后笑道：「本宮就是看著江姑娘格外清瘦，才特地命人準備了食補的好東西。江姑娘便是沒胃口，也多少用一些。其他人也是，對妳們的身子都有好處，莫要辜負了本宮的心意。」

胡皇后到底是後宮之主，江月也不好推辭，先起身道過了謝，又尋了個宮人，說想出恭，煩勞對方帶個路。

離席也就一刻鐘，江月再次回來後，把胡皇后特地準備的菜逐道嚐了一遍。

嚐完後她也是一陣無奈了。裡頭是一些類似蒙汗藥般會使人手腳疲軟、渾身無力的藥，若說有什麼特別的，大概就是裡頭的成分起效慢，大概得等到入夜時分才能發作出來。

白費了她方才特地去製的解毒丹。

最後她吃了安王妃推薦的冬瓜盅，更是一陣哭笑不得，裡頭也放了東西，正是解藥。

她再看一眼安王妃，安王妃還跟平時一樣，不多言、不亂看，臉上掛著和善溫婉的笑。

胡皇后這伎倆，先有荀凌華讓人遞字條報信，後有安王妃另外準備好解藥，早就不知道讓多少人提前洞察了，怎麼想都讓人覺得啼笑皆非。

午宴結束後，胡皇后這次沒再避回寢殿，親自陪著眾人看了半下午的戲。

初春時節天黑得早，到了天快黑的時候，晚宴開場。

在太監的唱喏下，皇帝帶著八皇子、二皇子和七皇子以外的幾個兒子登場。

此時距離中秋家宴不過半年，皇帝卻比那會兒衰敗虛弱了不知道多少，光是從宮殿門口走到座位上，都氣促了幾分。

後頭夜宴開始，皇帝沒動幾下筷子，就揮手讓人把他的碗筷撤走，起身準備離開，讓其餘人用自己的就好。

一場皇帝的壽辰宴，竟比中秋的家宴還要潦草。

而就在這潦草的收尾裡，外頭忽然喧鬧了起來——

先是警鐘長鳴，後是凌亂的腳步聲，擾亂了靜謐的春夜。

有金鱗衛腳步匆匆地進來稟報，說是有人集結了人馬，已到了宮門口，正準備破門！

皇帝一口氣差點上不來，跌坐回位子上，久久才回過神來，顫抖著嘴唇問：「是何人如此大膽？京畿營衛又何在？」

金鱗衛道：「已派人突圍去京畿營傳信，至多一個時辰，便會有援軍到來。」

「宮門前有多少人馬？」

「應有三千之數。」

皇帝鬆了口氣，總算恢復了一絲鎮定。自古皇宮都是易守難攻，宮裡當值的金鱗衛有上千，一千人憑藉地利守上一個時辰，並不是難事。

皇帝與金鱗衛交談時，殿內靜得落針可聞，幾乎所有人都不覺地放輕了呼吸聲。

趁著眾人的注意力都在皇帝身上，荀凌華悄悄地到了江月身邊。

「一會兒妳要跟緊我！」一臉肅然的荀凌華說完這句話後，將一支金簪遞到了江月手裡。

入宮需要經過搜檢，任何利器都不能攜帶，這金簪也不知道被打磨了多久，尾部泛著鋒利的寒光，勉強能稱為武器。

江月再看一眼旁邊老神在在喝著茶的安王妃，又想了想赴宴之前陸玨讓她安心的口信，便知道這宮變必然是變不起來的。

察覺到江月的視線，安王妃抬起眼，對她露出個安撫的笑。

江月沈吟半晌，想著這文、英、魯三家聯合上諫，應該只是第一步。那麼時下的動亂，或許也在他們三家的意料之中……喔不對，荀凌華對這件事好像也心中有數，那就不止三家，還得加上一個宣平侯府。

就在這時，卻看一個妃嬪忽然暈倒在地。

初時皇帝還煩躁地蹙眉，說她經不住事。

眼瞅著安王妃也歪在了自己的位子上，江月就順勢拉了荀凌華一起，同樣做無力狀。

隨著癱軟的女眷越來越多，皇帝也察覺到了不對勁！

他扯過身邊的太監擋在自己身前，呼喊著「護駕」。

金鱗衛忙著抵禦宮門口的外敵，只在殿外留下了一支小隊。聽到聲音，這二、三十人立刻進來，拔出刀劍護在皇帝身前。可很快地，他們也腳步虛浮、踉蹌，甚至有人還摔落了手裡的長劍，顯然也是中了藥。

皇帝大驚失色，想自己接刀劍，但也不知道是身體虛弱，還是太過駭然，雙手都沒舉得起來。

「父皇明鑒。」看皇帝防備著殿內所有人，陸玨並未上前，只是拱手道：「宮中的飯食都會以銀針試毒，所以大家應不是中毒，而是著了蒙汗藥之類的道兒。這是江湖下九流的東西，連毒都稱不上，銀針也試不出，發作出來後，至多一個時辰，就能不藥而解。」

「一個時辰?!一個時辰……」皇帝並未冷靜下來，反而雙目赤紅、顫抖著嘴唇反覆念叨著這幾個字。好半晌，殿內都沒有異動，而殿內的金鱗衛也才倒了一半，另還有十來人狀態如初，足夠應對這一屋子的女眷，皇帝這才略微鎮定下來一些，先讓一個手腳虛軟的太監去傳太醫，而後解下腰間信物，吩咐道：「小九，你帶過兵，上過戰場，朕現下委你統領金鱗衛，你速速去宮門處坐鎮！」

「是！」

江月靠在桌上，聽到這話覺得有些諷刺。

方才情勢還算好，只需要堅持過一個時辰，就能等到援軍來救，皇帝都沒想著把權柄分給陸玨，現下知道金鱗衛也讓人下了藥，守宮門變得困難起來，倒是想起陸玨了。

陸玨接過信物，快步出殿的同時，朝江月的方向看了過去。

二人的視線在空中相碰，他朝江月彎了彎唇，微微挑眉，而後便一臉凝重地出去了。

江月便也不操心什麼了，只用眼角餘光看著胡皇后——胡皇后雖同樣是佯裝中了藥，但若稍微細看一下，就會發現她寬大袖子下的手指在微微顫抖，也不知道是害怕，還是激動的？

大概過了兩刻鐘，太醫還未趕至，殿內倒是還安靜得很，因為除了狀態良好的十來個侍衛外，其他妃嬪、皇子妃甚至是殿內服侍的宮人，都已經發作起來，昏昏沈沈的，連慌張都表達不出。

「你們幾人留下。」皇帝氣促地指揮著幾個兒子，而後看向金鱗衛。「其餘人快把朕帶走！」說著就要帶著殿內為數不多、沒中藥的金鱗衛離開。

那幾個皇子連帶殿內其他人——比如生育過皇子的妃嬪，對皇帝還有所期待的，頓時臉色越發慘白。

二皇子和四皇子的生母淑妃便是其中一個，她流著淚，期期艾艾地喊了聲「陛下」，從椅子上跌了下來。

皇帝充耳不聞，半倚在一名金鱗衛身上，還未走出宮殿，卻見殿門突然從外頭闔上了！

同時，胡皇后身邊幾個方才還同樣委頓在地的宮人忽然暴起，從桌椅下抽出刀劍，頓時和金鱗衛拚殺起來。

變故就發生在眨眼之間，江月剛準備躲開一些，荀凌華比她還快一步，把江月從位子上托起來，讓她到角落裡躲著。

「護衛陛下！」安頓好江月之後，荀凌華大喝一聲，撿起一個侍衛的刀劍，加入了戰局。

加上了她，皇帝這邊一共有十二人，和作亂的宮人人數相當。

但他們得護著皇帝，束手束腳的，不覺間就落下風。

至於那些皇子，最擅武的陸玨一走，就更不值一提了。

一刻鐘的時間，金鱗衛身死的身死、負傷的負傷，連荀凌華的胳膊上都被砍傷了一道，讓宮人綁著，押到了胡皇后面前。

胡皇后恨鐵不成鋼地罵道：「凌華，妳不該啊！」

荀凌華哼了一聲，也懶得同她假惺惺地掰扯，乾脆撇過了臉。

皇帝又被「請」回了上座，他面如金紙。「皇后，妳這是在做什麼？」

胡皇后的聲音也帶著一絲顫抖。「都這樣了，陛下還問我做什麼？」

「妳糊塗啊！」皇帝強裝鎮定地道：「小八是朕唯一的嫡子，這皇位本就是他的，妳這是何苦讓他行謀逆之事？且不說援軍趕到，他坐不坐得上皇位還是兩說，即便是坐上了，背負的也是千古罵名啊！」到底是在龍椅上坐了半輩子的人，危險之際尚且有幾分急智，還知道說些真真假假的話，暫時穩住胡皇后。

胡皇后愴然一笑，笑得眼角的細紋都擠了出來。「陛下何苦騙我？傳位詔書上寫的是誰，陛下心裡難道不清楚嗎？」

「那不過是朕的權宜之計罷了！真到了行將就木的那一日，朕會——」

「會如何？」正說著話，殿門讓人推開，一個高大的男子先進來。

他身穿一身玄色鎧甲，臉上覆了一張厚重的鐵面具，也難怪金鱗衛來報的時候，兩次都沒說出逼宮的領頭人是誰。在夜色中穿戴成這樣，若是不出聲，誰能認出來？

江月倒是認出來了，不只認出說話的聲音是八皇子的，還認出他穿著的鎧甲正是陸玨在早先平叛時日常穿著的。

皇帝並未認出鎧甲，卻認出了八皇子的聲音，他既想發怒，又生生忍住，神色頓時變得十分古怪。「宮門尚未告破，你如何進來的？」

八皇子並不回答，也不摘面具，甕聲甕氣道：「您也別說什麼來日了，就現下把詔書改了吧！」

「老八！」皇帝忍無可忍地喊了一聲。「你怎麼敢……怎麼敢?!還有你們兩個……」皇帝看向八皇子身邊，另外兩個同樣藏頭露尾的男子。「以為不出聲，戴著面具，朕就不知道你們是誰了嗎？居然夥同陸瑾……」他急促地咳嗽起來。

八皇子哈哈笑了笑，揮手讓人把從養心殿取來的筆墨和玉璽放到皇帝面前。「您說什麼呢？我不是還在京郊養傷嗎？今日行謀逆之事的人是陸玨啊！他率領那些個賤民意圖逼宮奪位，這才有了給陸玨的傳位詔書。您放心，稍後我就會來救駕了，為您除去亂臣賊子，名正言順地繼承大統！」

皇帝被氣笑了。「你當這宮裡的人都是死的，外頭的人都是瞎的？」

「外頭的人瞎不瞎我不得而知，」八皇子抽刀出鞘。「但總歸這宮裡的人是都得死的。」至多再半個時辰，京畿營衛就會前來馳援，八皇子不再囉嗦，把刀架到了皇帝的脖子上。「您還是快寫新詔書吧！我也不會對您如何，來日您做太上皇，照樣能過現下這樣的好日子。」

看著橫在脖頸間的刀，皇帝不敢再詰問什麼，顫抖著手拿起了筆。

江月實在都沒眼看了，乾脆收回了視線。

幾息之後，皇帝落下最後一筆，只差蓋上玉璽。

八皇子略顯焦急地上前了幾步，拿起玉璽就要蓋上。

就在這時，只聽破空聲驟然響起，一枝利箭射向八皇子的後背空門！

放箭的也不是旁人，就是八皇子帶來的一個侍衛。

侍衛摘下頭盔，露出一張白淨昳麗的臉，嘲諷地笑道：「早知道八哥要用我的舊甲冑，我說什麼都得把那處破損給修補了，也不至於現在連一枝普通的箭矢都抵擋不了，可惜了。」

「你、你怎麼……」後背中箭的八皇子踉蹌了一下，半跪在地上，和前不久的皇帝如出一轍的震驚。「你不是在宮門口嗎？怎麼會混在我身邊，出現在這兒？」

陸玨笑了笑，沒答話。

只見方才中了藥、暈倒在一旁的十幾個金鱗衛忽然睜開眼，須臾之間就與八皇子帶來的數十個護衛纏鬥在一處。

至於前頭那些個宮人，雖人也不少，但經過一場惡鬥後，狀況並不很好，陸玨一人足矣。

「去抓那個商戶女！」八皇子吐出血沫子，惡狠狠地吩咐了一聲。

果然下一瞬，就有人邊戰邊退，朝著窩在角落裡的江月而來。

江月神色不變地將銀針捏在手裡。

比她更快的，是早有防備的陸玨，他立刻就抽出身來，將上前的人擊退。

半刻鐘裡，殿內的局勢再次發生了改變。

此時殿門也讓人從外頭打開，英國公、魯國公、文大人、宣平侯等群臣有條不紊地走進來，齊聲行禮道：「臣救駕來遲，還請陛下恕罪！」

皇帝依舊是一副驚惶模樣，想強裝鎮定地說些什麼，誰料剛開口還未出聲，就頭暈目眩起來。

那久宣不至的太醫終於及時到場，為他把脈、施針，穩住了他的病情。

「英國公、魯國公，今日之事交與你們二人審問……」神志潰散的皇帝甚至來不及細問來龍去脈，說完這句話便安心地昏睡了過去。

英國公先讓人把八皇子身邊二人的面具揭開，面具下頭居然不是江月以為的二皇子和七皇子，而是兩張陌生的面孔，只是身形與他們二人格外相似而已。

「我先送妳回去。」陸玨來到江月身邊，道：「時辰也不早了，母親她們該擔心了。」

確實，宮門口的動靜必然不是假的，江家距離皇宮也不算太遠，應知道了消息。再不回去，不知道許氏和房嬤嬤得操心成什麼樣？

江月微微頷首，跟著陸玨出了宮，但路上實在有些憋不住了。「我怎麼覺得今天這宮變實在是……」

「實在是有些簡單兒戲？」

江月說是。

「因為這本來就是大家陪著演的一齣戲啊！」陸玨枕著胳膊，話鋒一轉道：「若有人得了癰疽惡瘡，流膿不止，該如何診治？」

「該先刺破傷口，將膿液引出。」江月會意。

皇帝既不理朝政，又不肯放權，弄個儲君出來還得掩掩藏藏的，不肯直接昭告天下，故意想看幾個皇子互相猜疑，彼此爭鬥不休，京城紛亂不止。

江月上京滿打滿算才一年，前頭並沒有怎麼被奪嫡的風波影響，自忙自家鋪子裡的事。近來幾個月被影響得深居簡出、小心翼翼，即便是她，都難免生出一些煩躁。她尚且如此了，其他人難道不是？

兩家國公府、文家，連帶著差點被當了筏子的宣平侯，都是耿直之人，如何能眼睜睜地看著這亂局持續下去？

他們並不想造反，那麼便乾脆把「傷口」刺破。

「陸瑾那點小心思，瞞一個我尚且瞞不得，如何騙得過那些人精子似的老大人？他之前打著秋獮的名頭，訓練了那麼些人，後頭秋獮結束，那些人卻憑空消失了，這事早就都讓人看在眼裡了。他要逼宮、要下藥、要聯合其他幾派人、要收買京畿營衛……招數都是那些老大人玩剩下的，就由著他來。幾位老大人給他們大開方便之門，他可不是格外的一帆風順？這人呢，一旦太順了，可不是覺得自己做什麼都可以了？」

江月搖頭笑道：「你也別說旁人，他穿著你的鎧甲，還能在宮門不破的情況下直接出現在宮內，那『方便之門』，你也沒少給他開吧？」

陸玨一臉無辜。「鎧甲是小宅起火那日被人『偷』的，那些擅長挖地道的叛軍中人是他自己招攬的，而那些會武的宮人是胡家自己培養的心腹，潛伏在宮中久矣。」

江月設想了一下八皇子一黨以為志在必得、天助我也的同時，殊不知自己的密謀在旁人看來卻如同小孩子過家家一般，就覺得十分好笑。

笑夠了，她正色道：「方才那另外二人居然是陌生人，我還以為會是……」

「摘面具的時候，妳可能沒瞧見，陸瑾也是一臉的驚愕之色，怕是他也不知道面具底下是另外兩人。」陸玨伸了個懶腰。「所以也只有他以為的縱橫捭闔之術成功了而已，老二和老七根本沒相信他許諾的什麼三分天下。若他今日事成，他倆就會跳出來指證他，到時候我和他都是『逆賊』，就只剩下老二和老七相爭了。他們都不是嫡出，勢均力敵，再各憑本事，怎麼也比現下這局面好。若事不成，他們二人也可推脫並不知情，並未參與。不過麼，他們二人顯然也是打錯了主意，沒想到陸瑾這場逼宮是在各家眼皮子底下促成的，安國公和魯國公都不是眼睛裡能容沙子的人，就算拿不到證據，也會適當地在陛下面前提一提……」

江月聽完，想了想，說：「聽你的意思，老大人們做事的時候倒並未對你刻意隱瞞？」

陸玨說是。「他們在用行動告訴我，他們對陛下的容忍都快至極限，容不下再來第二個陛下了。」

江月斟酌了一番措辭。「其實我覺得，就臣子而言，這些老大人已經十分難得了。」她才跟皇帝接觸了幾次，都覺得無比的噁心和反胃。他們輔佐這樣的君主，輔佐了半輩子卻沒有生出不臣之心，真得誇一句陸家祖上積德了。

「想什麼呢？」陸玨好笑地伸手彈了一下她的額頭。「我答應過妳，努力做一個好人，哪裡就會報復回去？再說了，就陛下這樣的，他們都能捏著鼻子忍這麼些年，這種忠心之輩，都是祖上留下的餘蔭，若除去他們，我自己從頭培養，還不知道要花費多少手腳功夫，我也不是傻子，怎麼會做這種事？等往後，他們自然知道我和陛下不同。」

兩人說著話，馬車就到了江府。

宅門緊閉，但江月剛站定不久，大門立刻打開，許氏、房嬤嬤還有一眾女兵迎了出來。

「沒事，我好好的。」江月出聲安撫了她們。

許氏和房嬤嬤先把她從頭到腳打量了一遍，而後看向馬車。

陸珏撩開車簾，讓她們二人瞧了瞧，說自己身上沾了旁人的血，便不下車了。

後頭陸珏又回了皇宮，跟著一眾老大人處理尾巴。

第二十九章

這場宮變最終沒有鬧大，對外只宣稱是一些流民在宮門口作亂。而胡皇后和淑妃在內的幾個妃嬪，則是受了驚嚇，生了重病，不再管理六宮，閉宮養病。

沸沸揚揚地過了半個月，也不知道誰在傳，說早些時候傷了、病了的幾個皇子，傷病情況都不樂觀，藥石罔效，皇帝準備讓他們幾人去皇陵，祈求祖宗保佑。

在這多事之秋，皇帝分出了一些權柄交給陸玨，讓他跟著文大人學習處理政務。

那立儲傳位的聖旨雖還沒宣發，但即便是再不敏銳的普通百姓也知道，這位戰功赫赫的九殿下，應該就是來日的儲君了。

他在民間的聲望本就高，因此並沒有什麼反對之聲。

倒是朝堂上，一些大臣對他這不通文墨的武癡來繼承大統，表現得憂心忡忡。

陸玨也不同他們爭辯什麼，恰到好處地一點點進步著。

稍微展現出一些真本事，也就足夠了。畢竟對比的是當今，很多事情想做得比當今好一些，實在是輕而易舉的事。

風波終於徹底過去，京城裡恢復了昔日的安定。

江月也實在歇夠了，終於可以接著去做自己的事。

她先把醫學堂甲班的學生帶到醫館，看看過去月餘他們有沒有認真做功課。

一整個白日過去，江月對學生們的功課十分滿意，又逐個指點了他們一番，不覺就忙到了傍晚時分。

日頭西斜的時候，荀凌華來了。

她是來跟江月告別的，八皇子要去守皇陵，她作為皇子妃，也得一道前行。

「沒事，」荀凌華壓低聲音對著江月耳語，又把胳膊抬了抬。「我這傷也不是白受的。等百姓徹底忘了這樁事，陸八也就差不多活到頭了。陛下答應了我爹，來日可以把我接回京城。到時候我想住侯府就住侯府，想住皇子府就住皇子府，左右我本來也不想嫁人了，往後想怎麼過就怎麼過。」

她這般舒朗豁達，江月便也用不著勸慰什麼，笑著同她告別。

二月下旬，江月再次見到了安王世子。

過去的月餘時間，足夠江月在腦子裡把他的醫案過上許多遍，把所有需要用到的藥物備齊。

加上他左手的情況在江月這兒並不算多嚴重，也就一個下午，江月就切開了他的連指，疏理好了他的經絡，再給他敷藥包紮。

後頭每過兩日，江月還需要給安王世子換藥，順帶觀察一下經絡的情況，若有不對勁的，還需要再次疏理。

安王世子並不讓江月來回奔忙，到約好的時間了，就親自登門。

左右江月是京城出名的醫者，馬上就要成為他的嬸嬸，也不用擔心旁人亂說什麼。

這日是最後一次換藥，江月給他檢查過後，說：「恢復得不錯，這次不用上藥，直接拆掉包紮就行了。後頭只要注意一些，再勤加鍛鍊，不用多久就能大好了。」

小少年看著自己的左手，真的跟旁人的手沒有任何不同，連疤痕都不大明顯，不由得彎了彎唇，而後又有些希冀地問道：「那我的右手……」

江月除下他右手的手套，仔細診了一番，想了想，說：「近來我想了好幾個方案，但最穩妥的，還是一根根切開，等上一根恢復好了，再治下一根。整個過程加在一起，可能得需要個一年半載……你若心急的話，過幾日就可以試著切開第一根。」

正在這時，丫鬟通傳了一聲，安王妃親自過來接兒子了。

安王妃笑著進了屋，說：「過幾日怕是不行，還是等後頭他忙完一程子吧。」

「母妃！」安王世子難得地表現得有點跳脫，輕快地喊了她一聲。「您怎麼親自過來了？」

「從你外祖家出來的，離這兒也不遠，順道來接你。」

安王妃應完，眼神在兒子的左手上停留了一瞬，臉上的笑意又多了幾分。

「江姑娘，我並不擅言辭，大恩不言謝。這份恩情我們母子都記在心裡了。」

安王妃和安王世子不約而同地對江月行了個謝禮。

江月側身避過，彎了彎唇說：「治病救人本就是醫者的職責，我收了診金的。」

再過不久，就是江月和陸玨的婚期，江家下人都十分忙碌。

安王妃和世子也沒有久留。

江月送了他們母子去到二道門，安王妃讓她留步。

母子倆並肩往外走，安王世子不知道說了什麼，安王妃側過臉對他無奈地笑了笑。

而後安王妃握住世子的左手，像長輩牽引幼童那般，放慢了腳步往外走。

或許，這是母子倆第一次這麼開心的牽手吧。

江月看著，不覺也跟著笑起來。

只是這個笑還沒有維持很久，江月就被許氏抓進屋試嫁衣了。

皇子妃的嫁衣由禮部準備，江月近來比幾個月前豐腴了一些，前頭已經試過正正好的，現下便有些緊了。其實也不礙什麼大事，到時候幾頓飯少用幾口，也就又能恢復合身。

許氏卻不想她這次的婚禮有任何不稱心如意的，堅持一定得改到最合身的情況。

別管什麼醫仙、什麼皇子妃的身分，母親大人發了話，江月就還得再試。

嫁衣繁複，層層疊疊，穿戴了好一陣，最後許氏給她繫衣帶的時候，江月恍然想起安王妃方才的話。

她說安王世子馬上且得忙上一程子。

安王世子為皇帝所惡，且確實是得了怪症，十來歲了身上還沒有任何差事，前頭的幾次接觸裡，安王世子也提過他平時並不喜歡外出。

有什麼事是他一個處事低調的皇孫必須參與的呢？

江月從屏風後頭走出，感受著窗邊送來的暖風。

大抵，也只有至親的喪事了吧。

春暖花開，風和日麗，最是宜人不過的季節，宮中卻是肅殺一片，宮人皆低著頭、垂著眼睛，各忙自己的事。偶爾有相熟的宮人在夾道上碰面，也不敢交談。

就是在這樣的氛圍裡，陸玨進了宮。

自從天氣漸暖，皇帝便如何都不舒坦，寢殿裡就又用起了冰。

剛走到養心殿附近，便能察覺到陡然冷了一絲。

大太監恭敬上前，殷勤地道：「殿下日理萬機，看著比之前還消瘦，今日又穿得單薄，可要奴才為您尋一件大氅來？」

陸玨笑笑，說不用麻煩，又問：「父皇今日身體如何？」

問起這個，大太監也有些唏噓。皇帝去年時還好似一下子年輕了十來歲，但自從秋獮時受驚，情況就急轉直下。太醫院束手無策，短短幾個月，醫正的位置都換了好幾個人坐了。

等到正月末出了壽宴上的事，皇帝的境況就更不好了，每日清醒的時間少，昏睡的時候多，已經不是下床困難，而是連自個兒翻身都做不到了。

太醫雖不敢明說，但闔宮上下心理也有數，皇帝也就這幾日的活頭了。

但算是不幸中的萬幸，皇帝親眼見識過那亂象，總算知道不能再霸權，讓陸玨出面處理政務。陸玨一天十二個時辰幾乎都撲在政務上，進步速度驚人，連才剛出山的文大人都老懷寬慰，近來這前朝，倒是比皇帝全盛時期還太平祥和不少。

是以大太監也不敢提皇帝的具體狀況，只笑道：「託殿下的福，陛下今日精神不錯，方才李美人來探望，正跟陛下說著話呢！」

都死到臨頭了，皇帝清醒的時候又那麼少，居然還能跟新晉的妃嬪說話，而不是安排自己的身後事。

陸玨習以為常地站住了腳，想等著李美人出來再進去。

反正現下這闔宮上下的動靜，幾乎都會自發地傳到他耳朵裡。皇帝和李美人現下在殿內說的私語也是一樣。

那大太監又道：「倒是有一樁事，需得殿下定奪……也不是旁的，就是冷宮裡的那位，好像得了瘋病。」

宮變的事情並未鬧得人盡皆知，胡皇后對外只說是在調養身體，其實已經挪出坤寧宮，住到了冷宮裡。

好。

她到底還是皇后，宮人也不敢對她做得太過分，但也沒人會在這檔口上趕著去服侍、賣好。

陸玨在大太監的引領下，到了冷宮外頭。

隔得遠遠的，就聽到胡皇后在裡頭聲嘶力竭地大喊大叫。

一時喊「本宮是中宮皇后，誰給你們的膽子關著本宮」，一時又喊八皇子的名字，哀哀戚戚地求著「陛下，虎毒不食子啊！瑾兒是咱們的兒子，您饒過他吧」，一時又癲狂大笑，說自己馬上要進宮了，看著還真是瘋得不輕的樣子。

陸玨再次頓住腳步，對著大太監耳語了幾句。

半晌之後，他獨自提著食盒進去了。

只見雜草叢生的破敗宮殿裡，形銷骨立的胡皇后正蓬頭垢面地坐在院子裡，一邊天真爛漫地癡笑，一邊嘴裡嘟囔著說「皇后娘娘病啦，等我進了宮，要給陛下生個兒子，我要當繼后」，陸玨看了她半晌。

她的眼逐漸回神，突然站起身，跌跌撞撞上前，撲通一聲跪到陸玨腳邊。「陛下！陛下您來看妾身了？陛下饒了妾身，饒了咱們的瑾兒吧！」

陸玨神色不變地在石桌上放下食盒，取出裡頭的肉粥和小菜。

「陛下對我真好，妾身真的餓了，每天都好餓！」她笑著坐到桌前，連筷子都不拿，捧著碗大口喝粥，用手抓著小菜吃。

「皇后娘娘，」陸玨理著袖子，看著胡皇后，似笑非笑地道：「不會想著裝瘋就能撇清抄家滅族的大罪了吧？」

胡皇后好似根本聽不懂他的話，自顧自心滿意足地大口吃喝。

「娘娘怕是還不知道吧？陸瑾不久前就已經動身離京，前往皇陵祈求祖宗保佑了。陛下的意思，是不想讓他養好『傷病』了。可惜了，您現下又瘋了，怕是母子再沒有團聚的時候。還有您的母家，三城經過數年戰亂，正是百廢待興的時候，定安侯去駐守邊境再合適不過了。當然了，他老人家年紀也大了，還得闔家跟著去服侍照顧才成。那地方常年盤踞各方勢力，也不知道老侯爺、老夫人能堅持得了幾年……」

胡皇后已經喝光了一碗肉粥，正不顧形象地抱著碗舔舐，對陸玨說的話充耳不聞。

「看來真的是瘋了。」陸玨煩躁地「嘖」了一聲，揮著袍子起身，喊了宮人進來，讓宮人把碗碟收拾了。

冷宮的宮人和宮殿一樣，都透著一股腐朽的味道，常年面無表情的人努力想賣個好，一邊手腳俐落地從胡皇后手中搶過碗碟，一邊殷勤地道：「殿下宅心仁厚，還特地從宮外帶飯食過來。這碗碟好生特別，上頭的印記奴才還從未見過。」

「是皇陵的印記。」陸玨依舊是宮裡出了名的好性情。等宮人走了，還十分有耐心地對著胡皇后和煦笑道：「咱們娘娘就喜歡母子相食的情景呢！放心，這皇陵裡的『肉』常有，足夠娘娘吃上很久了。」

胡皇后的神色飛快地變化了一瞬，雖努力鎮定下來，但還是不可自抑地泛起了噁心，乾嘔起來。

陸玨早就知道她突如其來的瘋病多半是假的，此時也不見怪，淡笑道：「娘娘這戲還得再排演排演，下次得空我再來看您的新戲。」

胡皇后不再裝了，憤恨地咬牙切齒，想要咒罵，陸玨伸手直接卸了她的下巴。

陸玨從冷宮出來的時候，大太監還等在原地。

聽到裡頭的胡皇后嗚咽不清的聲音，都不用陸玨說什麼，大太監立即從善如流地唏噓道：「娘娘這瘋病怎地這般厲害？這是把自己的舌頭弄傷了啊！唉，現下陛下龍體欠安，也不知道太醫何時能抽出空來給她診治……」

這宮中自古都是拜高踩低，陸玨只提了一句。「不要讓她死了。」

死也就是一瞬間的事情，實在是太過簡單了。

江月不想他造殺孽，那就不造好了，畢竟等到來日八皇子「病故」，胡皇后還得白髮人送黑髮人呢！

處理完這樁事，陸玨再去養心殿時，李美人已經離開。

陸玨現下已經不需要通傳，直接就進了殿內。

「什麼人？」龍床上的皇帝如同驚弓之鳥一般，立刻強打起精神睜開眼睛。見到來人是陸玨，皇帝才鬆了口氣。過去他一直不肯放權，就是擔心自己還未死，兒子就爬到自己的頭上，那是絕對不能容忍的。但過去這段時間，陸珏在他面前依舊恭敬，他偶然問一些外頭的事，陸珏也是知無不言、言無不盡。連日前文大人、英國公等人來探望，對他也是讚譽有加，說他勤勉好學，頗有先太子之風。要是從前，聽到那些話，皇帝又該疑神疑鬼了。然而現下，皇帝隱約也知道自己時日無多。人之將死，操心的就不是旁的了，就擔心到了九泉之下，無顏面對陸家先祖。因此皇帝雖有幾分不悅，但還是和顏悅色道：「是小九啊！怎麼不讓人通傳？」

陸珏歉然道：「以為父皇睡著了，只想著悄悄進來瞧您一眼而已。」

皇帝便沒再說什麼。

陸珏拿出隨身的摺子，例行公事一般開始稟報他這段時間略顯棘手的政務。

皇帝從小只要一聽這些就開始犯睏，都不到半刻鐘，差點就要直接睡過去了。

好不容易等到陸珏說完，皇帝開口道：「好，你處理得不錯。不枉費朕苦心孤詣，一早就開始栽培你、磨練你，屬意你繼位。希望你往後也不要辜負朕的厚望，辜負祖宗基業。」

就這麼幾句話，皇帝就說得十分緩慢吃力，連呼吸都急促了幾分。

陸珏並不把他這假話往心裡去，看夠了他這副苟延殘喘的模樣，就準備離開。「那您好好休息。」

「慢、慢著。」皇帝努力撐開眼皮。「有兩國公、有文大人，朕不擔心你旁的，倒是有一樁事，朕覺得不妥。」他費力地喘了幾口粗氣，接著命令道：「商戶女……不可為后！明日朕會宣文大人進宮，讓他……讓他為你重新物色。」
陸玨腳下頓住，奇怪地「咦」了一聲。「這不是您御賜的婚事嗎？」
「當時……當時……」才剛說了早些一切都是為了磨練栽培陸玨的皇帝，一時間也有些被問住了。
陸玨不緊不慢地道：「還是說，父皇當時賜婚的時候，甚至立下傳位詔書的時候，還未屬意我繼位，是近來被逼得無奈，才改了主意？」
「放肆！」
一時間，落針可聞的殿內，只聽得到老人如拉風箱一般的喘息聲。
「還有一樁事需要父皇知道，」陸玨在床沿上坐定。「也不是旁的，是關於丘黎族的『聖藥』。」
正在氣頭上的皇帝驀地來了精神，其實去年時他就心有所感，覺得自己時日無多，這才不顧陸玨的第二封軍報，強行服藥。
果然，很長一段時間內他都十分康健，龍精虎猛，若不是先後兩次受了驚嚇，他也不至於變成現下這副模樣。若是有新藥，是不是說他不會死了？
皇帝一把抓住陸玨的手。「你尋到新藥了？」
陸玨卻並不回答，而是說故事一般，將關於蠱蟲的那些真相說給他聽。
在皇帝驚恐萬狀的目光中，陸玨遺憾地嘆了口氣。「早跟您說了，那藥不是好東西，您怎麼就偏不信呢？」

「你……你……」皇帝怒氣攻心，嚅動著嘴唇，半晌都沒有說出一句完整話來。

陸玨體貼地道：「您是想說，若不是我語焉不詳，您也不會服下那藥是不是？」

皇帝根本回答不了，只能瞪大眼睛，以此來傳達自己的怒火。

「說來也是多虧了那蠱蟲，不然按著您從前對我的厭惡，何至於讓我坐到現在的位置？也多虧了您看不上的商戶女，她醫術超絕、妙手回春，能治人所不能治，這才有了現下全鬚全尾的我，不然我如今的境況怕是也不會比您好。」

「讓她……讓她來……」

陸玨神色恭敬地為皇帝掖了掖被角，體貼地道：「放心，您既不喜她，我是絕對不會讓她來為您診病的。您就安心在這兒躺著，躺到最後一絲生氣衰絕吧。」

皇帝面如金紙，掙扎著想要爬起身，卻根本無力坐起，最後只能狼狽地從床上滾到地上，像脫水的魚一般張大了嘴。「逆子、逆子……來人、來人！」

他耽於享樂多年，養心殿不知道翻新過多少次，又為了不讓人聽到他在寢殿裡同後宮妃嬪尋歡作樂，門窗及牆壁都讓宮中匠人做了處理，隔音甚好。

陸玨依稀記得極為年幼時，還對這位生身父親存有希望，曾經也大著膽子跌跌撞撞地跑到這處，想對皇帝訴說滿腹委屈，想讓他為自己作主。

即便宮人把他攔住，他也是很執拗，非要在門外一迭連聲地呼喚父皇不可，喊到嗓子嘶啞了，才有小宮人不忍心地告訴他這件事，讓他不用白費力氣了。

稚童的呼喊聲尚且如此，現下這點微小的響動更是如此，根本不會傳到任何人的耳朵裡。

陸玨坐在床沿沒動，看著皇帝布滿溝壑的臉一點一點地失去了顏色，最後唇邊吐出一口鮮血，氣絕而亡。

這年三月中，皇帝因病駕崩，舉國服喪。

封存於鐵盒的立儲傳位詔書被公之於眾，新帝陸玨接手政務，服喪二十七日後，正式繼位。

大熙的規矩，國喪期間，挨家挨戶都得掛上白幡，百日內不准作樂，四十九日內不准屠宰，一個月內禁止嫁娶。

於是，江月和陸玨本來近在眼前的婚期，也只能延後。

這期間若說最忙的，當然就是陸玨——舉行登基大典之前，就已經開始承擔起新帝的責任，操持先帝的喪禮，還得徹底把先帝留下的爛攤子接手。

先帝駕崩得突然，自從那日之後陸玨就未再出宮了，只讓人傳了信，說了他後頭要忙的事情和婚期延後。

江月收了信，心也就落回了肚子裡。

這下子是再沒有什麼好擔心的了。

到底是國喪，江月也不好在面上表現得太高興，就親自帶著學生在醫館裡坐診了幾日，以治病救人來偷偷慶祝。

說也奇怪，平日裡百姓只要聽說她親自過來，消息傳得飛快，來求診的病患便會絡繹不絕，比平時只有幾個坐診大夫的時候要多上許多人，但這幾日藥鋪裡卻是十分冷清。

等江月帶著人到了，那本在排隊問診的病患更是連忙縮了脖子、低了頭，一副誠惶誠恐的樣子。

見到這情形，她也就明白了。

陸玨的身分水漲船高，她和陸玨的婚事又是先帝御賜的，不可能更改。

皇后和皇子妃，在時下雖不至於是雲泥之別，但還是截然不同的。

她問過了掌櫃，原來也不只是她親自來的日子，是自從先帝駕崩後就這般了。

等到了義診的日子，江月依舊親自坐鎮。

這日同樣門庭冷清，倒是有個小乞丐被幾個同樣半大不小的少年抬了過來。

小乞丐捂著肚子痛叫，江月在藥鋪子裡頭就聽到了響動。

可是響了半晌，門口卻不見有人進來。

江月出去一瞧，原是那幾個小少年被人攔住了，對方正勸阻著他們——

「你們是不是傻了？這是未來宮裡的……咱們平頭百姓的，憑啥讓娘娘給咱們瞧病啊？

要是在這檔口過了病氣給娘娘……聽我一句，還是去別的醫館吧！」

乞丐的消息遠比尋常人靈通，他們能不知道這個？

其實他們心裡也有些打鼓，但他們無父無母地一道長大，跟親兄弟一般無二，之前好不容易湊了點銀錢，尋了個大夫給他們的兄弟診治，那大夫卻說治不了，只能開些湯藥減輕痛苦，讓他們早做準備。幾人也是走投無路，又恰逢江記藥鋪義診這日，湯藥的效果退去了，他們兄弟的腹痛又發作得越發厲害，這才大著膽子到了這裡。

幾個半大少年一時也有些沒主意，就一起看向領頭那個十五、六歲的少年，讓他來拿主意。

正當幾人游移不定的時候，江月開口道：「快進來吧！」

她親自出來了，那個勸阻他們的路人就立刻退開了。

他也算是一片好心做了壞事，因此江月也沒同他計較，讓夥計幫著把槅扇開到最大，方便他們把人抬進來。

他們日常都風餐露宿的，不只衣著髒污，身上也有股難以言說的氣味，因此把破門板擱下之後，幾人都很自覺地退到了幾步開外。

江月蹲下身，先給腹痛的小乞丐搭脈，其他幾個學生也跟著一道蹲下——江月日常的教學方法，就是她先診脈，而後讓其餘人依次來診，再一一說出自己的判斷和醫案，她再指出其中的不足和疏漏。

江月飛快地搭完脈，又伸手輕輕在他腹部按壓，找到具體疼痛的位置，詢問了疼痛的天數。

「是急性腸癰，拖不得了，得立刻切除才成。」江月給出了結果，已經讓人開始準備需要的東西。

幾個乞兒雖不通文墨，但「切除」的意思還是能理解的。

有人打了個寒顫，顫著聲音跟為首的那少年耳語道：「大哥，六子這是得開膛破肚？」時下的人都敬畏這些，覺得若是身體被切除了一部分，下輩子可成不了完整的人了！

為首的少年瞪了他一眼。「這輩子還沒有著落呢，想什麼下輩子？按你想的，那六子這病就不治了，直接等下輩子投個好胎唄？」

熬煮麻沸散和收拾診室需要幾刻鐘，江月讓學生依次感受脈象，正好聽到了他們的爭執，就十分有耐心地讓人拿來繪了人體經絡和穴位的圖紙，同他們解釋了要切除的地方，道：「這處本就無用，真要下輩子生來就沒有，那反倒好。」

那個腹痛的小乞兒被江月施了一針，暫緩了疼痛，掛著滿頭的冷汗出聲道：「我相信醫仙娘娘，下輩子我是再也不想受這種痛了。」

他本人都這麼說了，其餘人也就不再說什麼。

「切除的時候我這幾個學生都會進去觀摩，作為回報，診金不收，後續的湯藥費也減半。若還有不夠付的，就讓你幾個哥哥幫著幹幾天雜活抵帳吧。」

江記藥鋪的價格本就公道，童叟無欺，而且能用平價藥的地方也都用平價藥，減半之後，即便是他們也能湊出來，更別說還能做工抵帳了，因此幾個乞兒都沒有異議。

江月和學生們換上鋪子裡日常備著的乾淨白色對襟外衣，包好頭髮和口鼻後進了診室。

也就兩刻鐘左右，江月就切除了病灶。

最後的縫線工作，江月交給了一個學生來做——名叫曲瑩的醫女。她從前並未接觸過瘍醫科，是到了江月身邊後才開始學的，學習的時間還不算長，但她有一手好女紅。之前江月讓學生們在豬皮上練縫線，她沒多久就上手了，縫出來的傷口都不比江月差多少。不像有些個沒天分的，練了半年、一年的，還動不動就縫出來一條「蜈蚣」。

因為小乞兒的腸癰已經拖了好一段時日，腹內腫脹，腹部的傷口不小，足足有兩寸。

曲瑩還沒縫過這麼大的傷口，不覺就有些緊張。

「手別抖，跟平時一樣就好……」

蔣軍醫趕過來的時候，曲瑩已經在江月的鼓勵下縫好了傷口。

他看著那縫得堪比繡品的傷口，皺著臉嘟囔道：「怎麼不等我啊？」

時下的百姓幾乎都信奉小乞兒提過的那說法，沒人會有魄力同意開膛破肚，之前也未遇過這種不開膛立刻就會死的急症，所以江月也都尊重患者的意願，因此說起來，這還是鋪子裡第一次嚴格意義上的動刀子。

「今兒個不是你休假嗎？而且他的病症急，實在不好再拖。」江月讓人分派人手在裡頭守著，出來淨手。

蔣軍醫自然也知道要以病患為先的道理，倒是沒再說什麼，只是一邊脫下剛才臨時套上的白衣，一邊接著嘟囔說：「早知道就不休沐了！天道酬勤，古人誠不欺我啊！」

江月好笑地抿了抿唇，用日常哄小星河的口吻保證道：「我這不是想著前頭我在家裡待了好一陣子，都是你在帶他們，怕你累過頭了，近來才勸著你多休沐嘛！好啦，下次一定不勸你了。來日方長嘛，往後什麼樣的病患都能見到的。」

蔣軍醫這才沒再惋惜什麼。

師徒二人從後院回到鋪子前頭時，就看到門外站了不少人，都是聽說江月今日要給人開膛破肚，過來瞧熱鬧的。

江月從前就並不擺什麼架子，附近好些個有慢性疾病、時常出入藥鋪的病患，都和她有些交情。換成從前，他們看鋪子裡沒有其他病患，肯定早就來詢問一嘴了。但今兒個他們只在外頭，把送人過來的幾個少年圍在中間問個不停。

江月出來後，和那幾個少年說清了情況。「他應還有半個時辰左右才能甦醒，傷口不小，需要在鋪子裡住個三、五日。」

幾個少年看江月他們方才都特地換了衣裳才進去診治動刀，此時也就沒說要立刻去探望，而是恭恭敬敬地行禮，然後說回去湊上半份湯藥錢，就離開了。

有個腿腳不好的大娘，姓李，就住在附近，每逢陰天下雨就來江記做推拿和艾灸的。她實在忍不住了，慢慢地走到江月身邊勸道：「您怪我老婆子多嘴吧，我們都知道您是醫者仁心，濟世為懷，但是來日您……即便您不介意這些，但……」但是若皇家介意呢？他們也不想江月為了給普通百姓治病，而自己受了連累。

「我們殿下就不是那樣的人！」蔣軍醫出聲道：「我師傅從前在三城的時候，什麼樣的傷兵沒治過？缺胳膊斷腿的，那都是常態，都是在殿下眼皮子底下進行的。」

「你也說是『從前』了。」

「是啊，昔日是殿下，來日可是……這男人啊，登了高位就容易抖起來，更別說是那個位置。說不定往後就只想把醫仙娘娘關在深宮內院裡呢！」

「那不然……醫仙娘娘給人看病的時候挑選一下，只治女子？」

街坊四鄰頓時七嘴八舌起來。

知道他們是在替自己操心，儘管這份操心是有些多餘的，江月還是感受到了好意。

她正要開口，就聽見一道朗潤的男聲道——

「醫者面前無男女，病人就只是病人，何須分什麼男女？」

眾人不約而同地循聲看去，就見一名身著白袍、面容昳麗的男子，不知道何時出現在人群後。

陸玨之前並沒怎麼來過醫館，因此許多人都不認得他，但他已經不需要再掩藏什麼，通身難以言說的氣度便讓人不敢輕易靠近。

在眾人生亂之前，江月提起裙襬快步迎了上去。

陸玨牽起她的一隻手，扶著她上了停在街口的馬車。

「怎麼現下有空過來了？」江月把他細細地打量了一番，他近況看著不大好，瘦還是其次，現下眼睛裡更全是紅血絲，眼底青影濃重，不知道多少天沒合眼了。一邊詢問，江月便一邊給他搭了個脈。

陸玨乖乖地由她診脈。「再不過來，百姓們要以為我是登了高位就抖起來了。」

江月好笑道：「回京之後你鮮少露面，他們不明就裡，按著其他男子的行徑猜度你而已。」說話的工夫，她也診完了，幸好，陸玨的體質異於常人，從脈象看只是輕微的疲累，好好休息幾日就能徹底緩過來。「身子再好也得休息。」江月捏了捏他有些硌人的腕骨。

陸玨輕輕應了一聲，說：「我只能出來一會兒，說完正事就得回宮了，會好好睡一覺的。」說著話，他將聖旨交到了江月手上。

需要給江月的，那自然只有封后的聖旨。江月驚訝道：「這麼快？」

國喪滿二十七日後，陸玨才能舉行登基大典，而後才能封后。

「不快了。」自己簽發的聖旨，陸玨隨意就打開給她看上頭的日期。「我把登基大典的日子延後了幾天，再把立后的日子提前了幾天，併在了同一日。」

「文大人他們同意了？」

陸玨歪了歪頭，活動了一下僵硬的脖子。「一開始不同意，說萬事都得有個先後，再急著立后也不必急在同日進行，讓百姓聽說了，還當咱們大熙往後是帝后同治。尤其是禮部尚書那小老頭，在我面前哭了好幾次，說辦不了，實在是辦不了。」

江月頷首道：「先帝就是耽於女色，掏空了身體，他們自然擔心你重蹈覆轍。禮部尚書也是情有可原，畢竟那些流程都得他來操持……你是怎麼說服他們的？」

「文大人他們還好說，我跟著他們學了一段時間的政務了，近來也在處理先帝留下的爛攤子，有先帝作比，他們對我的觀感很不錯。我也不提我就是存著要昭告天下、帝后同治的想法，只提咱倆的婚事是先帝在時的旨意，胡謅了幾句說先帝臨終前提過，想看我早日成家，他們也不好多說什麼。畢竟來日我為君，他們為臣，也不好鬧得太僵。倒是禮部尚書……」說到這兒，陸玨無奈地彎了彎唇。「這小老頭哭是真哭，比星河還能淌眼淚，我也不好說什麼重話，就好聲好氣地說流程上可以精簡掉一部分，煩勞他近來辛苦一些。他看到我現下這番模樣，自然也不敢稱什麼辛苦，便應承下來了。」

江月瞥了他一眼，敢情他現在這副累得隨時會倒下的模樣，也是刻意為之？

十日之後，大熙迎來了新帝后。

登基與立后在同一天舉行這種事，大熙開國以來，還未曾有過。

好在登基和立后的流程都是有據可查，更好在新帝和先帝是兩個模子的行事風格，不講究什麼前無古人的排場，禮部尚書這才趕著弄出了一個像樣的大典。

確定好流程之後，宮裡來了一些人到了江家，既有教授禮儀的老嬤嬤，也有幫著江月收拾要帶進宮去的東西的宮人——陸玨之前特地說過，不會讓許氏和房嬤嬤白忙一場，所以她們先前準備的那些嫁妝，今遭都被清點裝箱，抬進了宮裡。

當日一早，陸玨先完成了登基的儀式，從丹陛上到殿前高處。

後頭他立刻頒出立后的詔書，江月坐著彩輿從奉天門過來。

等下了彩輿，禮官上前相迎致辭「茲冊江氏女為皇后」云云。

女官上前為江月提起裙襬，她也上丹陛，站到了陸玨身邊。

文大人作為主婚人，還得致辭一番。

他老人家才學高，自己擬的賀詞，雕文織采，辭藻瑰麗。真正的含義，其實和喜娘說的吉利話大差不差，不外乎就是希望帝后和睦，早日開枝散葉之類的。

等他說完，帝后並肩而立，接受文武百官的跪拜，而後再完成祭天禮，入夜前款待群臣，到了天黑時分，儀式才正式結束。

在江月看來，一整日的流程跟在南山村那場婚禮大差不差，只是規模和賓客不同罷了。

喜宴散去之後，陸玨陪著江月一道去了坤寧宮。

裡頭的佈置擺設煥然一新，胡皇后的東西都悉數被清掃乾淨，不再見什麼繁複的擺設，全是按著江月的喜好，整體佈置以雅致簡潔為主。而許氏和房嬤嬤給準備的婚禮用品，都已經被歸置好了。

女官呈上合巹酒，兩人一道喝了，女官和宮人便退到了門外。

陸玨站起身就開始給江月拆珠冠。

戴了一整日的珠冠，江月脖頸發痠，為了方便他盡快拆下來，她還是堅持著擺正了腦袋。

抬眼，她看到的是陸玨胸口栩栩如生、不怒自威的金龍。

再往上一點，是他瘦削的、線條硬朗的下顎，以及微微上翹的薄唇和挺直的鼻梁。

不知不覺之間，他已經褪去了少年時本就為數不多的稚氣，少了些雌雄莫辨的氣質，多了幾分俊朗，成了青年模樣。連脖梗間的喉結，都變得凸出了一些。

很難想像，當年山洞裡偶然相遇的少年，和她一路走到了現下。

陸玨垂眼，看到的便是與平日截然不同的江月。她日常只愛淺淡素色，也未施粉黛，今日這樣的場合，她穿的是正紅色的禮服，還有女官和宮人專門給她上妝。濃重的紅衣，墨雲似的頭髮綰成高髻，白淨的臉上簡單敷了粉，掃上了一層薄薄的胭脂，眉也恰到好處地描了一番，真正的眉如遠山含黛，目似秋水橫波。少了幾分清冷，美得盛氣凌人。

只是那雙秋水橫波的眼睛裡，現在有些渙散，它的主人不知道魂遊到了哪裡。

陸玨輕笑一聲，柔聲問她。「看妳席間都沒用什麼東西，累著了？」

江月回過神來，說還好。「一整日都沒怎麼走動，所以也沒覺得餓。」反正四下無人，她也不掩藏什麼心思，想到了什麼就說什麼。「只覺得今日的流程說起來，其實跟咱們在村子裡那次，本質上也無甚差別。」

就是二人一道經過一連串的流程，聽上一車的吉利話，然後招待賓客罷了。

陸玨手下輕柔的動作不停，帶著笑意道：「這話也只咱們自己說說，若文大人知道妳把他老人家和喜娘作比，說不定得氣成什麼樣。」

「文大人那賀詞寫得是真好，好些詞我聽都沒聽過，看來也是花費了心思的。」

兩人隨意揀了些話說，那十數斤的珠冠總算卸了下來。

江月耳後殷紅一片，像透著血色一般，陸玨見了不覺就蹙眉道：「都讓禮部一切從簡了，只沒想到這髮冠還這麼重。」

他不提還好，這麼一說，江月也覺得頭皮連帶著耳後有些火辣辣的疼。

陸玨喚來宮女，讓宮女服侍她沐浴更衣。

江月還是不大習慣讓陌生人服侍，便只讓她們在屏風外頭服侍。

她褪下禮服，寬衣解帶，坐到了浴桶中，溫度適宜的熱水驅散了一身的疲累。

等她洗完，披上柔軟的寢衣，宮女上前為她擦拭頭髮，塗抹香蜜，整理衣襬。

江月都不用自己抬手，很快就被原樣送回了寢殿。

陸玨也洗漱妥當，散了頭髮披在腦後，正坐在臨窗的榻上翻看奏章。

聽到江月的腳步聲，他抬頭對她笑了笑，伸手說：「來。」

江月順勢搭上他的手，坐到他對面。

他手邊擺著一個藥膏盒子，先打開讓江月瞧過，得了她的認可才給她上藥。冰冰涼涼的藥膏塗到耳後，江月舒服得喟嘆一聲，眼神落到了小桌上。

奏章這種東西她也看不懂，見他有事要忙，乾脆也找了事情做——許氏給她的陪嫁裡頭，放了不少醫書。絕大部分她在家時已經看過，但有一些這方世界獨有的理論，非幾日就能徹底吃透。

榻邊的博古架都被書架替代，那些書都整整齊齊地擱在架子上，十分方便取用。

江月隨手拿了幾本，翻看起來。

直到月至中天的時候，陸玨才合上奏章，擱了筆，歉然道：「這些事務都有些棘手，現下看完想好了，明日早朝上才能給出批覆。悶著妳了，耳朵還疼嗎？」

江月合上書，說不會。「本也不算什麼傷，上過清涼舒緩的藥就不疼了。萬事開頭難嘛，老大人們本就對先帝心懷不滿久矣，就等著從你身上看到新氣象，這檔口確實得越發勤勉一些，我知道的。」

兩人都忙完了，便到了上床安寢的時候。

嶄新的千工拔步床，宛如一個單獨的小房間，自成一方天地。

那床榻上更是寬闊，不比江家老宅的磚炕小。

兩人月餘沒好好說上話了，陸玨雖隔幾日就會使人問一問江家的事，但還是想親口問問她近來過得好不好？有沒有遇到什麼事？

江月一邊習慣性地捉了他的手腕搭脈，一邊隨便揀了些事情說與他聽。「別的都還好，就是寶畫直哭來著，說也要跟我進宮。我想著宮裡規矩大，她自小又沒離開過嬤嬤一日，進來了怕是不習慣。總不能讓她為了我而母女分離，就沒有應承。」

寂靜的深夜裡，帶著花香的、溫熱的指尖落在腕上，陸玨只覺得有些燥熱，但還是耐著性子道：「不若讓嬤嬤……」說到這兒，他自發性的頓住。

房嬤嬤不放心許氏，許氏又不放心小星河。一大家子都住進宮來也不是不行，畢竟皇宮裡最不缺的就是地方。

只是皇宮這地方易進難出，還人心難測，不若住在外頭鬆快自在。而且寶畫比江月還大上幾歲，再不說親就真的晚了，房嬤嬤近來已經在操心這個了。

「我跟你想的一樣，想著讓他們還住在家裡是最好的，我多去瞧他們就好……我是可以出宮的吧？」

「那是自然。」陸玨理所當然地道。「妳是和我同一天登位的皇后，誰敢攔妳？回頭我再送塊牌子去，母親他們便也能隨時進宮來。」

江月笑著「嗯」了一聲，又不禁伸手捏了捏他的腕骨。「陸玨，你心跳得好快啊，你在想什麼？」

少女帶著笑意的聲音輕如羽毛，撓在了他的心頭上。

的。你也知道，對不對？」

「江月！」

江月第一次聽到陸玨有些惱羞成怒地喊她的名字，她把臉埋在鬆軟的枕頭上，忍住了笑，才又接著道：「我前頭只說今日婚禮和前一次有些相似，但我心裡知道，這次是不同的。你也知道，對不對？」

「嗯。」他應了一聲，反扣住她搭在自己手腕上的手，十指相扣。「我知道的。」

這次不再摻雜任何的利益交換，只剩下彼此的心甘情願。

他用另一隻手扯下帷帳的掛繩，將長明的燭光徹底隔絕在外，而後湊到江月身邊俯身。

笨拙的、稚嫩的、小心翼翼的，甚至帶著一絲虔誠的一個吻，落在江月唇間。

彼此的呼吸交融在一處，江月也並不懂如何回應，只是本能地仰起脖子，回應著他。

繾綣的一個輕吻，陸玨的呼吸卻急促了好幾分。

「睡吧，忙了一整日了。」他努力平復了呼吸，撤回身，躺回自己的枕頭上。

「……你累了？」

「我還好。」陸玨閉著眼睛，還在平復心緒，回答完才反應過來自己好像被質疑了？他再次有些羞惱地睜開眼道：「我是覺得妳累了！」說完便再次俯身垂首，重重地親吻下去。

夜色濃重，夜風從窗欞間吹進殿內，燭火搖曳，人影幢幢。

門外守夜的幾個宮女相視一笑。

也沒過多久，殿內徹底安靜了下來，她們隱約聽到了皇后娘娘溫柔的嗓音響起，好似在一本正經地寬慰說「沒關係，這很正常，都是這樣的」。
下一瞬，素來以好脾氣聞名的陛下就咬牙切齒地凶了她。
「閉嘴！」
過沒多久，裡頭又傳來響動。
幾個宮女不敢再細聽，面紅耳熱地退遠了一些。
直到天邊泛起蟹殼青的時候，殿內的響動才徹底歇了。

三朝回門這日，陸珏特地提前了一些時間散朝，抓緊在午前處理掉棘手的政務，陪著江月回江家。
兩人都不講究什麼排場，更不擔心輕易遇刺，換身衣裳，帶上兩個會駕車的宮人，就出了宮。
雖按著時下常理，進宮後的女子是不會回門的，更別提還是皇帝親自陪同。
但這日一大早，許氏和房嬤嬤還是忙碌起來，置辦吃食。
等江月和陸珏到的時候，家裡已經準備好了酒水和席面。
回到江家，不只江月放鬆，連陸珏都鬆散不少。
兩人喊完了人，就直接親熱地挨著許氏，一左一右地落坐。
「阿玉也真是瘦了，可是處理政務太辛苦了？」許氏還是習慣性地用從前的稱呼來叫陸珏，畢竟陸珏雖不介意，但直呼帝王的名諱，傳出去了總是不好。

「稱不上辛苦。」陸珏吃著許氏用公筷挾來的菜。「只是之前還不怎麼習慣，近來習慣也就好了。您不必擔心，月娘日日都給我把脈的。」

他說得一本正經，許氏和房嬤嬤等人都沒聽出半分不對，只江月默默地覺得耳畔有些發燙。

可能是兩人第一次的肌膚之親起於把脈，後頭陸珏就用「把脈」來指代了。

他體質異於常人，除了第一次略草率了些，後頭都得折騰上半宿，以至於這兩日江月看著在宮裡待了兩日，其實旁的什麼事都沒幹，就是吃吃喝喝，然後白日補覺，晚上接著忙「把脈」。

昨兒個晚上，江月提出了抗議，讓陸珏適可而止，可別步先帝的後塵，早早地掏空了身子。

抗議當然是無效的，不等她搬出養生的大道理，陸珏就挑眉笑回「娘娘前兒個不是還說我是『正常』的，怎麼現下又說這事不好了」。

天地可鑒，洞房那夜她是看到陸珏衣衫不整地呆坐在旁邊，一臉挫敗和不可置信，想著他少年時經歷坎坷，無人教導這些，長成後又無人敢和他說這些，她這才忍著身體的不適，好心寬慰了他幾句。也不知道觸了他什麼逆鱗，他滿臉紅暈地讓她閉嘴，抱著胳膊坐在床尾生了好半晌的悶氣。

後來他重整旗鼓，在急促的鼓聲中，咬著她的耳朵悶聲問她「剛剛若不是被我打斷，妳是不是還想說，真要出問題了，妳也能給我治」，江月還真就是那麼想的！只是想著男子，不拘是普通人還是她上輩子接診的修士、成精的男妖，對自己的雄風皆十分看重，求醫問藥都一副諱莫如深的模樣，這才把後頭的話嚥回了肚子裡。

二人朝夕相處那麼久，更同生共死過，陸玨能讀出她的表情再正常不過，所以依舊覺得被冒犯到。

好在連著幾日多次的事實證明，他這方面確實沒有任何問題。

兩人在飯桌上也沒有眉來眼去，但眉梢眼尾透出來的一些笑意，也足夠讓許氏和房嬤嬤這樣的過來人知道了。

看到他們兩個這般甜蜜，許氏和房嬤嬤對視一眼，都笑彎了唇。

第三十章

飯後，陸玨被小星河拉到他屋裡去看他新得的木刀和木劍，江月則陪著許氏她們說話。房嬤嬤看著江月，再看看挨在江月身邊，一邊詢問皇宮裡的情況，一邊捧著個果盤咧嘴直樂的親閨女，原本笑著的嘴不覺又耷拉下來。

寶畫也不是瞎子，見了就趕緊小聲同江月道：「我娘近來看我鼻子不是鼻子、臉不是臉的，姑娘能不能和姑爺說說啊，讓我進宮小住幾日……好歹讓我躲躲。」

江月並不準備讓寶畫進宮當女官或宮女，造成長久的母女分離，但小住幾日自然是沒問題的。「他之前就說了，往後你們都能隨時進宮來。」江月一邊回答，一邊飛速地用餘光掃了一眼房嬤嬤拉下來的臉。「這幾日妳到底做什麼了？」她離家前房嬤嬤還在張羅著給寶畫相看親事，雖也急，但並沒急到給寶畫臉色看。

寶畫搔搔頭，納悶地說：「我不知道啊，我沒幹啥壞事啊！」

房嬤嬤哼了一聲，對江月說清楚了始末——

原來房嬤嬤託了媒人說親，消息剛放出去後，就來了好些人家登門求親。

房嬤嬤也不是傻子，清楚以自家閨女的品貌，換成從前，這些人家根本不會是現在這副模樣，純粹是看著江家出了皇后，上趕著來攀裙帶關係的。

房嬤嬤一個頭兩個大，也不好回絕得太無禮，既對寶畫的名聲不好，說不定還會被人說是皇后的娘家一朝得勢，就目中無人。

等她好不容易打太極似的處理完這些，又仔細挑揀，終於選中了一個合適的人選，是江家大管家昌叔的親姪子，名叫李勤，小時候也在江家出入過，跟寶畫很有些玩伴情。

李勤現下在江家的鋪子裡當二掌櫃，不是沾叔叔的光，而是真的學到了本事，早幾年江父親自考校了他，提拔了他。

昌叔膝下無子，把李勤當成親兒子培養，李家人口也簡單，就昌叔夫婦加上李勤的寡母，還都是出了名的敦厚性情，寶畫嫁過去之後，絕對不會受委屈。而且李勤自己也有本事，並不用指著江家的庇佑生活。

「李勤我有印象，」江月回想了一下，說：「之前幾次對帳，他到我面前報過帳，沒有一分一毫的疏漏，人也長得周正。但是我怎麼記得他好像成過親了？好像就是今年年節，昌叔還說過不久給發喜糖來著。」

房嬤嬤嘆了口氣。「沒成。李勤前頭定的是他家鄰居的女兒，那姑娘是家中獨女，身子也弱，家裡寵得如珠似寶的，說要把她留到十八歲再出嫁。去年那姑娘吃了咱家鋪子裡的藥，調養了一段時日，身子好了不少，眼瞅著到了婚期，昌叔他們就操辦起來了。那姑娘被家裡關得久了，想著馬上又要嫁作人婦，就趕緊趁著成婚前出門踏青遊玩，結果跟一個秀才一見傾心，最後也不知道怎麼說動了家裡，總之就是退了這門親，還鬧得不好看，把錯處都推到李勤身上。現下那姑娘已經嫁給那秀才了，李勤落了單。」

「那寶畫是對他不滿意？」江月看向寶畫。她是沒有女子一定就得成家的想法，若遇到的不是陸玨，現下她應該也不會與人真正成為夫妻。若寶畫真不願意成家，她也願意支持。

寶畫撥浪鼓似的搖頭，說：「沒啊，我跟李勤從小玩到大的，我哪裡不滿意啦？」

「她是沒不滿意。」房嬤嬤頭疼道：「前兩天我跟昌叔商量好了，讓李勤藉著送帳本的名義進了府，讓他們兩人碰面，說說話，結果麼……」

結果就是寶畫見了李勤，上來就問「我覺得你挺好的，你覺得我怎麼樣」，李勤被問得鬧了個大紅臉，說「寶畫妳不嫌棄我就好」。然後寶畫渾不在意地一揮手，豪氣干雲地拍著人家的肩膀說「訂了親卻反悔，是那姑娘違約了，我嫌棄你啥？你也別消沈，大丈夫何患無妻？當然了，她也有追求幸福的權利。唉，總之就是時機不對。現下散了，也比來日成了婚，成為一對怨侶來得好」。

時下被退親這種事，對男子而言雖然不如在女子身上嚴重，但是也有些影響。尤其李勤早年喪父，親叔叔又忙於生計，他是母親和嬸嬸帶大的，心思比常人敏感細膩不少。過去的幾個月，家人怕提起他的傷心事，都會刻意緘口不提，只默默在衣食起居上對他多關心一些。

寶畫悄聲說：「後頭我知道錯了，不應該第一次私下見面，就對人家的傷心事大談特談，但我那不是想著，真要成了婚，往後得過一輩子，有些話不是早說開早好嗎？我想著他要真忘不了那姑娘，就不必耽誤不是？而且李勤也沒生氣啊！」

「是，人家是沒生氣。」房嬤嬤扶額道：「李勤還誇妳快人快語，為人爽利，結果妳那叫一個高興啊，就和他聊起妳小時候教他捉蛐蛐兒、爬樹、泅水，聊他小時候當著妳的面尿褲子，還聊到來日要約著出去騎馬、打獵，要不是我和昌叔去得早，你倆可能已經要當場拜把子了！」

江月沒想到會是這個發展，忍不住笑出了聲。

「不是娘您說的，讓我多聊聊小時候的情誼嗎？我也沒說假話，我比他大，小時候就是我帶著他玩嘛！」寶畫委屈地說完，還試探著問：「拜了把子就不能成親了嗎？」

房嬤嬤瞪她一眼，徹底沒了脾氣。

兩人都要拜把子了，證明彼此都不把對方當異性看，根本沒有心悅對方的感覺，房嬤嬤和昌叔兩個過來人，看到那情景還有什麼不明白呢？便都歇了結親家的心思。

江月就勸著房嬤嬤道：「俗話說養兒一百歲，長憂九十九。我懂您的心情，但可能是緣分還沒到，所以您也別急。」

房嬤嬤剛被江月勸得熨貼了一些，偏寶畫以為事情已經揭過了，在一旁補充說——

「是啊，緣分沒到嘛，何況咱家現下也不是養不起我。實在不成，我跟著姑娘進宮去當姑姑、嬤嬤！」

就她這種耿直性情，真要放進宮裡，說不定要給江月添多少亂子，當下氣得房嬤嬤又要捶她了。

很快到了傍晚時分，用過了夕食，江月和陸玨就得回宮了。

寶畫恨不能立刻跟著江月躲進宮去，房嬤嬤當然不肯。

手心手背都是肉，江月就提出了一個折衷的法子，說先帝留下的妃嬪太多，現下還未完全遷走，等忙過這程子，宮裡徹底清靜了，就讓寶畫去住上幾日。

轉頭二人回了宮，各自更衣洗漱。

江月進到寢殿的時候，陸玨先她一步，已經洗漱好了，穿了寢衣，正散著頭髮坐在臨窗的榻上批閱奏章。

聽見江月進來，陸玨手下沒停，問道：「我不是留了一塊隨時可以進宮的腰牌嗎？怎麼寶畫送妳上馬車的時候，還淚眼汪汪的？」

提到這個，江月不覺彎了彎唇。「是發生了一點事，得說上一程子，會打擾你嗎？」

陸玨說不會。「晚間剩下的都是些簡單的事務，正好聽了換換腦子。」

江月就坐到小桌的另一側，把事情經過說與他聽，末了才道：「嬤嬤是真的急了，畢竟寶畫比我還大兩歲，二十出頭的姑娘，在現下來說，再不說親好像真的晚了。」

陸玨沒應她的話，只在堆成小山的公文裡翻找出一疊書信，說：「妳看看這個。」

江月接過，只見那書信上頭滿是歪七扭八的字和各種符號，看得她雲裡霧裡的。

她看了一陣子，勉強辨認道：「這個長條的、扁扁的東西應該是刀劍？這個抱著胳膊的小人，應該是冷的意思？唔，這種記錄的法子跟早前熊慧記事的小冊子挺像的，是熊峰寫的？」

熊峰帶人駐守在三城，成為了一方守將，現下也監督著被發配過去的定安侯一家。他下頭當然有會寫書信的人，但是他本人認識的字不多，怕有人從中弄鬼，所以在文書代寫的書信後，還會附上一封他親筆的書信。

陸玨說是，再翻出文書寫的書信，讓江月比對著看。

對比起來，把文書寫的東西當成注解，熊峰的塗鴉就非常容易看懂了。

江月飛快地看完了幾封，然後發現了不對勁，熊峰每封信裡都會提到問問什麼。「問」兩個字後面跟著的，是一個似模似樣的、打開的卷軸。

這個文書沒給他注解過，應當就是跟公務軍事無關的內容。

江月想了想，問：「這卷軸……是畫的意思？他在問寶畫？」

「可不是？三城那邊局勢漸漸穩了，我近來也在想著把他調回京中。」陸玨合上最後一份公文。「我前一封書信已經寫了嬤嬤在給寶畫相看親事，他是出了名的一根筋，真要錯過了，怕是得打一輩子的光棍，所以隨書信一起的，還有調令。盛夏之前，他應該就會回京了。寶畫是家裡人，我也不想越過母親和嬤嬤作她的主，但總歸也得給熊峰一個機會。」

江月擱了書信，感嘆道：「下午我還在勸嬤嬤說各人有各人的緣法，沒想到這緣分還真是……」

陸玨把她手裡的書信放回桌上，熟稔地把她打橫抱起，走向床榻。「說完了旁人的事，是不是該論論咱們的緣分了？」

盛夏之前，熊峰從三城回京，先到了宮中述職。

離宮的時候，他帶上了陸玨給他收拾出來的聘禮，陸玨還特地提點他不許冒然帶著聘禮上門，得等許氏和房嬤嬤還有寶畫本人都應允了，你情我願的情況下才能把聘禮送去江家。

熊峰家中沒有親眷，只有個如親姊姊一般的熊慧，於是熊慧出面給許氏和房嬤嬤遞了消息。

兩位長輩對熊峰倒沒有什麼不滿，就是有些擔心——兩人都是一根筋的直腸子，從前還在小城的時候就十分要好，玩伴情誼可比寶畫和李勤深厚得多，可別回頭再整拜把子那一齣，所以她們也沒把話說滿，只說讓寶畫和熊峰兩個再接觸一陣子。

兩家都有靠得住的長輩坐鎮，也就不用江月操心了。

近來江月除了每月出宮義診和查帳外，把幾個甲班的學生都弄到了宮裡——太醫院的太醫不都是現成的老師嗎？不把這個便利條件用起來，實在是暴殄天物。

太醫們也會培養繼承人，一般有兒子的就培養兒子，沒兒子的就會另外收個徒弟。

對於皇后塞過來的幾個甲班的學生，幾乎都是醫女，有些思想刻板的老太醫一開始也沒說什麼，等到後來發現江月教授給醫女的知識涵蓋了疾醫和瘍醫兩科，私下裡會說「女子學醫也不是不可，不過女子學個婦科也就夠了，其餘病症，自去尋男大夫瞧不就好了」，沒得跟這種老古板計較，江月也沒為難人家，反正只把太醫院當個實習的地方，讓學生們耳濡目染一些太醫院的理論和做法，而後去給宮人瞧病。宮人有上千之數，普通的宮人生了重病，可是請不動太醫的，除非是掏空多年積攢的私房，不然一般都是拿幾兩銀子，請太醫院的學徒幫著配服藥，而且還得悄默聲兒的，不然很容易以避免病氣傳給貴人為由，給發配到偏遠的宮殿裡。

現下多了好幾位本就有基礎，還被江月和蔣軍醫帶在身邊悉心指點了一年多的醫者，宮人們看病就方便得多了。

偶有學生們拿不定主意的，也會問到江月這邊，她出手了，便也能對症施治。

連陸玨都不禁跟江月說：「之前我沒在妳那兒放太多宮人，是想著宮裡勢力繁雜，人心難測，初初得防備一些。這下宮裡上下都承了妳的恩，宮中的氛圍竟比先帝在時還好些。娘娘說說，要什麼獎勵？」

先是醫仙娘娘，後是皇后娘娘，江月現下都習慣娘娘這個稱謂了，只陸玨私下也這麼喊她，實在讓她啼笑皆非。

「我什麼也不缺，」江月想了想，說：「如果非得說什麼獎勵，那就給我幾日『假期』吧。」

新婚燕爾的恩愛甜蜜，實在讓她有些疲於應對，每天總有半個早上都無甚精神。

前頭她再次跟陸玨提過，但陸玨一臉無辜，還說起了舊事，說「從前還在路安的時候，鋪子裡賣剩下的杜仲燒豬腰可都是進了我肚子裡，補得太多，自然是這樣的，總不至於成婚後還讓我憋著」。

那還真是江月昔年種下的苦果，因此便也只能自己忍著了。

這次陸玨倒是沒賴帳，看她確實近來事忙，於是便連著幾夜都十分規矩，變成了從前的模樣，兩人夜間閒話家常一番就各自入睡。

這日晨間，江月正在看學生們的功課，宮女進來通傳，說安王妃和其他兩位宗室女眷求見。

江月前兒個還在想該給安王世子治右手了，此時就讓人把她們請了過來。

不多時，安王妃和另外兩位頭髮花白的老婦人進了殿，一道給江月見禮。

安王妃親熱地上前扶上江月的手。「月餘不見，娘娘看著比從前更加光彩照人了。」

江月和安王妃確實有些交情，但安王妃之前並未表現出這般親熱，她並不是那等上趕著拍馬屁的人，因此江月猜著她此舉應是有原因的。

果然下一瞬，安王妃一邊扶著江月在上首落坐，一邊在她耳邊提醒道：「左邊這個是福王妃，右邊那個是榮王妃。」還捏了捏江月的手指。

江月便也知道這二位來者不善。

她近來也補了不少課，知道先帝是獨子，福王和榮王兩個比先帝的輩分還高，是先帝的親叔叔。

福王妃和榮王妃都已經過了古稀之年，身分自然是不如現下的江月貴重，但架不住在宗室裡輩分高，說話十分有分量。即便是冷宮裡那位胡皇后還在位的時候，也得給這兩位幾分面子。

江月不動聲色地讓宮人看茶，然後自己拿起茶盞，不緊不慢地喝起來。

直喝到一盞茶見底，兩位老王妃終於按捺不住，道明了來意。

她們是來給被關在皇陵裡的幾個皇子，還有被發配到三城的定安侯求情的。

一個說起天家骨肉親情云云，另一個又說起新帝登基本就該大赦天下之類的。

江月裝傻道：「兩位說的都沒錯，可八哥他們是去皇陵祈福的，而定安侯一家則是去為國駐守邊境，怎麼就談什麼要『赦免』了？而且，這些事是先帝還在時下的旨意，妳們也說了陛下是初初登基，總不好才登位月餘，就推翻先帝的旨意吧？當然了，陛下自然是念及骨肉親情的，這不是前兒個還讓人裝了好些衣食住行的東西，都送到皇陵去了嗎？」

打了幾個來回的機鋒，江月就只裝傻，福王妃和榮王妃也沒法子，只能用上最後一招——在江月面前跪下，聲淚俱下地求情。

其實也就是文雅版的一哭二鬧三上吊。

畢竟江月雖是皇后，還是登基那日和陸玨比肩的皇后，但按著宗室裡的輩分，她到底還是小輩，兩位老王妃真要在她面前跪出個好歹來，對她的名聲總是不好的，也難怪安王妃特地提醒她。

換個人來，還真要有些頭大，但江月倒並不急，擱了茶盞，喚來人把福王妃強行攙了起來。

「皇后娘娘，妳這是做甚？」臉上還帶著淚的福王妃有些不明所以。

江月直接搭上她的脈，飛快地得出結論道：「妳身上這痺症是積年的老毛病了吧？我方才看妳跪下的時候腳步踉蹌，想來是近來京城雨水多，發作得更厲害一些，今兒個起身應當已經是疼痛難忍了吧？」

福王妃被這變故弄得有些懵，此時江月又伸手往她膝上一搭，福王妃立刻痛得倒吸了一口冷氣。

江月喊人拿來自己的藥箱。「這幾帖藥膏是我之前調給宮中同樣得了痺症的老嬤嬤的，但個人情況不同，我再給妳開個方子，妳得配合這個方子吃著。畢竟是積年的毛病了，也不說能一下子藥到病除，但總歸不會像現下這般疼得厲害。」

在福王妃將信將疑的目光中，江月一邊落筆有神地寫藥方，一邊讓人更換茶水，還特地點了現下在坤寧宮的老嬤嬤進來。

那老嬤嬤侍奉過先帝的元后，但是中年之後就得了痺症，到了後頭甚至骨節變形，不良於行。因她在宮外沒有家人，先帝對元后也算有幾分真心，就把老嬤嬤養在宮裡。胡皇后也陰損，把老嬤嬤派在浣衣局掌事，倒不必她親自做什麼粗活累活，但是常年住在潮濕的環境裡，對她的痺症十分不好。

歷來新帝登基，都會給宮人恩典，不少宮人也會在這個檔口求個恩典，求出宮去，老嬤嬤就是其中之一。她已經不能行走了，是讓小宮女用椅子給抬到陸玨眼前的。

彼時正好江月也在，就給老嬤嬤診治了一番，後頭陸玨派人頂了她浣衣局掌事嬤嬤的差事，讓她安心在坤寧宮養病，養到現下，她已經能拄著枴杖自己行走了。

江月在宮裡得用的人不多，多虧了頗有經驗的老嬤嬤幫她料理一些繁瑣事務。

前兒個江月給她換藥的時候，老嬤嬤就提了一嘴，說記得福王當年也上過戰場，福王妃跟著丈夫在苦寒之地挨了好些年，上了年紀後身上也有痺症。她跟福王妃同病相憐，現下自己運道好，有江月診治，也不知道福王妃如何了？

當時江月只把這當成閒話家常聽，現在回想起來，才知道老嬤嬤的用意。

果然，福王妃一見到拄著枴杖、步履穩健的老嬤嬤，就驚訝地瞪大了眼睛。顯然，她也是記得這病友的。

有她這活例子，福王妃頓時疑慮全消，抹了淚水，熱切地看著江月道：「我這痺症從前就不如聞珠嚴重，她現下尚能這般行動自如，來日我是不是也可以……」

江月並沒有打下包票。「還是得看用藥之後的恢復情況，若恢復得好，起碼不會每逢陰天下雨就疼痛不止。」

「好好，我回去就照著您開的方子吃！」

「妳要是不急著離開，其實現在我為妳艾灸一番，也能緩解不少疼痛。」

「不急，我今日特地騰了一日的空。」福王妃說完，又覺得有些臉上發臊。她特地騰了空，初衷自然不是為了看病，而是打定主意要耗在坤寧宮裡，耗得江月應承下來。

江月只當不知，請了福王妃進內室。

艾條這種東西江月身邊常備，也不用再使人去取，當即就上手，同時讓福王妃喝了一些靈泉水。

也就一刻鐘，福王妃再出來的時候，行動上就沒有那麼遲緩了，臉色都好瞧了一些。

「舒坦，好久沒有這麼舒坦了！」福王妃一邊感嘆，一邊不自覺地臉上帶笑。

「咳咳！」還跪在原地的榮王妃忍無可忍，怨懟地看了自家老嫂子一眼。

福王妃越發羞臊，總不好剛讓江月治了腿，緩解疼痛後再接著相逼吧？而且她這積年老毛病，且得調養上好一陣子，後頭還得全權拜託江月，更不好在這個時候壞了面子情。

所以福王妃拿到藥方後，就把榮王妃從地上拉起來，笑道：「不覺就叨擾了這麼久，時辰也不早了，我們這便告辭了。」說完拉著榮王妃就走。

兩位老王妃出了坤寧宮就起了爭執。二人雖是妯娌，可到了她們這個年紀，相處了大半輩子，那跟姊妹是無甚差別的。

榮王妃拉下臉，不悅地道：「咱們收了孩子們的孝敬，應承了下來，怎好就這麼反悔？」

「妳傻不傻啊？咱們都大半截身子埋進土裡了，那些孝敬生不帶來、死不帶去的，況且咱們兩家又不缺那些東西，原樣還回去就是。」

榮王妃還是不大高興。「東西事小，面子事大，沒得讓小輩們看輕了！」

福王妃恨鐵不成鋼地道：「面子再大，能大得過身體康健重要？妳別光想著自己沒什麼病痛，求不到皇后頭上，妳想想妳家裡吧！妳家孫媳婦不是許久了一直沒開懷兒？」

聽到這兒，榮王妃果然正了色。「妳的意思是……」

福王妃說妳懂就好。「我這痺症是宮中幾代太醫都束手無策的，旁人都瞧不好，只皇后能瞧好，難怪民間尊稱她為醫仙。想來是從前時局未明，她這才藏了一手，未曾在宗室裡顯山露水。」

最後兩位老王妃挽著手，出了宮。

隔幾日，福王妃再來宮中複診的時候，榮王妃就把孫媳婦也一併帶進了宮。

這日正好安王世子和安王妃也在江月這兒。

安王世子的診治需要的時間長，他又是晚輩，便主動說先讓江月給福、榮兩家瞧。

等送走了她們，江月才開始給安王世子診治。

忙到午飯前，安王世子的拇指已經被分了出來。痲沸散的藥效還未過去，他尚在昏睡，江月留了曲瑩在診室內看守，自己先出來。

安王妃看著她額頭細密的汗珠，遞出帕子歉然道：「早知道今日福王妃來複診，便該改日再來叨擾的。」

江月接了帕子擦了擦汗。「治病而已，怎麼是叨擾？再者若論先後，我是答應妳家在先的。原說前頭世子怎麼一直沒來，莫不是前頭妳也是這麼想的？」

安王妃抿唇笑了笑。前頭帝后新婚燕爾，他們母子知情識趣，特地沒進宮來的。她也不提這個，只是笑道：「前頭還擔心娘娘被兩位老王妃為難，這才那日聽到了消息後，立刻跟著她們進宮。現下看來是我多想了，娘娘光憑一手精湛的醫術，便已然能讓她們無話可說。」

人活在世，誰人、誰家沒個病痛？或者能確保將來不必求到江月這醫仙頭上的呢？更別說宗室裡頭這些皇親國戚，平日不愁吃穿，就擔心有了病痛後，沒過夠好日子就離世了。

福、榮兩家在宗室裡輩分最高，尚且承了江月的情，沒有再為難她了，其他人就更是如此。

從此之後，江月的坤寧宮裡偶有宗室長輩來訪，也都是客客氣氣來尋醫問藥的。

這年盛夏，寶畫和熊峰訂了親。兩人年歲不小了，家裡都有些著急，婚期也就訂得近，就在秋天。

寶晝出嫁之前，江月特地回家住了幾日，兩人還跟早先在南山村裡一樣，同睡一張床榻。

江月向她詢問，是不是真的喜歡熊峰？

寶晝笑著說：「我也不知道是不是喜歡，反正就是一直跟他玩得來，特別玩得來。如果真要有人一道過一輩子，跟他一起肯定比跟旁人一起有趣得多。而且他還跟姑爺求了賞賜，要了個宅子，就在咱家同一條街上。他說往後我想回家來就回家，反正他白日都要上值，不能陪著我，等到晚上再來接我……」提到熊峰她就忍不住的笑，相比早先提到李勤的時候，她臉上只有懵懂。

江月見了也跟著彎了彎唇，摸了摸她的頭髮，不由得感嘆道：「咱們寶晝真是長大了……」

到了他們婚禮這日，陸玨親自來主婚，同來赴宴的還有重明軍中的將士們。

一群大老粗，初時還一口一個「陛下」的，等喝大了，又大著舌頭跟從前似的一口一個「殿下」。

還有酒勁更猛的，又哭又叫地說：「跟著殿下才有了如今的好日子，就是可惜沒了的那些弟兄……」

到底是人家的大喜日子，旁邊尚且清醒的人立刻把那人的嘴給捂上了。

熱鬧到了月至中天的時候，熊慧率人給酒蒙子一人灌了碗醒酒湯，再把他們都塞進了客房，熊峰也腳步踉蹌地進了新房，婚禮才算結束。

江月和陸玨一道坐上回宮的馬車，他也喝了不少酒，目光迷離，呆坐在車窗邊上，看著懸於夜空的玉盤出神。

江月倒了熱茶遞給他，他接過後卻沒第一時間喝下，而是有些疑惑地詢問道：「月娘，妳說怎麼樣才算好日子？」

江月想了想，給出了答案。「不為生計所苦，有家人及朋友在側，有自己喜歡並且願意付出一生的事情做。」

陸玨仰頭喝下熱茶，略有些孩子氣地說他累了。

「睡會兒吧，到家了我喊你。」江月讓他靠在自己膝上，伸手撫平他皺起的眉心。

這年年關附近，安王世子右手的怪症被江月治得差不多了，只剩下無名指和小指還相連著。

這兩根手指的相連處經絡甚多，江月的意思是等前頭切開的幾根手指徹底恢復好了，再進行最後一步。畢竟當年體質異於常人的陸玨治療斷腿都花費了數月，而人手的經絡又比腿上的更多、更複雜，一旦壞死，往後很可能做不了精細的活計，即便是江月也很難修復。

安王世子和安王妃也並不著急，尤其是安王世子，現下他的手已然恢復了最基本的功能，不只是讀書、寫字不會再受到影響，連舞刀弄棒也不在話下。

陸珏血緣上的兄弟很多，除去被先帝派守皇陵的八皇子三人，仍還有四人。只是這四人心思難測，面上的恭敬雖綽綽有餘，心裡的具體想法如何就不得而知。

至於重明軍中的人，除了齊戰算有幾分謀略之外，其餘人都是勇猛有餘而智慧不足。他正缺幫手，乾脆就把恢復得八九不離十的安王世子帶在身邊。

別看安王世子才十來歲，前頭又低調避世久矣，但有安王妃和先太子的謀士教導，文治方面的才能已然是出類拔萃。

陸珏如虎添翼，朝堂上又有德高望重的文大人坐鎮，宗室親眷又有江月幫著應對——家裡有人得病的，江月如同對待尋常病患一樣，幫著開藥診治；一家子都身體康健的，那江月這兒也有強身健體的靈泉水和近來研究出來的養顏美容的藥膏。

於是，新朝很快就迎來了欣欣向榮的新氣象。

只是安王世子到底經歷得少，又年紀尚輕，有時候還有些沈不住氣。

這日小星河央求著許氏把他帶進宮，在坤寧宮待了一陣子後他就有些待不住了，又提出想去看看一個月沒見到的姊夫。

養心殿是皇帝處理政務的地方，無事不可以靠近。

江月自然是例外，她跟小傢伙商量好，帶他去那處看看，要是陸珏在忙，就不能打擾他。

姊弟二人剛牽著手到了養心殿，就看到安王世子臉色沈沈地從裡頭出來。見到江月和小星河，安王世子臉色稍霽，對江月見了禮。

平常遇見他，江月少不得問問他右手的恢復情況，今日察覺到安王世子心情不甚好，江月便只笑著和他打了個招呼，沒有多說什麼。

安王世子看見小星河，臉上的笑又多了幾分，問道：「還認得我不？」

小星河自信滿滿地點頭，說記得。「哥哥你去年還常來我家呀！」

其實按輩分，星河和江月同輩，算是安王世子姻親關係裡的長輩。但安王世子是皇家子弟，小星河也確實比他小上好多歲，總不能真的讓安王世子喊他舅舅，所以就各論各的。

兩人都是遺腹子，生來就沒見過父親，安王世子又承了江月的情，因此對小星河格外的另眼相看，從前出入江家的時候，每次都不忘給小傢伙帶點外頭新奇的玩意兒。

「難得年節上輕鬆，跟著我玩會兒可好？」

小星河眼巴巴地看向自己的姊姊。

江月一瞧就知道這小傢伙「變心」了。比起陸玨，他跟安王世子差的年歲更小一些，也就更玩得來。

「不許調皮。」江月叮囑了小星河一句，讓宮人跟上他們兩人。

小星河笑咪咪地揮別姊姊，挨到安王世子身邊，挺著小胸脯說：「上次你送我的那個陀螺，我現在可會抽啦！」

「真的嗎？」安王世子耐心地笑道：「說起來我雖送了你，自己卻還未玩過。讓人弄個陀螺來，咱們去花園裡抽？」

目送他們遠去後，江月抬步進了養心殿。

裡頭正跪著一個小太監，在收拾地上的碎瓷片。

見到江月進來，小太監繃直的脊背鬆下來幾分，飛快地收拾妥當，低著頭退了出去。

江月掃了那還帶著水漬的地磚一眼，看向陸玨。他面色倒是如常，還笑著對江月招了招手，問她怎麼這會兒有空過來了？

江月挨著他在龍椅上坐下。「星河吵著要過來的，到了門口遇到世子，就跟著世子出去玩了。我方才看世子臉色有些不好，你們這是起爭執了？」

陸玨無奈地笑了笑，說不是，而後遞出了手邊的奏摺給江月瞧。

年節上外地官員要寫拜年摺子送到御前，這道摺子上的內容除了拜年問安，還洋洋灑灑列數了不少先帝在位時的最後十餘年，因為沒有立儲君而造成的重重苦果，然後諫言新帝登基後不可重蹈覆轍，得定下儲君人選。

陸玨登基才不過半年多，更沒有子嗣，這會兒請立儲君，自然是操之過急。這人還在最後大大誇讚了安王世子，讚其頗有其父之風，可當大任，就差直接說讓陸玨立安王世子為太子了！

陸珏指著奏摺上的署名，給江月解釋道：「這人是安王的舊屬，為人剛正不阿，幹過許多實事，確實很有才能，但從前在大理寺和刑部都待過，不知道得罪了多少人。安王去後，沒人給他兜爛攤子，被先帝貶到了偏遠小城當知縣。年前世子跟我提議，說如今新朝正缺人手，不妨把他調回京來，想來磨練了這些年，性情應當比從前圓融了不少，可堪大用。」

後頭陸珏讓人查了查，發現安王世子說得沒錯，此人在小城頗有名望，當地百姓都稱他為劉青天，但年年考評卻不是很出挑，想來是沒怎麼送銀錢通關係，不過確實是幹了許多實事的。

今兒個陸珏都準備當著安王世子的面下調令了，恰逢各地請安的摺子送到御前，陸珏順手打開了劉青天的請安摺子，安王世子當時就在邊上，叔姪二人日漸親近，陸珏也沒避著他，等看完摺子上的內容後，陸珏尚未如何，安王世子就先沈了臉——他前腳才舉薦的人，還未調回呢，就開始干涉立儲了，而且是想把他往儲君的位置上推！換成一個如先帝那樣多疑的君主，別說是這劉青天要落個僭越的罪名，連他這個舉薦人也要受到牽連。

「這人是讓人利用了吧？」江月合上摺子。「大概是有人見不得你有世子相幫，又聽說了他舉薦之事，趁著劉大人在偏遠之地為官，消息閉塞，不知道傳了什麼假消息，讓他寫了這樣一份東西來。目的也並不是劉大人能不能調回京這件事，而是想離間你和世子的關係。」

「是。我見世子臉色不對，也寬慰了他幾句。他不比我蠢，也能想到。」

江月理解地頷首。「能想到，但是也生氣。他在你面前舉薦的第一人，自然是深思熟慮後才提出來的，沒想到這麼輕易就讓人當了筏子。這背後之人，其心也委實歹毒。世子的手還未完全治好，這會子你們要真是離了心，你不讓我給他瞧病了，真是要耽誤他不知道多少年月。」

陸玨挑眉，伸手把江月一提，讓她坐到自己腿上，像早前逗小星河那樣，環著她顛了顛。「我若真的不讓妳給他治，妳就真不治了？」

江月環住他的脖子，學著他的模樣，挑眉問道：「那你會嗎？」

陸玨笑起來，說不會。說完他不禁看向安王世子離開的方向。「有時候看著他，不覺就會想到他父親。」

想到被讚譽為頗有先祖之風的先太子，便知道陸家還是受到上天眷顧的，代代都會出現聖明之人，即便是親緣關係淡漠的陸玨，也會為此感受到希冀和欣喜。而像先帝和八皇子那些人，才是陸家子孫中的異類。

江月笑著捋了捋他的後背，低頭不禁看到了他桌上攤著的另外幾道奏摺。

這幾道也是拜年問安的，但是同時也向陸玨進言，希望他擴充後宮。

這幾個官員的名字，江月之前聽陸玨提過，都是他近來提拔的得用之人。

他們倒不是讓人作了筏子，而是架不住幾人在先帝手底下吃夠了苦頭，到現在仍心有餘悸，生怕陸玨像他祖父似的，將來子息不豐，最後傳位給先帝那樣的「人才」。

陸玨素來也不避著江月什麼，見她看到了，他也沒把摺子合上，只是伸手抬起江月的下巴，讓她轉過臉來。

兩人額前相貼，江月聽到他問——

「月娘，我們會有孩子嗎？」

兩人成婚半年多，說是蜜裡調油也不為過。他和江月的身體又都沒有任何問題，還遠比普通人康健，按照常理也該有動靜了——比如去年秋天才成婚的寶畫，年前就被診出了喜脈，被房嬤嬤關在家裡養胎，年頭上都沒能進宮來玩。而更早一年成婚的穆攬芳，則都已經生了一個玉雪可愛的閨女，還是江月親自去坐鎮的。

江月看著他近在咫尺的眼睛，認真地詢問。「你想要孩子？」

「說不想，是假的。但是沒有也無妨。」

這種事，即便是江月也不能打包票。她和陸玨的想法也是一樣，若能得一個兩人的孩子，自然是錦上添花。若不能，那也無妨。人的一生，也並不是非得生兒育女才算完整，隨緣就好。

「比起孩子，我更想要妳之前說過的，真心喜歡的、並且願意為之付出一生的事情。」陸玨湊上前，親暱地碰了碰她的唇。

陸玨曾經想要權力，想要報仇，想要登上這天下至尊的位置。

可真等這些都實現了，他卻發現自己並沒有多高興，很多時候他反而很羨慕江月——

不論是在路安、在三城、在京城還是進了宮，也不論是什麼身分、什麼境遇，江月都能有一份自己喜歡並且擅長的事情做。這份喜愛和擅長，讓江月離了誰都可以過活，心底不會生出半分空虛。這種心有所依的滿足和強大，非言語可以形容。

「有機會的話，妳陪我去尋好不好？」

江月輕輕地回吻他，說：「好。」

安王世子陸洵十四歲的時候，陸玨將他立為儲君。

又過了幾年，等到陸洵徹底長成風度翩翩的青年，個頭都不比陸玨矮了，陸玨就有意禪位了。

得到消息的陸洵急急地進了養心殿，撩了袍子就要下跪。

陸玨防著他這一手，自他進來就起了身。

陸洵執意要跪，他出手拉住，拉扯之間，兩人不覺就過起招來。

陸洵的手早就治好了，這幾年又一直跟在陸玨身邊，文治方面他的天賦比陸玨還強一些，但武學上頭卻是門外漢，是陸玨一點一點地指導他。指點到了如今，陸洵勝了半招，結結實實地跪了下來。

兩人朝夕相對，陸洵此時也不同他扯什麼君臣關係，只直接按著自家的輩分進言道：「當初是因為九叔膝下無子，又不想聽群臣的話擴充後宮，姪子這才應承下來當這太子的，如何現在就要傳位了？」

陸玨揉著手腕，嘆息道：「阿洵，朕老了。」

陸洵素來端方持重，立志要做個他父親那樣的謙謙君子，聽到這話的時候，嘴角和眼尾卻都不自覺地跳了跳。

自從盤古開天地，三皇五帝到如今，眼前這位才二十五、六歲就說自己老了要禪位的帝王，還真是古往今來獨一份！

「你看，朕現下都打不過你了。這身子骨啊，是一天不如一天了……」

陸洵心道，原說日常自己在叔叔手下過不了十招，今兒個卻突然贏了半招，敢情是在這兒等著他！

看著小小年紀就老成持重的親姪子差點繃不住臉色，陸玨實在端不住，先兀自笑了一下，而後才正色道：「這皇位本就屬於你父親，如今傳於你，也算是物歸原主。朕坐了這位置這麼些年，仍然未曾生出過太多的欣喜，更多的時候只覺得疲憊。既試過了當皇帝這件事並非朕真正喜歡的，那便也是時候去尋些別的事情做了。」

陸洵抿了抿唇，一時間不知道如何再勸。他想說他父親原先是太子不假，但得病早逝也是事實，若不是陸玨結束了那亂局，若不是江月替他治好了手上的異常，這皇位也不知道會落到誰頭上，總歸輪不到他，而換成旁人繼位，他還能不能活到現下都兩說。

而且退一萬步，就算他父親沒有得病，先帝後期那般昏聵荒唐，今日也不知道會是何種境況。

但陸洵知道說這些沒用，跟著陸玨好幾年了，他對這親叔叔也算頗有瞭解——陸玨打定主意要做的事，旁人根本不可能輕易更改，除非是……

「娘娘知道嗎？」陸洵不大死心地問起江月。

「她自然是知道的。」

陸洵一想也是，如今大熙百姓或許有不知道皇帝具體名諱的，卻沒有不知道醫仙娘娘的。可江月從未利用過這個名聲大肆攬財或爭權，江家到現在也仍是規規矩矩的生意人。

禪位的詔書最後還是如期頒布下去。

文大人和兩家國公為首的文武大臣聽到消息後，齊齊跪在了金殿上，山呼。「請陛下三思！」

倒也不是弄虛作假，而是情真意切，一些老臣甚至老淚縱橫，捶胸頓足。

畢竟陸玨這些年的功績他們都瞧在眼裡，猶記得當年先帝駕崩之前，讓陸玨開始接手政務，彼時他在治國一道上初出茅廬，表現得並不算特別出色，只是對比先帝而言，已讓人心喜。

可後頭就猶如當年他去往三城前線學行軍打仗一樣，進步之神速，令人咋舌。這幾年更是慧眼如炬，手腕圓融，既起用了一批新人，又不曾薄待了老臣。新舊兩撥臣子偶有矛盾，也是他從中斡旋，這才有了如今的興隆光景。

而太子陸洵深肖其父，又在朝堂上鍛鍊了數年，未來儼然也是一代明君之相。叔姪二人加在一起，怎麼也能保大熙百年太平。

現下陸玨突然退位，豈不是縮短了其中的年限？

當然了，還有一層原因——再大的官也是人，總有生病和老邁的時候，之前遇到尋常大夫治不好的病症，他們也會厚著臉皮跟陸玨求個恩典，讓江月出面診治一番。

這要是卸了任，沒了那份責任在，陸玨和江月未必會一直待在京城，大家再遇到個疑難雜症，世間哪裡再去尋醫仙？畢竟除卻先帝外，大熙還真沒缺過明君，可這醫仙卻是千百年來只此一個啊！

陸玨勸過了一陣，見他們還是不肯起，他也懶得再勸，兀自背著雙手，腳步輕快地去了坤寧宮。

坤寧宮裡此時也是稍顯嘈雜，宮人對江月的感情只多不少，消息靈通的也趕到了這兒，想求著江月別走。

宮人比臣子們聽勸一些，陸玨屏退他們之後，進了殿內。

江月正坐在桌前，她比陸玨還大上數月，現在也是二十五、六的年紀，已經不大適宜用少女來稱呼，然而歲月對她好似特別優待，她的身形和氣質都和年少時無甚變化，窈窕而清冷，更因為多了幾分成熟，平添了韶華燦爛之美。

桌上放了好些個包好的藥，都是最近在她手底下治著的病患所需要的。也不用她親自動手，曲瑩等人在她身邊研習了數年，也早就得到了其六、七分的真傳，足夠應對一般的疑難雜症。

前幾年開始，江月給人看病就很少需要親力親為了，只是很多時候旁人還是對她醫仙的名頭更為信服，所以還需要她親自到場，抑或是抬出她的名頭來使一使。

江月看完所有的醫案後，叮囑他們道：「我離京之後，往後便只能靠你們自己了。但也別怕，你們來我身邊時已經稱得上醫術精湛，又夙興夜寐地學了這麼些年，早就可以獨當一面了。當然，若真遇上了棘手的病症，拿不定主意，也可以寫信來問我。我往後不論去何處，都會寫信回來告知你們。」

陸玨把親姪子帶在身邊好幾年，處出了父子一般的情誼，江月悉心教導了曲瑩他們這些年，同樣也和他們感情深厚。

儘管心中也是不捨，曲瑩還是強忍著淚水道：「師傅放心出去遊歷，京城有我們，我們也會謹記您的教誨，治病救人的同時，悉心教導醫學堂的其他學生。外頭世界那麼大，其他地方的病患比我們更需要師傅。」

師徒幾人已經說了半上午，見到陸玨進來，曲瑩等人便很有眼力見兒地帶著東西離開。

江月又掏出一本帳簿接著翻看。

星河三歲開蒙，四歲習武，到了現下體魄和心智都遠超同齡人。

從前江月還隔三差五需要出宮去檢查帳目，這幾年已經不用怎麼操心江家的家業了，都是星河在管家。但他三不五時陪著許氏進宮，還是會帶著帳簿來給江月檢閱，江月讓他不用這樣，他還理所當然道「咱家的家主還是姊姊，家裡的帳簿給妳看有何不對」。

這次的帳簿依舊是沒有半點疏漏，江月飛快地看完後，抬眼發現陸玨已經不知道在一旁目光灼灼地看著她多久了。

「我這邊都忙得差不多了。前兒個也知會過母親和嬤嬤，她們雖不捨得我，但也支持我去外頭看看，後頭再與其他人知會一聲就成。你那邊如何了？」

陸玨幫著她收拾了幾疊厚厚的帳簿，側耳聽了一陣，笑說：「大概還哭著吧？」

後宮距離前朝甚遠，江月一聽就知道他在亂猜，好笑道：「那看來我們陛下還是深得臣子之心的。」

「還是不及娘娘之萬一。」陸玨擺手謙虛道：「我瞧著宋玉書好似也紅了眼眶，也不知道是捨不得誰呢？」

提起宋玉書，江月也是一陣無奈。當年她和宋玉書退了婚，宋玉書花了一、兩年的工夫還清了聘財，儘管那時候江月一家子都已經上了京，不差那麼百十兩銀子了，他依舊在兌現自己的諾言。

後來也是不巧，宋母秦氏因病過世，丁憂期間不得科考，便又誤了三年工夫。

是前幾年陸珏深覺朝廷缺人——先帝理政的那十幾年，幾乎沒選出什麼可用之才，連科舉出來的，也大多都是阿諛奉承、擅長鑽營之輩。十餘年造成的缺口實在太大，起復了一批老臣仍不夠用，陸珏便開了一次恩科。

宋玉書這才沒有蹉跎下去，鯉魚躍龍門，成為了新科狀元。

陸珏未曾因為一點小兒女之間的陳年舊事打壓他，在人後和江月單獨相處的時候，卻總是有些耿耿於懷。

尤其去年江月回家，準備回宮的時候，遇上了上門來給許氏送節禮的宋玉書。

兩人在門口打了個照面，寒暄了兩句，正好讓親自去接人的陸珏瞧見了，還生了一場悶氣。

朝夕相處了這麼些年，江月一共只見過三次他這樣生氣，第一次是還在三城的時候，他十七歲生辰，他喝多了酒不確定她的心意；一次是新婚之夜，她太過冷靜，對他擺出了醫者對待病患的態度；還有就是這遭了。

不過他素來氣性不大，江月只把她和宋玉書說的話一五一十地如實相告，他也就被哄好了。

只是一罈子已發酵經年的老陳醋，總是會時不時地冒點酸氣。

江月好笑地斜他一眼。「是是是，宋大人就是捨不得我！看來離京之前還得同他好好話別……」

間。

陸珏抱著胳膊挑了挑眉，轉頭就欺身上前，把江月揶揄的話淹沒在兩人交融的唇齒之間。

陸珏禪位之後，陸洵登基的第一道聖旨，就是將陸珏封為攝政王。

陸珏就是管夠了政務才想脫身，哪裡會容他再來套娃？在聖旨送出宮之前，他就已經和江月一道收拾好了行囊。

只是兩人在京城並不是無名之輩，且這次出京短則也得一年半載，因此許氏和房嬤嬤等人給備足了許多行李，江月也不能當著她們的面把東西往芥子空間裡裝，還得先原封不動地帶著裝滿東西的馬車出城。

結果也不知道這消息是如何走漏的，反正二人離京這日，送行的情景可謂是萬人空巷！

「王爺，您可一定要照顧好我們醫仙娘娘啊！可別忘了娘娘的下嫁之恩！」

「你說啥呢？娘娘和王爺伉儷情深，要不然能這麼些年都沒有旁人？」

「醫仙娘娘一定得早日回來啊！」

陸侍衛幫著開道，馬車裡的陸珏聞言無奈地對著江月道：「這些人啊，從前一口一個『陛下』，喊得比誰都親熱，這如今瞧著可不是來送我，都是來送妳的。而且怎麼聽他們話裡話外的意思，妳當初嫁我都成了下嫁了？」

「從前你是皇帝，他們心裡如何想的也不敢直說，現下你既不是皇帝，在位期間又得了仁慈之名，他們自然也就不會畏懼你，想什麼就說什麼了。」

陸玨笑起來。「娘娘說得沒錯，我一屆凡夫俗子，能得醫仙娘娘的垂青，已然是天底下最大的幸事。往後我這閒散王爺還得託醫仙娘娘的福呢！」

自此以後，帝后的故事告一段落，而醫仙娘娘的故事卻遠遠還未結束。

時人歌功頌德，留下傳說典故不知凡幾。而江月編纂的醫書，更是流芳百世。

甚至百年、千年以後，仍有不少人記得二人的功績，對兩人的傳奇過往和江月的著作嘖嘖稱奇。

不過麼，到了彼時，陸玨這位短暫在位的明君，風頭就多少被江月這醫仙娘娘給蓋過去了。不再有人置喙一朝帝王迎娶商戶女為后，只會感嘆凡夫俗子竟真的能娶到再世醫仙為妻，夫妻二人還這般伉儷情深，鸞鳳和鳴。

神仙眷侶，不外如是。

番外　醫仙娘娘和閒散王爺

出京之後，江月和陸玨並沒有什麼明確的目的地。陸玨遣回侍衛，江月將行李收進芥子空間，夫妻二人輕車簡行，先回了一趟路安，爬過了相遇的那個山頭，又回了一趟老宅，再去看看梨花巷那個小小的鋪子。

後頭陸玨陪著江月去了一趟南疆，這些年她仍然沒放棄對蠱蟲的研究。只可惜京城能人雖多，但真正有本事的蠱師卻很難遇見，大多都在本族的地方住著，避世不出。

在南疆待了快半年，江月治好了當地不少病患，總算得了一個大蠱師的認可和信賴，能放手研究他們秘而不宣的東西。

蠱蟲和藥其實一樣，在一心向善的人手裡，也能以毒攻毒，為人治病；而放到心術不正的人手裡，則也容易成為害人的手段。

等這些研究得差不多了，二人回京城過了個年，江月把研究成果著書立說，傳授給了幾個學生。

陸玨則是幫著陸洵分擔了一些事務，等到來年開春，參加完陸洵立后的典禮，兩人又再往北去到三城，甚至更遠一些的丘黎族屬地。

不過對於丘黎族而言，他們夫妻可謂是臭名昭著的敵人，差點就把他們滅族的那種，因此在確定丘黎族過了這些年還沒休養生息夠、發展出新的害人手段後，江月和陸玨便換了個方向，前往關外放牧的地方。

之前在南疆的時候，江月聽當地蠱師提了一嘴，說關外有些地方除了常見的食療、外傷與正骨療法、灸療之外，更還有江月此前並未接觸過的正腦術和放血療法，她來了興趣，於是關外游牧之地就成了下一個目的地。

中間還發生了一段小插曲，兩人剛出關就遇到了一批馬匪。

雖說幾個馬匪讓陸玨輕易給收拾了，但匪巢裡頭卻關了好些個他們擄回去的大熙百姓。

陸玨和本地駐軍合作，調遣人手把他們送回故土，其中有些病弱得厲害的，還需要花費銀錢抓藥。匪巢的金銀本也不多，更多的都是牛羊馬匹及糧草之類的東西，而駐守邊關古往今來都是苦差，尤其這裡的守將還正好是重明軍出身，陸玨也不好掏昔日下屬的兜，便和江月商量了一番，兩人貼補了一部分錢。本也沒帶太多金銀出門的兩人，不知不覺就把盤纏都花銷殆盡。

於是到了游牧民族的地界後，江月讓陸玨去學了一些外族的語言和文字，幫她寫了個幡子和應對病患，又開始了行醫掙錢的路子。

游牧民族沒有固定的城鎮，只有一個大概的活動軌跡和範圍，人都是跟著放養的牛羊走，住在營帳裡頭。

這年盛夏時分，一對夫妻尋到了這處草木豐美、營帳聚集的落腳地。

「你見過姓陸的漢人男子嗎？」一高大如熊的壯年男子拉著放牧的當地人，用蹩腳的本地話連說帶比劃。

放牧人滿眼的防備，一邊連忙搖頭，一邊眼睛不住地往自家方向飄，猶豫著要不要喊族人來救自己？

「都讓你帶著譯者了！」黑黑壯壯的年輕婦人不大滿意地嘟囔，然後撇開她丈夫，用同樣蹩腳的口音問：「姓江的大夫，知道嗎？很美的大夫，治病的。」

放牧人這才呼出一口長氣，用漢話說：「早說問的是江大夫嘛！」

夫妻二人還未反應過來，就看那放牧人十分熟稔地衝著一個方向喊：「江大夫，有人找！」

沒過多大會兒，穿著外族服飾的江月就從營帳裡頭走了出來。

「姑娘！」寶畫歡喜地驚叫一聲，快步上前把江月抱了個滿懷。

若是房嬤嬤見了，少不得又得念叨她「當了娘還沒有半分穩重」。

江月也不掙脫，乖乖任由她熊抱，只笑著問道：「你們怎麼來了？家裡可一切都好？」

寶畫抱夠了才鬆開手，先把江月從頭到腳看了一遍，而後才放心道：「年關上只收到妳和姑爺的信，沒見到你們的人，我實在放心不下。反正我家那崽子也大了，我就脫開手，讓他去跟著星河少爺了。家裡一切都好，曲瑩他們和去年一樣，每過一旬就輪流來給咱家人診平安脈……」連珠炮似的說了一大通。

江月不由得看向熊峰。寶畫尚且可以說是自由身，但熊峰身上可是擔著朝廷職務的。

熊峰總算有機會開口了。「我想解甲歸田，反正現在天下太平，也不打仗。不過陛下沒允，只說給我一段時間休沐，等休沐完了，還得回京畿營去。娘娘，我家王爺呢？」

「他不在家。」江月一邊引著他們往自家營帳去，看熊峰還在巴巴地等著聽後文，江月四處看了看，確定沒看到陸玨的身影，才又道：「我方才在給人瞧病，沒怎麼留意他，依稀聽著說是去撿牛糞了。」

寶畫與有榮焉地自豪道：「不愧是我們醫仙娘娘，到哪兒都是濟世為懷。」

熊峰不遑多讓地跟著道：「不愧是我家王爺，到哪兒都……不是，娘娘方才說我家王爺幹啥去了？」

正說著話，陸玨和一個皮膚黝黑，十三、四歲的少年一道回來了。

那黝黑少年恨恨地說：「玉，我下次一定贏你！」

陸玨哼笑道：「你次次都這麼說。」

二人說的是外族語言，寶畫和熊峰都聽得一頭霧水，夫妻二人不約而同地眼巴巴看向江月。

江月便只好解釋了一番。

那黝黑少年名叫蒲甲，是族長的小兒子，雖說族長的位置輪不到他坐，但他也被寄予了厚望，跟著族中醫者學習醫術。

江月和陸珏到了這兒之後，一開始外族人對他們頗為戒備，只是看著江月收取便宜的費用給他們本族人看病，又確實有真本事，這才沒趕走他們，默許他們住下。

後頭恰逢族長馴服野馬的時候受了傷，族中醫者用上了江月感興趣的正腦術——就是將患者受傷的頭部用布帶包緊，然後將裝滿沙子的碗用布固定，放在患者頭頂，令患者將一根筷子橫咬在嘴裡，另一根筷子敲打橫咬的筷子，然後再用小錘隔著布帶在患者腦後枕部敲打數次。

說到底，就是以震止震的原理。

那次族長不只腦袋受傷，腿也斷了。

醫者也能治，但外族人並不用麻沸散，都是硬挨著痛診治的。族長年紀不輕了，眼瞅著可能活活疼死，江月就熬了一碗麻沸散，藉此和他們族中的醫者拉近關係。

只是他們一族雖十分豪邁，但戒備心頗重，一直待到去年冬天，醫者才肯借出族中的《甘露四部》給江月看。

江月對外族語言還處於勉強能聽懂，並不認字的階段，還得麻煩學習能力驚人的陸珏幫著翻譯。

也是因為這個，兩人年節上沒有歸家。不過經過了幾個月，江月也研究得差不多了，想著夏日裡趕路實在熬人，兩人準備入秋的時候回京，沒想到寶畫和熊峰會直接追過來。

至於蒲甲，江月既看了他們一族世代傳承的醫書，怎麼也得回饋一番，於是就讓蒲甲跟著她，指點一二。

只是也沒想到，蒲甲跟了她幾個月，居然生出了旁的心思——外族人並不講究什麼師徒如父子或母子的，只需要打贏對方的丈夫，就能抱得美人歸。

因此這孩子對陸玨發起了挑戰，下場當然是讓陸玨揍了個滿頭包。

之後他耍起賴來，一時說比馴馬，一時說比射箭……五花八門，什麼都有。

陸玨一般也不會輕易應戰，畢竟這種比試雖在外族人看來十分稀鬆平常，用他們的話說，那是最勇猛的勇士才配得上好女人，但在漢人心裡，以妻子為賭注的比試，對妻子是極為不尊重的。陸玨只會在被他煩得實在不成了，影響到江月忙自己的事，才會應承蒲甲比上一場，好把他支開。

蒲甲已經輸了不知道多少次，今兒個都說起比賽撿牛糞了。

在外族人的眼裡，陸玨斯文勁瘦，比一般的女子都好看，並不像他們似的肌肉結實、豪邁不羈，做這種髒活累活肯定是不成的。

結果就是他們二人方才的對話，蒲甲毫不意外地再次輸了。

看到有客人來訪，蒲甲也沒多留，挎上裝牛糞的草籃子就回自己家去了。

熊峰看著同樣挎著牛糞籃子的自家王爺，一時間都不知道說啥好。

「你們來了。」陸玨同樣驚喜，唇邊不由得泛起了笑意。

在外族看來不夠豐碩強健的模樣，在江月眼中卻是恰到好處的清俊斯文。

看他出了不少汗，江月拿著帕子給他擦了擦，笑著推他道：「快去洗手，該吃飯了。」

陸玨側著臉任由她擦完汗，自始至終都沒有把牛糞籃子放下。

熊峰實在看不過眼了，先衝進營帳擱下大包小包的東西，然後再衝出來幫著陸玨提那籃子。

江月拉著寶畫入內坐下，給她倒了水。

寶畫還是第一次出這樣的遠門，一邊好奇地打量著滿是外族特色的營帳，一邊道：「這些個什物看著雖新鮮，但到底不好和京中相比，姑娘受苦了。」

「哪兒就受苦了？」江月跟著她環顧了一圈，實在是沒有什麼不滿意的。「這不都挺好的？也別跟京城比，跟南山村的時候比，現下已經過得很不錯了。」

提到南山村，寶畫一時間也有些唏噓。「倒是我想窄了，姑娘和姑爺都不是養尊處優的人。」

兩人聊了會兒各自的近況，江月不禁問道：「妳和熊峰……怎麼了？」

寶畫撇了撇嘴，說：「誰知道他啊！」

他們兩人自從成婚後也是蜜裡調油，做什麼都焦不離孟。熊峰待她確實如珠似寶，叫房嬤嬤說，是本指望寶畫成婚後就能穩重些，誰知道讓熊峰寵得跟出嫁前沒區別。

那年寶畫生產，雖然體質好，又有江月去坐鎮，已經能稱得上是十分順利，但還是實打實的疼了好幾個時辰。

寶畫幾乎沒怎麼生病過，對疼痛的忍受度比常人低一些，那次痛得她撕心裂肺，甚至都神志不清地開始交代後事了。

熊峰在產房外聽過那麼一遭，後來臊著臉跟陸玨提了提，想求避子藥。

那種東西其實宮裡也有，但都是研究給女子喝的，喝得多了，還容易落下病根，對身子十分不好。

他是為了寶畫考慮，江月當然不嫌麻煩，給他製了一些。

所以他們夫妻到如今，膝下也只有一子。

江月一直知道他們要好，今兒個看著兩人好似在暗暗較勁，自然發現了不對勁。

寶畫不想說，江月也沒追著問。

草原上的夜來得特別遲，夕食過後，還有數個時辰的光亮。

熊峰跟著陸玨一道去刷碗，刷完又回來問寶畫。「我要去看王爺馴養的野馬，說是馬上要生小馬了，妳去不去？」

擱平時，寶畫聽說有這種新鮮事，早就一蹦三尺高了，現下卻頭也不回地道：「我不去，你自己玩去吧！」

熊峰無奈地摸了摸鼻子，出去了。

江月正在吃寶畫特地給她帶的鹽漬果子，也塞了一個到寶畫嘴裡。

寶畫到了這會兒也實在憋不住了，虛虛地靠在江月身上，嚼著果子說了來龍去脈。

原來他們二人出京的時候還好好的，雖是寶畫提的，但熊峰卻也早就有了念頭，因此二人一拍即合。

只是出京的時候，二人遇上了幾個相熟的街坊鄰居——

年邁的老阿公詢問他們夫妻這是去哪兒？

熊峰用大嗓門回答說：「去找我們王爺！」

「找誰？」老阿公問了半晌都沒問明白。

其實也不怪老阿公耳聾糊塗，實在是京城裡的王爺不少，除了最德高望重的福王和榮王外，還有好幾位王爺。

陸珏那些兄弟，除了八皇子和二皇子、七皇子先後在皇陵「病逝」了，其餘到現下都還活得好好的。陸珏在位時，跟他們是同輩，有意壓一壓他們，不給他們封王，旁人也不好說什麼。但陸洵是小輩，他上位後不給親叔叔封賞會為人詬病。

其實這也算是陸珏特地留給他施恩的，那些皇叔在姪子手底下才得了封位，雖說沒什麼實權吧，但總歸是承了他的恩，便也不能師出無名地鬧什麼么蛾子。

因此這一代加上陸珏，現在京城裡一共有六位王爺，上了年紀的老阿公實在反應不過來。

寶畫就說：「我們去找醫仙娘娘和她家那位王爺！」

「哦！」老阿公立刻會意，對熊峰道：「你早這樣說，我就知道了嘛！」

後頭這消息很快傳開來，不少百姓都往他們的馬車上添東西，像現下兩人吃著的鹽漬果子，就是他們給的。

「打那之後，他就氣不順呢！說姑爺從前是戰功赫赫的戰神，又當了好幾年的皇帝，給天下人辦了那麼些事，現下旁人居然要聽了姑娘的名諱，才能把他和其他那些個王爺區分開來。我一開始還勸著他，說是那個老阿公糊塗了，旁人又不是都那樣的，像後來給我們送東西、讓我們幫著帶問候的百姓，就不是只為了姑娘，也有不少是為了姑爺的嘛！」寶畫氣鼓鼓地抱著胳膊。「後頭本也好了，可到了關外的地界，我們沿途問了好些人，他們就完全不知道姑爺，只知道姑娘，靠著姑娘的名聲，才一路順利地尋到了這裡。他這是又想到前頭的事，又彆扭上了，我也懶得再哄他。名聲這種東西，本就是憑本事掙來的，您比姑爺名聲大，有啥不對嗎？再說了，當年姑爺給姑娘當了那麼久的贅婿，都未曾生出過不滿，偏他……皇帝不急太監急！」

「就這點事啊？夫妻本就是一體，何須分什麼誰在先、誰在後？」江月好笑地搖了搖頭，站起身說：「走吧，帶妳去看看馬。」

別看寶畫說著話，其實心思早就飄出去了，這次又是江月邀請，她笑著應了一聲，就跟著江月出了營帳。

野馬的野性難馴，即便是生產在即，陸珏也沒有掉以輕心，把牠單獨養在一片空地上，親手給牠搭了個簡易的馬廄。

現下陸珏正照常給牠刷洗鬃毛，野馬認生，熊峰不能靠近，兩人就隔著馬廄說話。

江月和寶畫過去的時候，熊峰也才訴完苦，陸珏正一邊手下不停，一邊同他道：「夫妻一體，你會因為旁人不稱你為熊將軍，而說你是寶畫家的熊峰，就不高興嗎？」

熊峰立刻說不會，但憋了半晌，他接著說：「可我怎麼能跟您相提並論？您是不同的呀！」

「沒什麼不同的。在宮裡的那幾年，她是我的皇后；在這兒，我只是醫仙娘娘的夫婿。我覺得很好。」

熊峰雖是個粗人，卻也看得出自家主子禪位後的這兩年比從前快活恣意了許多，於是也沒再多說什麼。

江月領著寶畫到了，她把寶畫往熊峰身邊推了推，而後走到馬廄裡，把空間留給他們。

熊峰搔了搔臉，問寶畫。「妳還生氣嗎？」

寶畫搖了搖頭。她本來氣性也不大，方才聽熊峰斬釘截鐵說不會的時候，就已經不生氣了。

於是兩人立刻和好，熊峰開始給寶畫講起馬經來，說那野馬如何如何的好。

寶畫聽得雲裡霧裡的，可她會看啊！馬廄裡的野馬通體烏黑，油光水滑的皮毛像會發光一樣，光是從外形就知道此馬非比尋常。

聽著他們和好了，江月抿了抿唇，伸手摸了摸馬肚子。「看來今晚應該就要發動了。」

當天晚上，果然如同江月所言，母馬開始生產。

江月還是第一次給馬接生，但之前已經跟著本地的醫者學了一些經驗，早就做好了準備，並不手忙腳亂。

晨光熹微的時候，母馬順利產下一匹小馬。

小馬通身也以黑色為主，但四個蹄子卻是雪白的，像是踏雪而來一般。

小傢伙稍微適應了一陣，沒多會兒就能站起來，行動自如。

寶畫和熊峰也陪著守了一整夜，兩人都不覺得疲累，寶畫還興致勃勃地提議去看日出。

草原上的日出恢弘壯麗，眨眼的工夫就徹底褪去夜色，淡了星子，霞光萬丈，綠油油的草地被覆蓋上一層金光。

「真美啊！怪不得姑娘和姑爺樂不思蜀。」言語匱乏的寶畫呆呆地感嘆，轉頭看到江月，不由得再次讚嘆出聲。

穿著外族服飾的江月，身上依舊不喜歡戴飾物，絢爛奪目的金光模糊了她的面容，卻能讓人一眼瞧見她的美。這種美已經超脫了模樣，純淨而聖潔，令人見之便難以挪開眼睛。

即便是寶畫，此時不由也看得出了神。

熊峰提醒道：「日頭馬上就全部出來了，別分神啊！」

寶畫也覺得有些好笑，自己居然對著從小一起長大的姑娘出了神，遂嘟囔道：「大概是跟姑娘分開太久了，我剛才看著姑娘，不知怎的就想到了廟裡供奉的神仙娘娘。」

熊峰笑著打趣了她幾句。

陸玨同樣轉過臉看向江月。

那年山洞初見，狼狽的少女便已然宛如獨坐高臺的神女。

而如今，神女走入了凡塵，落在他的身邊。

陸玨心懷虔誠和感激，緊緊扣住了江月的手。

這年初秋，四人一道回了京城。

因為缺席了一個年節，這次江月和陸玨待了半年多。

江月接著編纂醫書；陸玨則和宮裡的陸洵分享外頭的見聞，再根據外頭的實際情況，完善大熙的律法和制度。

直到來年盛春，草長鶯飛，兩人再次相攜並肩，踏上了新的旅途……

——全書完

三生有妻 實乃夫幸／踏枝

2020年9月出版

聚福妻

她萬萬沒想到，重生後最難的不是發家致富，
而是幫自己找個——不怕被剋死的好丈夫?!

文創風 882 1

重生的姜桃只想求個能走跳的健康身子，孰料老天爺開了個大玩笑——
她因命格帶凶被當成掃把星，生個小病就被抬進山上破廟自生自滅。
幸虧她懂得採藥養身，不但救了小白貓作伴，還救下苦役沈時恩。
病癒下山後，她打算靠著前世習得的高超繡藝撫養兩個弟弟，
可伯母們居然說動祖父祖母，打算隨便找人把她嫁了，替姜家解厄？
嫁就嫁，既然嫁誰都是賭，不如設法嫁給在廟裡看對眼的沈時恩吧！

文創風 883 2

成家後，姜桃的日子過得有滋有味，可她的廚藝卻完全走味——
煮的蛋是焦的、菜是爛的，做個飯居然險些燒了廚房啊……
幸虧沈時恩出得廳堂入得廚房，在他支持下，她的繡活生意越做越好，
巧手穿針繡出一家人的富足，孰料懂事聰明的大弟卻鬧出逃學風波，
原來他受她先前的掃把星之名所累，被同窗取笑，連老師病倒都怪他。
唉，古代家長也難為，她定要想出辦法，替無端受屈的大弟討回公道！

文創風 884 3

重新安排好弟弟們跟小叔上學的事，姜桃旋即被另一個消息震驚了——
原來她收養的雪團兒不是貓，而是繡莊東家苦尋的瑞獸雪虎?!
如此因緣下，她與繡莊合作開了十字繡繡坊，卻因生意紅火招來毒手，
見沈時恩帶著小叔解圍，姜桃越發不懂，為何出色的丈夫會淪為苦役？
可沒待她想清楚，便在沈時恩因故出遠門時遇上地牛發威，
且縣城因這突如其來的急難缺糧，她該如何幫助鄉親度過危機呢……

文創風 885 4

沈時恩果然不是一般的苦役，而是受了冤屈的當朝國舅爺！
瞧小皇帝親自來接沈時恩回京，姜桃自告奮勇擔下招呼之責，
結果小皇帝先震驚於她的黑暗料理，晚上又被雪團兒嚇得急召護駕，
隔天她喊賴床的弟弟們起來吃飯，竟一時不察拍了小皇帝的龍體……
如此招呼不周卻弄拙成巧，小皇帝因重溫家庭和樂之感而龍心大悅，
她總算鬆了口氣，這下上京平反夫家冤屈，可就容易多了呀～～

文創風 886 5 完

沈家陳年冤屈得雪，姜桃原以為能輕輕鬆鬆當個國舅夫人，
可該回本家英國公府的小叔卻因長年不在京城，失了父母寵愛，
姜桃氣壞了，如果英國公夫妻不珍惜這個好兒子，國舅府自會替他撐腰！
然而考驗又至，來朝研議邊疆商貿的番邦公主瞧中小叔，帶嫁妝上門，
但兩國素無秦晉之好，生意又談得不順，小皇帝為此頭疼萬分，
她該如何讓朝廷制勝，又幫心儀公主的小叔抱得美人歸呢？

2019年4月出版

霸妻追夫

文創風 734～735

追夫大法百百種，
就不信他能逃得出她的手掌心。
今生今世，她非他不嫁！

相思入骨 情真意切／踏枝

喬秀蘭重生後的頭號目標就是——嫁、給、趙、長、青。
上輩子他們相遇太晚，許多事情已成定局，只能留下遺憾，
這一世，她得趁早把他拐回家，好好地享受一下兩人世界。
她主動伸出魔爪，打算偷偷與他的二頭肌來個親密接觸，
只是才輕輕碰一下，他馬上神速抽回手，紅著臉逃走了。
至於這樣嗎？搞得她像個調戲良家郎君的登徒浪女似地。
失策！一開始太熱情果然不行，還是先增加好感度吧～～
她為他下廚做飯、替他照顧養子，盡所能展現溫柔賢淑的一面，
可連老天爺都不幫她，竟讓他撞見自己痛揍渣男的施暴現場……
看他愣在原地瑟瑟發抖，難道是在擔心以後吵架會打不過她？
唉，追夫路漫漫，再這樣下去，他遲早會被她嚇跑的！

2023年10月出版

娘子套路多

文創風 1198～1200

應是她執念太深，病死了也無法真正放下，
只能看著未婚夫背棄諾言，成家立業，這種人生不要也罷！
重生的她，要為自己、為家人平反冤屈，男人閃邊去吧！

重生為洗刷冤情，卻意外撿到夫君／遲裘

不能怪她孟如韞重活這一世，變得步步思量、精打細算。
前世的她身為罪臣之女，家破人亡，只得孤身上京投靠舅舅；
但世事難料，她最終落得病死，未婚夫也背棄承諾，另娶他人成家立業……
說不難受是假的，但如今因著莫名機會重新回到十六歲入京時，
既然已知道投靠舅舅後不得善終，不如趁機帶著丫鬟另尋出路！
於是她乾脆在酒樓落腳，靠著賣詞賺錢，也好避開無緣的未婚夫；
但如今的她只是個孤女，想靠一己之力為家人平反，談何容易？

文創風
1214

醫妻獨大 3 完

國家圖書館出版品預行編目資料

醫妻獨大 / 踏枝著. --
初版. -- 臺北市 : 狗屋出版社有限公司, 2023.12
冊 ; 公分. --（文創風 ; 1212-1214）
ISBN 978-986-509-475-1（第3冊 : 平裝）. --

857.7 112017983

著作者	踏枝
編輯	黃淑珍
校對	黃薇霓
發行所	狗屋出版社有限公司
地址	台北市104中山區龍江路71巷15號1樓
電話	02-2776-5889～0
發行字號	局版台業字845號
法律顧問	蕭雄淋律師
總經銷	知遠文化事業有限公司
電話	02-2664-8800
初版	2023年12月
國際書碼	ISBN-13　978-986-509-475-1

本著作物由北京晉江原創網絡科技有限公司授權出版

定價290元
狗屋劃撥帳號：19001626
網址：love.doghouse.com.tw　E-mail：love@doghouse.com.tw